Literatura Grega: Irradiações

DONALDO SCHÜLER

Literatura Grega:
Irradiações

Ateliê Editorial

Copyright © 2018 Donaldo Schüler

Direitos reservados e protegidos pela Lei 9.610 de 19 de fevereiro de 1998.
É proibida a reprodução total ou parcial sem autorização, por escrito, da editora.

1ª. edição, 2018
2ª. edição, 2024

Dados Internacionais de Catalogação na Publicação (CIP)
(Câmara Brasileira do Livro, SP, Brasil)

Schüler, Donaldo
  Literatura Grega: Irradiações / Donaldo Schüler.
– 2. ed. – Cotia: Ateliê Editorial, 2024.

ISBN: 978-65-5580-150-7
Bibliografia.

1. Ensaios – História e crítica 2. Filosofia antiga 3. Literatura grega – História e crítica
I. Título.

24-223044   CDD-880

Índices para catálogo sistemático:
1. Literatura grega antiga   880

Eliane de Freitas Leite - Bibliotecária - CRB-8/8415

Direitos reservados à
ATELIÊ EDITORIAL
Estrada da Aldeia de Carapicuíba, 897
06709-300 – Granja Viana – Cotia – SP
Tel.: (11) 4702-5915
www.atelie.com.br | contato@atelie.com.br
facebook.com.br/atelieeditorial | blog.atelie.com.br

2024

Printed in Brazil
Foi feito o depósito legal

τὸ τί ἦν εἶναι.
ARISTÓTELES

SUMÁRIO

1. GÊNEROS 13
2. NARRADORES 17
   A Questão Homérica 18
   Épicos 20
      Ilíada 20
      Odisseia 25
      Odisseia de Nikos Kazantzákis 31
      Teogonia 33
      Os Trabalhos e os Dias 38
      Batracomiomaquia 41
      Argonáutica 43
      Alexandríada 50
      Konstantinos Kaváfis 52
   Historiógrafos 53
      Heródoto 53
      Tucídides 60
      Xenofonte 68
      Flávio Josefo 69
      Plutarco 72
      Políbio 76

  Procópio 79
  Micael Psellos 80
 Romancistas. 82
  Rumo ao Ilimitado 82
  Dáfnis e Cloé. 83
  Balaão e Josafá 85
  A Última Tentação 87
  Entre o Limite e o Ilimitado 90

3. LÍRICOS 93
 Hinos Homéricos 94
 Calino 96
 Tirteu. 97
 Arquíloco. 98
 Semonides de Amargos 101
 Mimnermo 102
 Sólon 103
 Alceu 105
 Safo 107
 Anacreonte 111
 Álcman 112
 Estesícoro 113
 Íbico 114
 Simônides de Ceos 115
 Píndaro 116
 Calímaco 121
 Teócrito 123
 Paladas. 127
 Seféris 129

4. PENSADORES 131
 Pensadores da Natureza. 132
  Tales. 132
  Anaximandro. 134
  Xenófanes 139

Pitágoras 144
Heráclito 150
Parmênides 151
Zenão de Eleia 153
Empédocles 155
Anaxágoras 157
Demócrito 159
Pensadores do Estado 161
  Os Sofistas 161
  Górgias 162
  Protágoras 163
  Sócrates 164
  Platão 166
  Aristóteles 170
  Teofrasto 173
  Justiniano 176
  Rigas Feraios 177
  Kostas Axelos 179
Pensadores no Torvelinho das Transformações 182
  A Dúvida 182
  Céticos 182
  Epicuro 184
  Estoicos 186
  Antístenes 188
  Diógenes 188
  Menipo 191
  Luciano 193
Pensadores do Mistério da Vida 197
  Plotino 197
  Longino 199
  Jamblico 201
  Proclo Diádoco 202
  Damáscio 203
Pensadores da Criação 204

Filo de Alexandria............................204
Pensadores Cristãos...........................207

5. ORADORES......................................213
Lísias..214
Isócrates.......................................215
Demóstenes......................................216
João Crisóstomo.................................220

6. TEATRÓLOGOS..................................223
Tragédia..223
Ésquilo...224
Sófocles..239
Eurípides.......................................250
Aristófanes.....................................268
Menandro..278

7. ÍTACA..281
A Ilha Sonhada..................................281
O Futuro Antecede o Presente....................284
Descida ao Hades................................286
A Sombra de Odisseu.............................288

REFERÊNCIAS BIBLIOGRÁFICAS.......................293

1.GÊNEROS

To ti ên einai. Aristóteles concentra perguntas: O que é? O que era? O ser, o que é? Perguntas que já foram feitas antes dele. Perguntas que se repetem depois dele. Parmênides entendia o ser estático, Aristóteles o movimenta. *Ên* (era) é tempo narrativo. A narrativa apresenta seres em movimento. Na leitura o que foi volta a ser. O leitor entra na narrativa, vive com as personagens, sofre e triunfa com elas. Aristóteles acompanha a narrativa cósmica em direção a um lugar utópico, o ato puro. Mesmo que não exista, o ato puro movimenta o universo, é assim que Kaváfis entende a trajetória de cada um de nós. À maneira do ato puro, Ítaca atrai, meta erótica erotiza o universo.

O ser (*einai*) emerge no algo (*ti*) que acontece. Algo (ou alguém) era, é e será. Permanente é o ser em movimento, princípio (*arkhê*), vivo, ativo, móvel. O ser (*einai*) opera no gerar, vive no gerar: passa, presentifica, futura. O (*to*) que passa é algo (*ti*) que era (*ên*), algo que, agindo no vigor da origem, será, o acontecer destina. O ser vive em cada um de nós. Somos rumo a Ítaca.

Acentuemos *genos*: o gerar, a geração, uma geração gera outra, origina outras. A Terra gerou o Céu, montes, vales, fontes, mares, gigantes, titãs, deuses, plantas, homens. Gerar é passar, reter, preservar, produzir. Gêneros celebram a origem (*arkhê*), a produtividade, conexões. Por agir no fundamento, gênero é arqueologia, descer às origens para agir.

A epopeia acontece na ação, explora origens e territórios, o herói épico afronta riscos, amplia espaços, busca o mistério escondido por horizontes moventes, cantores exaltam vencedores.

A historiografia silencia o canto, exila deuses, historiadores observam, leem, examinam, ativam o escrever, o inventar.

A lírica ouve o que se passa no cantor, aprofunda a relação com outros, com outras coisas, com a cidade, com o mundo, inquietações abalam a regularidade rítmica, convocam palavras raras, líricos inventam.

A filosofia propõe bases, indaga valores, atitudes, métodos.

A vontade de persuadir, de conduzir articula argumentos de oradores.

A incerteza, a exploração de limites, sobe ao palco na tragédia.

O gênero se individualiza no autor, desperta na vontade de produzir, de cantar, de dançar, de escrever.

O gênero excede, recolhe, acolhe; no gênero atuamos, somos. O gênero opera em nós para novas gerações. Operante em produtores e receptores, o gênero preside percepções, ações, projetos.

Gerado por algo, por alguém que era, sou o que sou. O gênero resiste a classificações, rompe fronteiras. Não basta conhecer para classificar, vive-se o gênero como produtor e como receptor. Sem receber não produzimos, produtores participam do processo de produção que nos excede. O cuidado classificatório do Iluminismo não provém da Grécia.

O apelo vem da comunidade, o autor responde a anseios, projetos, enredos enredam autores e receptores. A recitação é festa de palavras ritmadas, de corpos dançantes. O que era renasce no canto e na dança, o presente em festa conecta o que foi e o que será. Divina é a festa, divino é o cantar, o festejar. Heróis revividos anunciam futuras realizações. Versos versam em inesperadas versões. Pensadores repensam definições. Palavras frequentam outras palavras, conexões inusitadas.

Gêneros confluem; original é a operação da origem no desfile de textos. Textos geram textos. De geração a geração o gênero se renova, inova. Gênero não é coisa, é ser que forma, que transforma, que se transforma. Aristóteles privilegiou a tragédia por não exceder a capacidade de retenção em tempo delimitado, a epopeia, por ser longa, divide-se em unidades adequadas à atenção. O tempo da recepção é tempo vivido. A mentalidade grega atribui ao abarcável valor estético; no sistema platônico o Belo é ideia. Como reter algo sem limites? Como poderia o ilimitado ser? A emergência do ilimitado surpreende, inquieta. O abarcável seduz quando o mundo se expande, foi assim na sensibilidade helenística e no concretismo brasileiro.

Falta, na Grécia Antiga, um termo para literatura, *póiesis* abarca a produção artística em todas as modalidades, há tendência de empregar *logos* para textos em prosa. Na *Retórica* de Aristóteles, *léxis* abarca a escrita. Para literatura, os gregos de agora criaram o termo *logotekhnia;* para romance, *mythistórima*. O gênero literário gera gêneros, um gênero atua sobre outro, cruzamentos geram novos gêneros, fim (*telos*) não há.

Textos antigos repercutem, vigoram, irradiam. Permaneceremos atentos às irradiações na Idade Média, na Modernidade, na Contemporaneidade, na Pós-contemporaneidade.

Gêneros são maneiras de ser. A literatura grega nos funda, vive e se irradia em nós. O mundo se diversifica e se expande. Para a literatura não há limites. Obras transgridem fronteiras linguísticas, fecundam outras formas de dizer, de ser. O algo que era é: ser – *to ti ên einai*.

2. NARRADORES

Regimes centralizadores desestimulam a produção de epopeias, o Vasco da Gama de Camões navega despersonalizado pela ação soberana do rei, a epopeia camoniana é mais lembrada pelos trechos líricos do que por lances épicos. Homero despreza prepotência e autoritarismo, equívocos de Agamênon. Prestigiados fulguram os feitos de subordinados descontentes, a épica de Homero salienta os alvores da democracia. Atraído pelo espaço inundado de luz, lugar em que brilham ações, Homero repele as sombras, o mistério, o invisível. Observação atenta ilumina, entre façanhas, o corriqueiro. A narrativa homérica passa da honra ferida a ternuras conjugais, a arrogância sofre os embates da sedução, conflitos individuais pontilham a luta. O mundo vencido das divindades sombrias aparece ameaçador nos versos de Hesíodo. Os acontecimentos épicos são narrados em versos amplos, regulares e lentos (os hexâmetros) com escassa intervenção do narrador. *A Argonáutica* de Apolônio mostra a epopeia num mundo sem deuses, a paixão domina a razão. Na mesma época, a helenística (período em que a expansão grega heleniza povos) surge o romance.

A Questão Homérica

A existência de Homero, autor presumível da *Ilíada* e da *Odisseia*, começou a ser posta em dúvida em fins do século XVIII. As dificuldades são reais. Admitamos que as epopeias homéricas tenham aparecido no século IX a.C., estamos presos à tradição oral, repleta de incertezas. As biografias de Homero, elaboradas bem mais tarde, são frutos da imaginação; o interesse das cidades que se apresentavam como pátria de Homero testemunha o prestígio da produção épica.

A primeira objeção séria levantada contra a historicidade de Homero foi feita por Friedrich August Wolf. Argumentou que, não havendo escrita no Ocidente no século IX a. C., epopeias longas como a *Ilíada* e a *Odisseia* não poderiam ter sido compostas oralmente por um só autor, nem seria concebível memória capaz de reter e transmiti-las unitariamente. Wolf adiantou a hipótese de pequenos núcleos épicos, enriquecidos por episódios oriundos de autoria anônima.

Os românticos acolheram com entusiasmo a teoria nuclear porque lhes permitia derivar as epopeias do próprio gênio popular. Ao longo do século XIX, alimentadas por ideias positivistas, surgiram investigações variadas e ricas, que procuraram estabelecer com precisão contradições, partes antigas e porções recentes, contribuições de diferentes redatores, diversas camadas linguísticas. Ao final do século XIX, nenhum dos filólogos de projeção retinha a hipótese da autoria de Homero. Estudos criteriosamente conduzidos trouxeram informações valiosas sobre o ciclo épico, a língua das epopeias e a formação da literatura grega.

No início da centúria passada, alguns especialistas, aparelhados de novos recursos, voltaram a considerar a unidade das epopeias homéricas. Apesar das dificuldades corretamente apontadas, a construção de uma e outra epopeia apresenta características poéticas que a hipótese de autoria múltipla não esclarece. Estudiosos registraram em países eslavos de tradição épica viva poemas mais longos do que a *Ilíada* e a *Odisseia*, oralmente compostos e oralmente transmitidos. Essa informação, valiosíssima para medir capacidades mnemônicas de povos sem escrita, não resolve os problemas da questão homérica; as epopeias orais não alcançam sutilezas da épica de Homero.

Embora sejam muitas as vacilações, chegamos a certo consenso. Ninguém põe em dúvida a dívida homérica à tradição oral que recua aos tempos micênicos, com raízes na produção épica de hititas e babilônios. A filologia e a arqueologia trouxeram provas convincentes da coexistência em ambas as epopeias de objetos, técnicas militares, formas de governo, períodos linguísticos e concepções religiosas variadas e amalgamadas. De outro lado, os estudos internos revelam unidade e originalidade. Propomos conclusão conciliadora: houve uma tradição épica (escrita, oral ou ambas), competentemente reelaborada por um autor no estágio conclusivo da tradição épica. Esta posição satisfaz tanto à constatação de elementos heterogêneos e contraditórios quanto à verificação da unidade. Se o poeta suposto no ápice da tradição épica se chamava Homero ou não, permanece questão insolúvel, tampouco sabemos se um mesmo autor compôs ambas as epopeias. Por comodidade continuamos a atribuir a *Ilíada* e a *Odisseia* a Homero, entenda-se por Homero o que parecer melhor.

A *Ilíada* e a *Odisseia* elaboram a tradição épica originada pela guerra de Troia. Além destas duas epopeias conhecem-se fragmentos de outras, chamadas cíclicas, da mesma tradição, menos elaboradas: *Etiópida, Tomada de Troia, Pequena Ilíada, Cantos Cíprios, Regressos* e *Telegonia*. Não podemos garantir que essas epopeias sejam anteriores às homéricas, poderiam ter aparecido depois, ou paralelamente. A preferência dos receptores determinou a sobrevivência das epopeias homéricas e a ruína das outras.

Escritas ou não, na versão original as epopeias homéricas foram por muito tempo oralmente difundidas por aedos (cantores). Os aedos, percorrendo cidades e buscando palácios, cantavam um ou mais episódios ao som da lira. Assim, a corte de Alcínoo deleita-se com as narrações do aedo Demódoco.

Tanto a *Ilíada* como a *Odisseia* estão divididas em vinte e quatro cantos. Essa divisão, baseada no número de letras do alfabeto grego, não é originária, foi tardiamente elaborada pela escola filológica de Alexandria. Sendo arbitrária a divisão, deve ser usada com o devido critério.

Épicos

ILÍADA

Ao contrário das epopeias cíclicas, a *Ilíada* narra um pequeno episódio da guerra de Troia, acontecido um pouco antes do fim das operações. Aquiles, o soldado mais valente dos gregos, enraivecido contra Agamênon, o chefe supremo do exército, por este lhe tomar autoritariamente uma escrava, retira-se do combate com os seus comandados. Agamênon, presumindo que poderia derrotar os troianos sem a presença de Aquiles, atira-se à luta. Os troianos, de resistência inesperada e ataque nocivo às naus, levam Agamênon a uma frustrada tentativa de reconciliação do egresso. Pátroclo, amigo de Aquiles, condoído dos companheiros, duramente castigados pela investida do inimigo, roga permissão ao ofendido para levar-lhes ajuda. Aquiles consente. Heitor, o campeão troiano, intimidado no princípio pelo soldado que pelejava com as conhecidas armas de Aquiles, resolve enfrentá-lo, tirando-

-lhe a vida. Em aguerrido combate, os gregos evitam que o corpo de Pátroclo caia nas mãos dos troianos. A morte de Pátroclo abala Aquiles. O herói retorna à luta para vingar o amigo. Heitor, depois de muitas evasivas, enfrenta o amigo de Pátroclo em combate singular. Aquiles o mata, arrastando o corpo odiado ao seu próprio acampamento, onde o deixa insepulto. Príamo, pai de Heitor e rei de Troia, abalado com a perda do filho, ousa dirigir-se à barraca de Aquiles com o objetivo de resgatar o corpo para que os troianos pudessem prestar as derradeiras honras ao príncipe. Lembrado do próprio pai e comovido com os sofrimentos do ancião, Aquiles atende às súplicas. A epopeia termina com uma trégua em que se realizam os funerais de Pátroclo e de Heitor. Em torno desse núcleo constroem-se muitos outros episódios.

No início da *Ilíada* trava-se um duelo entre Menelau e Páris, cujo resultado decidiria a sorte de Helena e a guerra. Um duelo assim, ficaria melhor no primeiro ano do conflito. Do alto das muralhas de Troia, Helena apresenta a Príamo os mais distinguidos soldados aqueus bem como suas qualidades. Como entender que Príamo, no fim da guerra, ainda não conheça seus inimigos? Homero tem motivos poéticos para desrespeitar verossimilhança. O episódio coloca Helena no centro do conflito. Os conselheiros de Príamo entendem que a formosura justifica o sacrifício de tantas vidas. A beleza está no âmago das preocupações helênicas desde os primeiros lampejos literários. O poeta omite razões estratégicas e econômicas. O belo, transfiguração poética, dá sentido à vida.

Segundo o depoimento de Aristóteles, Homero renovou, com a *Ilíada*, a arte de narrar. Ao contrário de seus contemporâneos, Homero concentra a ação num curto período (poucas semanas), subordina-a a um tema central (a fúria de Aquiles) e mantém-se nos estreitos limites do campo de batalha. As unidades de tempo, espaço e ação, presentes nas reflexões teóricas desde a antiguidade e praticadas em obras de ficção até aos nossos dias, foram contribuição de Homero à arte de narrar.

Os gregos resistem à desmedida nas artes, sejam elas literárias, plásticas, teatrais, políticas ou filosóficas. O território da pequena cidade-estado não vai muito além do horizonte, os filósofos atribuem ao universo a estrutura da *pólis*. Toda ordem realiza-se face à desorganização. Para construir o universo épico, Homero recolheu fragmentos. Subordinando episódios ao tema central, opondo a cenas de ação momentos de reflexão, passando da descrição exaustiva à visão panorâmica, Homero constrói a unidade. No desfile regular dos versos, Homero cultiva a variedade, passa da honra ferida a ternuras de esposa, a arrogância masculina rende-se à sedução feminina, cenas de luta generalizada contrastam conflitos individuais.

Notório cultor da ironia, Homero ridiculariza embates divinos, mantém-se rasteira a discussão da Hera enciumada com o seu divino esposo. Zeus, cansado de seus altos deveres, mostra acentuados pendores por vida folgazã. Decidido, depois de muitas vacilações, a favorecer os troianos para punir a injustiça de Agamênon, cai nas artimanhas da própria esposa, busca o leito no momento em que deveria cuidar da guerra. A sensualidade, acentuada nos líricos da Jônia, já desponta no Zeus homérico.

Mesmo numa epopeia consagrada à guerra, Homero introduz momentos de ternura. No calor da luta, Heitor retorna à cidade para recomendar à mãe a invocação das divindades protetoras, encontra-se perto dos portões da cidade com Andrômaca, sua esposa; ela chora. Quem a defenderá dos inimigos se a proteção do esposo lhe vier a faltar? Não vale mais do que a glória a felicidade do convívio doméstico e a educação do filho? Heitor desprende-se dos braços da esposa e dos afagos da criança. Quando reaparece no campo de batalha, sabem os ouvintes os valores que o empurram à luta, já não podem considerá-lo inimigo odioso. Movida pela dor, Hécuba chama Heitor, o filho, para dentro da cidade. Transfigurado apresenta-se Príamo na barraca de Aquiles. A dor humana contrasta a folgança divina. Por serem imortais, nada assombra deuses. A morte ilumina o valor da vida, trágica é a existência limitada dos homens, respeitada pelos moradores do Olimpo.

Homero destaca, nos heróis, virtudes modelares. A dilatação do império não merece menção, a Homero importa a honra. Em nome dela, eclodem conflitos, travam-se batalhas, decidem-se destinos, brilham a lealdade e o respeito ao inimigo. Na falta de princípios éticos abstratos – corretamente apontada por Flávio Josefo – a força dos caracteres semidivinos orienta a formação de sucessivas gerações. As virtudes sublinhadas sobrelevam diferenças individuais. Abrandado o comportamento arbitrário, aplainado está o caminho ao advento de árbitros íntegros.

Já se definiu o romance como epopeia sem deuses. Em oposição ao romance, conceituamos a epopeia como narrativa com deuses. Comparada a epopeia homérica com epopeias orientais, percebe-se na epopeia grega a presença discreta de entes superiores aos homens. Os combates de deuses, persistentes e violentos em poemas do Oriente, apresentam-se reduzidos a discussões inconsequentes e a lutas quase infantis em Homero. Os deuses cederam a dignidade ao homem, apenas a existência humana, ameaçada pela morte, é séria. As raízes do humanismo ocidental estão em Homero. Os deuses atuam como forças a serviço dos interesses humanos, são estes que estão em jogo do princípio ao fim.

Esta observação não é contraditada por pronunciamentos proféticos em momentos nucleares. O destino surge como expressão mítica de leis cósmicas sem as quais o homem se veria entregue ao caos de acontecimentos incompreensíveis. Homero recorre a previsões como recurso narrativo.

No centro do universo encontra-se o homem e em torno dele gira a ação. Compreendemos assim os heróis, homens que se destacam na atuação sobre o mundo e no relacionamento com os demais. A excelência do herói brilha em duas esferas: no destro manejo das armas e na habilidade de falar. Guimarães Rosa, preocupado em colocar o jagunço Riobaldo no caminho da heroicidade, leva-o a proferir um discurso de centenas de páginas. Aquiles combate iluminado, sombras obscurecem o mundo de Riobaldo.

A ação bélica atrai por despertar potencialidades não exigidas em atividade corriqueira. O operário deverá aguardar o século XX para ingressar no espaço épico. Isso não significa que o homem do povo esteja ausente. As queixas dos desfavorecidos soam na fala de Tersites, que, na assembleia do segundo canto da *Ilíada*, profere críticas contundentes contra os príncipes e dá voz à angústia dos desfavorecidos. Embora a violência de um homem poderoso como Odisseu silencie o protesto, não se ignore o registro de Homero. A voz episódica será clamor generalizado, vencida a resistência dos privilegiados.

A autoridade centrada em Agamênon perdura como sombra do passado num agrupamento em que o poder passou a outros detentores; desponta a democracia. Agamênon não reúne forças para dobrar vontades que o afrontam, decisões são tomadas em assembleias de que participam soldados, ainda que tacitamente. Não há guerreiro, mesmo insignificante, que não experimente um momento de glória, a extensa lista do segundo canto redime com fatigante prolixidade centenas de homens do anonimato. Os que não deixaram ações dignas de registro merecem, ao menos, lembrança na hora de morrer.

ODISSEIA

Homero, o narrador, apanha Odisseu nas proximidades de Ítaca, em Ogígia, ilha misteriosa, prisão do herói há sete anos. Em poucas semanas, Odisseu, livre do cativeiro de Calipso, uma ninfa, chega à sua terra, depois de breve estada em Esquéria, pátria dos feáceos onde, em noite memorável, o herói é convertido em narrador de suas próprias aventuras, expediente estranho à *Ilíada*. Homenageado pela corte de Alcínoo, o rei, Odisseu rememora a fascinados o que lhe aconteceu desde Troia até Ogígia. Entre as doze aventuras lembradas em ordem cronológica, Odisseu, parcimonioso nos insucessos, se demora naquelas que lhe ilustram a inteligência, a ousadia, o heroísmo. A visita aos ciclopes, gigantes de um olho só, merece-lhe destaque. Inferiorizado pela força, Odisseu vence com artimanhas Polifemo, o canibal que o reservou como iguaria para o jantar. Depois de o ter embriagado com vinho, bebida civilizada, invulgar ao paladar do gigante, Odisseu vaza-lhe o olho com a ponta de uma lasca incandescente. Nenhum dos companheiros socorre o agredido, porque, ébrio e transtornado, grita que Nulisseu (Ninguém) o estava matando, nome falso, inventado para esconder a identidade. Outro episódio glorificante foi o de Circe. A ninfa, armada de varinha mágica, transformava em animais os estrangeiros que a visitavam. Odisseu, orientado por Hermes, enfrenta de espada em punho a feiticeira. Intimidada, Circe o acolhe no próprio leito. Odisseu, inebriado de vida mansa, permanece com a imortal por tempo superior ao recomendado pela sensatez, permanece como senhor e não como escravo. Sem notícias de sua pátria e sem roteiros, Circe o encaminha ao Hades, o invisível reino dos mortos, para consultar Tirésias, um vidente. Entre sombras, Odisseu dá com velhos companheiros, como Aquiles e Agamênon, além de sua mãe Anticleia. Animados, por momentos, com sortilégios de sacrifício animal e sangue, Odisseu sabe do sofrimento de todos e dos perigos que o aguardam. Espanta-o singularmente o fim inglório de Agamênon, assassinado, ao regressar, pela esposa adúltera e seu amante. Deveria temer o mesmo de Penélope, a esposa de quem vivia afastado por quase vinte anos? Além dos contemporâneos que o precederam na morte, aparecem-lhe heróis e heroínas de outros tempos. Com o recurso da visita ao palácio de Plutão, Homero recua a tempos imemoriais. Nas trilhas de Homero, Dante consagra à ida ao além uma epopeia inteira, a *Divina Comédia*, aproximando personagens afastadas por séculos. Modernamente Ezra Pound abre os *Cantos*, epopeia do século XX; com a mesma ida ao Hades, o poeta traz o passado a nosso tempo.

Resumidos passam episódios infaustos como o dos cícones, aventura de muitas baixas, o dos lotófogos, onde companheiros de Odisseu provam incautos plantas que extinguem a memória, ou o de Éolo em que, por inadvertência sua, Odisseu esbanja a oportunidade de alcançar a pátria próxima. Entre os episódios breves, destaca-se, entretanto, um dos mais conhecidos, o das Sereias, mulheres híbridas de voz belíssima, fatal a navegantes afoitos. Voluntariamente preso a um mastro e tapados os ouvidos da tripulação, o inventivo Odisseu delicia-se com o inusitado concerto sem arriscar a vida de ninguém. O colorido da *Odisseia* contrasta a masculina austeridade da *Ilíada*. Na longa narrativa de Odisseu, a subjetividade indômita anuncia o advento da lírica.

Odisseu atua em três lugares distintos: Ogígia, Esquéria e Ítaca. A diversidade já estava prevista na introdução, Odisseu deveria conhecer muitas cidades e a índole de muitos. O navegador, ao se distanciar de sua terra, enfrenta o desproporcional, o desmedido, o desumano, o caótico. Curiosamente, nas ocasiões em que Odisseu mente, a normalidade se restaura, pontilhada de cidades. Homero conhecia histórias de navegações plausíveis; transfiguradas em poesia, fascinam, admissíveis em caóticas periferias.

O autor da *Odisseia* ganha para a literatura novos territórios. Comparada com a *Odisseia*, a *Ilíada*, amarrada ao verificável, é pouco imaginativa. A *Odisseia* libera o rico mundo dos sonhos, desbrava a turbulência interior. Nascidos e criados num continente em que bebemos magia com o leite materno, podemos sentir melhor a verdade das narrações de Odisseu. Os escritores latino-americanos da segunda metade do século passado repetiram, libertos do confinamento realista, a homérica incorporação do fantástico.

Ao contrário da *Ilíada*, a *Odisseia* desdobra-se em três linhas de ação: os quatro cantos iniciais centrados em Telêmaco, as aventuras de Odisseu e a reconquista do palácio de Ítaca. Atentos a esses conjuntos, críticos sugeriram a existência de três epopeias originariamente separadas, amalgamadas, por fim, em uma só, hipótese plausível, mas desamparada de confirmação documental. A comparação da *Odisseia* com os contos recolhidos por Grimm e Andersen atesta a dívida da epopeia homérica à literatura popular cultivada ao norte da Europa. Um poeta de qualidades privilegiadas reorganizou e recriou o legado de fontes fartas.

As convenções de tempo, espaço e ação, inventadas na *Ilíada*, ao serem inteligentemente preservadas e modificadas na *Odisseia*, evidenciam a existência de uma tradição culta que não pode ser confundida com a espontaneidade das invenções populares. Acrescente-se a elaboração de personagens sem paralelo na *Ilíada* ou no folclore. Merecem destaque dois jovens, um homem e uma mulher, Telêmaco e Nausícaa. A *Ilíada* só produz caracteres adultos, mesmo quando devemos imaginá-los jovens. Homero apanha Telêmaco em transição à idade madura; faltando-lhe modelo paterno, mostra-se inseguro nas emoções e nas decisões.

Não o amparam energias para enfrentar os intrusos que infestam o palácio, embora lhes fale com autoridade. Telêmaco oscila entre a obediência à mãe e atos requeridos a um filho de rei ausente. A viagem por lugares próximos, reveladora de heróis, Nestor e Menelau, contribui para completar-lhe a formação. Deslumbrado pela beleza de Helena, descobre em si reações de homem.

Em Nausícaa, temos a encantadora emergência da adolescente. Confrontada com Odisseu, náufrago e imundo, em lugar retirado, foge, movida por timidez juvenil; recuperada, comporta-se como senhora e princesa. Encantada com Odisseu, depois de vestido e banhado, convida-o a acompanhá-la ao palácio real. Receosa, entretanto, da opinião pública – era noiva – roga que o desconhecido a acompanhe de longe, indecisa entre o desejo e a timidez, imagem indelével na memória de Odisseu.

Não é menor o cuidado que Homero dedica à elaboração de Penélope. Fidelidade não é a única virtude da rainha, cabe-lhe, na ausência do marido, velar pela educação do filho, administrar os bens e manter estável o Estado. Ciente das próprias limitações, age com prudência. Arma um jogo em que cede sem se render. Desamparada de exército, protege com artimanhas o que lhe pertence, mantém-se íntegra num conflito de vinte anos, sem negar seu caráter de mulher.

A classe inferior, tratada com desatenção na *Ilíada*, recebe acolhida. Ouvem-se escravos falar do que sentem desde o porqueiro Eumeu até Euricleia, ama de Odisseu. A luta de mendigos pela sobrevivência chega às portas do palácio. Até animais revelam sentimentos humanos. Um velho cachorro, Argos, aproxima-se de Odisseu com o antigo afeto. Está aí o ancestral mais remoto da cachorra Baleia, de *Vidas Secas*.

O autor da *Odisseia* canta, de princípio a fim, um *Odisseu* versátil. Se a fúria do Aquiles ausente destaca, na *Ilíada*, outros heróis, a presença polimorfa de Odisseu obscurece, na *Odisseia*, a atuação de concorrentes. Circunstâncias caracterizadas iluminam Odisseu como orador, cavalheiro, trapaceiro, guerreiro, pai, esposo, amante, estrangeiro, rei, líder. Situações surpreendentes solicitam respostas imprevistas. Se a eficácia do discurso se apoia na força dos argumentos, a narrativa exige a concatenação das ações, o equilíbrio dos episódios, a caracterização das personagens. O Odisseu cavalheiro brilha na corte de Alcínoo, o Odisseu amante aparece na companhia de Circe, Calipso o seduz com a oferta de uma existência sempre jovem. A quem não interessa a imortalidade? Em atitude notoriamente heroica, Odisseu prefere o regresso à pátria. Em Ítaca, na presença do filho, aparece o Odisseu educador.

Como não há exércitos inimigos que afastem o herói do objetivo, Homero cria obstáculos de outra ordem. A natureza, cuja força encheu de espanto o homem desde sempre, ataca com tempestades, estreitos rochosos, mares desconhecidos, escassez de alimentos. Destroçada uma frota de doze navios, Odisseu é arrastado a Ogígia como único sobrevivente. Decidido a deixar a ilha para atingir Ítaca, seu desamparo não poderia ser maior. Tudo depende das habilidades do herói, desde a construção da jangada, até à arte de conduzi-la. Perdido nas ondas, perigos se encadeiam. Agitam-se as águas, quebra-se a embarcação, Odisseu flutua sobre abismos sem amparo além da força dos braços. A vida não o coloca numa trilha de avanços, entrega-o, ao contrário, a vários recomeços donde deverá reconquistar o direito de viver. Mulheres são-lhe postas no caminho para retê-lo distante do lar: Circe, Calipso e Nausícaa.

Embora a epopeia valorize o passado, ao qual consagra atenção detida, Odisseu não omite preocupações pelo que há de vir. A expectativa do futuro é provocada pela sorte reservada ao rei quando entrar no seu palácio em Ítaca. A dúvida é alimentada pela lembrança do inglório fim de Agamêmnon. A morte do amigo acompanha as andanças de Odisseu como sombra desde o primeiro canto. Ao concatenar as aventuras de Odisseu, Homero cria um antiagamêmnon. Embora evite a tragédia, o narrador a lembra como solução plausível. Se Homero produz um antiagamêmnon, Ésquilo, o primeiro tragedista, encenará na *Oréstia* uma antiodisseia. Mesmo que a epopeia e a tragédia sigam caminhos diversos, guardam visível parentesco.

Odisseu deixou impressão mais profunda nos leitores do que Aquiles. A personagem foi persistentemente retrabalhada em versões de alto relevo como as de Kazantzákis e Joyce. Muitos fatores terão contribuído para o sucesso de Odisseu, entre eles a versatilidade. Dificilmente pode-se mexer no temperamento irado de Aquiles sem descaracterizá-lo; as múltiplas faces de Odisseu oferecem ao leitor a oportunidade de selecionar as que lhe convêm. Joyce explora a busca e a viagem no mar de dúvidas do angustiado homem do século XX. Na literatura brasileira aparece *Uma Jangada para Ulisses*, de Viana Moog, o romancista reconstrói a vida de um embaixador brasileiro, perdido nas culturas a que a profissão o levou, destacam-se as indecisões entre a pátria e o Continente dos antepassados.

Compare-se o canto das Sereias com o relato feito por Odisseu a Alcínoo e sua corte. O canto das Sereias mata, o relato de Odisseu encanta. Odisseu atesta a vitória sobre forças naturais, apresentem-se atraentes ou assustadoras. Como todas as soluções resultam de decisões inesperadas, de nada valeriam prescrições. A natureza propõe cegamente o de sempre, o herói desarticula mesmices. A natureza repete, a poesia inventa, a natureza reduz vozes ao silêncio, a poesia ritma sons que resistem à corrosão dos séculos.

ODISSEIA DE NIKOS KAZANTZÁKIS

Não seria da índole de um Odisseu operoso acomodar-se à paz doméstica depois de vinte anos de trabalhos na distante Troia e no mar, assim pensava Homero antes de Dante, de Kazantzákis e de Haroldo de Campos. O Odisseu de Kazantzákis (1883-1957), reconquistado o palácio, ausenta-se para novas aventuras; depois de limpar o palácio da presença molesta dos pretendentes, nada o atrai em Ítaca. Dante o faz atravessar as Colunas de Hércules para morrer no Oceano, o Odisseu de Kazantzákis morre, ao cabo de ousadas empresas, nas águas do Sul. Quatro ventos lhe povoam a mente com imagens trazidas do Globo inteiro ao desaparecer em luta com montanhas de gelo.

Forte é a sedução de uma vida de empreendimentos e incertezas. Em Esparta, Odisseu reencontra Helena, personalidade inquieta como ele. A beldade, farta da tranquilidade junto a seu esposo, Menelau, dispõe-se a segundo rapto. Quem a leva dessa vez é o próprio Odisseu, não para ficar com ela, uniões demoradas não o atraem. Helena permanece em Creta, onde o aventureiro a deixa a um jardineiro; Helena elege esse modesto e vigoroso companheiro num gesto de liberdade.

Forte é o impulso que agita Odisseu. O herói afronta unidades estagnadas. Auxiliado pelos dórios, um ramo de gregos loiros que invadem do norte, Odisseu solidariza-se com os oprimidos, onde quer que os encontre, contra privilegiados ociosos. Creta é a primeira imobilidade que Odisseu subleva. No Egito, o grego apoia Rala, jovem judia em rebelião contra a elite, subserviente a um faraó indolente. Rala reconhece um só deus, o pensamento livre, filho do Autoritarismo e da Fome. Odisseu decide persistir na luta precisamente quando percebe inumerável o exército egípcio. O guerreiro previne seus homens contra seduções de prazer, conforto e riqueza. Em suas reflexões, destruição e salvação avançam unidas, só pela dissolução do adquirido o espírito chega a novas revelações. Vencendo os limites do eu, o homem atinge o humano, aquém de fronteiras étnicas e culturais. Na luta contra tranquilidade, individualismo e particularismo, a guerra favorece o amor. Odisseu busca a origem de sua linhagem em Tântalo, de fome e sede insaciáveis. Beijando a Terra, sua Mãe, Odisseu aceita o universo em todos os seus aspectos.

Age em Odisseu força divina, dionisíaca. Kazantzákis transforma em imagens páginas de Nietzsche e lições de Henri Bergson, ouvidas em Paris; misturadas a sólido passado helênico, desembocam na linguagem do povo. Kazantzákis fere os cultos ouvidos dos atenienses de seu tempo com o impuro linguajar de pescadores e guardadores de rebanhos, acolhendo cerca de duas mil palavras que os dicionários não registravam. Cantando em versos de quinze sílabas, que na amplitude lembram os hexâmetros homéricos, Kazantzákis não se apressa em chegar ao fim. A *Odisseia* de Kazantzákis, quase três vezes maior do que a *Odisseia* de Homero, alcança o simbólico número de 33.333 versos. O número 3, cinco vezes repetido, passando pela *Divina Comédia*, eleva-se à Trindade, o interminável. Atento a solicitações de toda sorte, o poeta não se preocupa com a ordem apolínea. Impelido pelo élan vital de ininterruptas transformações, o cantor cede à avalanche de palavras, imagens, ritmos e sons.

O deus fervente no sangue do herói, uma força que atravessa cega a natureza até brilhar na mente humana, devora e transforma as representações divinas que acenam no caminho. A espada de Odisseu se ergue para libertar deus de escravizadoras representações bestiais. Recusando riquezas e conforto, o navegador aplaude fome e guerra, forças que obrigam a avançar. Para onde? Para lugar nenhum. A vida, florescente nas realizações, vale por aquilo que é. "Não espero nada. Não temo nada. Sou livre." – esses princípios norteiam a epopeia e a vida do poeta. O que esperar se o momento que passa lhe oferece tudo? O que temer se estoicamente acontece o que tem que acontecer? Livre é quem não reprime o que irrevogavelmente se anuncia.

Iniciada por "E", a *Odisseia* de Kazantzákis lembra o fluxo sem princípio nem fim que atravessa o *Finnegans Wake*, de Joyce. A vida não é mais do que um rico e variado desfile de sombras.

A epopeia começa e termina com a evocação ao Sol, fonte, destino e movimento da vida. O Sol evoca Osíris, revela em círculos intermináveis o que se passa na vasta e inquieta terra. A *Odisseia* de Kazantzákis é do princípio ao fim um canto de liberdade e vida. Como sonho e energia vital se confundem, o canto conquista o mundo. Nos sofrimentos e nos combates de Odisseu, a vida se renova.

Helena, confundida com a arte, disputada, no princípio por nobres, fascina burgueses no *Fausto* de Goethe, Kazantzákis a entrega ao povo. A *Odisseia* do século xx acolhe o linguajar, os conflitos e os anseios de trabalhadores.

TEOGONIA

A Jônia, no princípio mais culta e mais desenvolvida do que a Grécia europeia, forneceu as primeiras obras literárias e por muito tempo se manteve como centro da poesia e do pensamento. Com Hesíodo, da Beócia, a literatura manifesta-se pela primeira vez em território grego da Europa. Isso aconteceu no século viii a. C., época de lutas entre terratenentes e a população excluída de privilégios: trabalhadores agrícolas, pastores e artesãos. Já não é possível silenciar a luta de classes, abafada nos poemas homéricos com o predomínio absoluto dos aristocratas e de seus valores. Na convulsão emerge também a literatura pessoal. Contrastando o anonimato e a neutralidade dos poemas homéricos, Hesíodo, além de inserir o seu nome na *Teogonia,* assume atitude combativa contra a tradição. Escolhe revolucionariamente o Helicon pátrio como sede das Musas em oposição ao Olimpo. As Musas heliconianas, ao elegerem Hesíodo para lhe passarem a sabedoria dos séculos, destacam-no da pletora de cantores anônimos, apoiando nele um mundo de conhecimentos oralmente diluídos, aparentemente caóticos, muitas vezes desacreditados pela culta e consagrada literatura que vem da Jônia. Hesíodo sente-se no dever de preservar o patrimônio cultural dos trabalhadores, protesta contra a verdade única, cindindo a voz indiferenciada das Musas. Se delas é a verdade, como não admitir uma região de sombra, interesseiramente escondida por elas? Não sendo verdadeiro tudo o que se diz, desperta no poeta uma atitude crítica, que seleciona responsavelmente o que lhe convém. Visto que a realidade já não se firma em si mesma, como nas epopeias homéricas, Hesíodo busca apoio na palavra que não coincide necessariamente com as coisas. O pensamento racional necessitava dessa fenda para expandir-se nas teorias dos filósofos, século e meio depois.

Embora Hesíodo preserve a métrica de Homero (o hexâmetro), não esconde a agressividade contra ideias veiculadas por ela. Mostram-se rachaduras no solo épico, firme até aqui, anunciando o nascimento de um novo gênero, não no sentido que lhe deram os tratadistas do século XVIII, mas no sentido originário do que brota, do que vem à luz. *Genos* (gênero) procede do verbo *gígnomai:* nascer, brotar, gerar. O gênero, contrário à fixidez, mantém a literatura em estado de renovação.

Da época convulsionada em que vivia, Hesíodo dirige-se às origens, à procura de fundamento para se apoiar. Como a superfície iluminada, teatro de tudo, bastava a Homero, não vemos nele o cuidado de fundamentar; deuses, homens e coisas agrupam-se no mesmo plano de certeza, banidas as sombras. A busca hesiódica das origens prepara o caminho para a futura indagação dos filósofos. A *Teogonia*, origem dos deuses, se mostrará simultaneamente cosmogonia e antropogonia. A convergência é possível porque os deuses são manifestações de aspectos da natureza; o homem, sentindo-se unido ao universo, descobre-se a si mesmo ao refletir sobre o que se passa em torno dele.

Fiel ao projeto de fundamentar o presente, Hesíodo nomeia em primeiro lugar Zeus e sua família para, através de sucessivas gerações de deuses, chegar às divindades originárias, matrizes e nutrizes de tudo. No princípio vive a Terra (Gaia), solo fecundo e deusa. O Caos (Espaço) aloja-se entre as unidades em que a Terra se divide. No bojo da Terra, esconde-se o Tártaro, sombria região de mortos e deuses banidos. O Céu (Urano) dobra-se opressivamente sobre o disco terrestre circundado pelo Oceano. A todos anima Eros, força de atração universal. Estas são as divindades originárias donde nasce tudo o que existe, sem excluir os deuses. Enquanto no *Gênesis* se lê que Deus criou a terra, a *Teogonia* declara que a Terra gerou os deuses, diferença radical entre o pensamento hebraico e o grego.

Chegado à origem, Hesíodo narra o desdobramento do Universo. A terra primitiva, reunindo em seu corpo órgãos masculinos e femininos, gera por si mesma, sem necessidade de ser fecundada. Desdobrando-se em dois como uma célula, a Terra produz o Céu, que na qualidade de filho e esposo passa a fecundá-la. A ideia de o Céu fecundar a Terra pode ter sido sugerida pela chuva, sem a qual o solo se esteriliza. Por que não admitir que na chuva flua líquido seminal?

Quando o Céu observa a formação dos primeiros filhos, temendo-lhes a rivalidade, prende-os no ventre da própria Terra. Esta, revoltada contra a prepotência do companheiro, arma o filho mais novo, Crono, com uma foice, para atacar o pai. Instruído pela mãe, Crono investe contra os genitais do Céu. As gotas que da ferida se derramam no solo geram as Erínias, encarregadas de punir, daqui por diante, quaisquer excessos; dos órgãos genitais caídos no mar nasce Afrodite, a deusa do amor em cuja companhia passa a viver Eros.

Crono, assumindo o poder em lugar do pai que se distanciou, casa com uma irmã, Reia. A geração de deuses à qual pertencem Crono e Reia é constituída por Titãs, Titânidas, Ciclopes e Gigantes. Além de Crono são Titãs: Oceano, Cóio, Crio, Hipérion e Japeto. A Titânida Reia tem como irmãs: Teia, Têmis, Memória, Hebe e Tétis. Três são os Ciclopes: Bronte, Esterope e Arge. Surgem três Gigantes: Coto, Briareu e Gies.

Crono, tendo assumido o governo por um ato de violência e advertido de que seria destronado por um dos filhos, toma precauções tirânicas para firmar-se no trono. Gerou Hístia, Deméter, Hera, Hades e Posidon, devora todos sucessivamente à medida que vão nascendo, guardando-os vivos no próprio ventre.

Reia, revoltada com a crueldade do marido, ao gerar o último filho, Zeus, colocou nos braços do monstro uma rocha, envolta em panos. Colhido pelo ardil, Crono deglutiu a pedra. Com o mal-estar que esta lhe causou, vomitou os filhos. Libertos, insurgiram-se chefiados por Zeus, novo rei do universo.

O trono do guerreiro soberano foi duramente atacado por um levante revanchista desencadeado pelos Titãs, irmãos de seu pai, convulsionando a natureza até às profundidades do Hades. Com o auxílio dos Gigantes, Zeus dominou a revolta, prendendo os rebelados no bojo trevoso da Terra. Casado sucessivamente com muitas deusas, Zeus estabeleceu união permanente com Hera, união perturbada por frequentes infidelidades.

Essa é a linhagem dos deuses superiores. Ao lado dela desenvolvem-se muitas outras, povoa-se a terra e o mar com deuses e deusas. Organizando-se o mito como sistema explicativo para a realidade, os deuses tomam todos os espaços. A eles não escapa nem a vida interior; até os Sonhos, o Sono, a Ira e a Memória são deuses. Materialmente concebidos, excluída a abstração, casam-se e reproduzem-se em longas linhagens no incansável borbulhar da vida.

Destaque merecem divindades sombrias, ocultas nas profundidades da Terra, nos abismos marítimos e nas periferias terrestres. Heróis como Héracles e Perseu atacam monstros para ampliar o território do mundo civilizado.

As epopeias mostram que o projeto épico de abarcar a totalidade nunca se realiza a contento, quer por limites deliberadamente estabelecidos, quer por fronteiras em que esbarra a arte de dizer, quer por avanços de um mundo em desenvolvimento. O projeto ultrapassa as possibilidades do homem.

As tendências aristocráticas de Homero tinham purificado os deuses da primitiva crueldade, encobertas vivem pavorosas divindades subterrâneas. A *Odisseia* de Homero diferencia-se da *Ilíada* por admitir o disforme, ao menos em paragens distantes, onde Odisseu combate aberrações à exemplo dos heróis civilizadores de Hesíodo. Este, dando voz à classe silenciada, expõe a violência que os aristocratas pretendiam confinar a um passado vencido. Na concepção de Hesíodo, o que foi um dia é sempre. Devassando as origens, o poeta busca na própria natureza a explicação para o sangue derramado. As diferentes etapas investigadas dão-lhe certeza de que males podem ser minorados. O reino de Zeus, em que a justiça ganha envergadura, supera estágios anteriores. A fixidez homérica é abalada por um processo em que etapas de luta feroz antecedem dias menos turbulentos. A hesiódica revisão mítica desdobra desinteligências oferecidas a futuras reflexões, haja vista o conflito edípico, exposto na luta de Crono contra o pai. A narrativa de Hesíodo frequenta as raízes do mito da horda primitiva imaginado por Freud. Outro episódio notável, retrabalhado por Eurípedes, é o de Prometeu, filho de Titãs, que, condoído do homem, transmitiu a infelizes o fogo roubado dos deuses, ponto de partida do desenvolvimento humano.

Ainda que a *Teogonia* seja bem menor do que as epopeias homéricas (os mil e poucos versos da *Teogonia* não atingem um décimo do tamanho das epopeias anteriores), a epopeia hesiódica abriga matéria bem mais vasta. O épico da Beócia escreve o primeiro poema cósmico do Ocidente, impregnando-o de substância humana que não o deixa envelhecer. Hesíodo reflete sobre o universo sem esquecer conflitos locais. A guerra que destrona deuses reproduz bem as convulsões sociais que substituem monarquias por grupos poderosos e rebeldes. A *Teogonia* testemunha a revolução democrática nos seus primeiros estágios.

OS TRABALHOS E OS DIAS

Nítida tendência social revela-se no segundo poema de Hesíodo, *Os Trabalhos e os Dias*. Mais próximo da lírica que o poema anterior, o conflito surge das divergências com o irmão em torno de propriedades. Habituado a fundamentar o presente em base mítica, enquadrando o particular no geral, chega a duas rivalidades, em lugar da única: a Rivalidade (Éris) construtiva e a Rivalidade ruinosa. A segunda leva à guerra, devora riquezas, a primeira lança o homem na competição com os demais, gerando desenvolvimento e fortuna.

Essa divisão deslustra a excelência aristocrática que requeria o campo de batalha para luzir, do que dão prova as epopeias homéricas. A rivalidade prestigiada por Hesíodo favorece atividades necessárias para a subsistência, embora destituídas de grandeza bélica. Por considerar sagrada a Rivalidade construtiva, Hesíodo localiza-lhe as origens na terra por obra do próprio Zeus. O pai dos homens e dos deuses perde, assim, a imagem guerreira com que o revestiu a aristocracia e se alia ao trabalho dos que labutam nos campos lavrados, nas pastagens e na indústria. Sacudido por duas forças antagônicas, cabe ao homem responsabilidade pelos seus atos, e não submissão à externa determinação dos deuses. Inclinar-se a uma das rivalidades vem de ação voluntária. Está aí a base do apelo educativo de Hesíodo. Em vez de combater armado o irmão que o agride, procura despertá-lo para suas melhores tendências, lucrativas para ambos. Mesmo que o trabalho braçal resulte da punição divina, sobram recursos ao homem para obstruir a intenção cerceadora e alcançar melhores condições de existência. Falta ao mito grego a ideia do favor divino. A ajuda dos deuses, quando ocorre, é motivada por conflitos e não por amor-doação. Sendo belicosa a relação de deuses e homens, cabe a estes tirar vantagem da hostilidade contra interesses adversos.

Hesíodo retoma a prometeica infração do fogo e a consequente punição com a doação da mulher primeva, Pandora. Se a mulher aparece só agora, devemos conceber andróginos os homens primitivos. Com a divisão heterossexual o homem primitivo perde poder, deficiência compensada com o esforço de superá-la. A busca do bem ilumina a trabalhosa trajetória do homem. Na tradição aberta por Hesíodo, James Joyce dirá que o Homem a Caminho Está, assim HCE congrega todos os trajetos.

Hesíodo escreve uma história mítica, desde uma sonhada idade áurea até o despojamento atual. Transfere para a idade de ouro no reinado de Crono suavidades idealizadas por jônios. Os mortais, desobrigados da luta pela sobrevivência, passam os dias na folgança, sempre jovens e supridos por um solo que produzia generosamente sem cultivo. Satisfeitos com o que a natureza lhes concede, uma vez recolhidos à terra pela morte, Zeus os converte em divindades protetoras. A arrogância identifica os homens que viveram na idade de prata já sob o governo de Zeus. Depois de uma infância excessiva de cem anos, ingressam numa juventude turbulenta que lhes causa muitos dissabores. Por resistirem ímpios, o deus supremo os destrói. Mediocremente honrados, residem nas profundezas. Guerreiros, criados por Zeus, foram os homens da idade de bronze. Além de combates, nada os atraía. Extremamente fortes, destruíram-se a si próprios, sendo recolhidos anônimos ao reino dos mortos. Mais ponderada que esses foi a quarta geração, a dos heróis, também chamados de semideuses, piedosos e justos. Combateram em Tebas e atacaram Troia para reaver Helena. Zeus os removeu para os confins da terra, dando-lhes morada tranquila nas Ilhas dos Felizes, além do Oceano. A quinta geração, a mais desdita de todas, é a do poeta, a idade de ferro. Torturados pelos trabalhos de dia e oprimidos pela angústia à noite, mesmo assim encontram o bem mesclado ao mal. Também estes serão aniquilados por Zeus. O poeta antevê tempos de desrespeito, falta de hospitalidade, desprezo, impiedade, perjúrio, injustiça, violência, ciúme, maledicência. Então não haverá remédio para os males.

A sucessão de idades esboça a rota da humanação. A perda do conforto e da inocência é compensada pelo trabalho, pela responsabilidade, pelas realizações. Reiteradamente perdedor, o homem faz das deficiências motivo para novos avanços. Nada indica a restauração da idade de ouro, já que o futuro reserva dias piores que os atuais. Hesíodo, considerando encerrada a idade dos heróis, confina-a, com seus ideais aristocráticos, a um passado remoto. O trabalho e a justiça deverão tomar o lugar dos feitos bélicos.

O espaço reservado às reflexões sobre a justiça antecipa a poesia lírica de Sólon. Apenas o primeiro terço do poema tem características épicas. O avançado estágio de abstração no que segue inaugura a fase pós-épica. Depois de termos acompanhado da *Ilíada* à *Teogonia* o alargamento épico empenhado em *apanhar* a totalidade, vemos os derradeiros lampejos desse ímpeto em *Os Trabalhos e os Dias*, aurora de outras preocupações.

BATRACOMIOMAQUIA

Um rato, que escapou dos dentes de um furão, desce ao lago para matar a sede e é recebido por um batráquio, não por um qualquer; o rato tem a honra de ser saudado pelo próprio rei dos batráquios, o imponente Bochechinflada. Ao estilo das epopeias veneradas, o monarca pede que o roedor se identifique, que revele sua linhagem. O interpelado não deixa por menos. Apresenta-se como Papafarelo, de uma família conhecida por homens, deuses e aves. Papafarelo honra-se de ser filho de Roebroa. Lambelíquido chamava-se sua mãe, filha de Trincatorresmo. Papafarelo estranha que Bochechinflada o queira como amigo, já que vivem em domínios diferentes: o solo e a água. De mais a mais, nada falta ao roedor sedento. Afeito a delícias do estômago como Odisseu, o rato enumera as iguarias que deleitado experimenta: queijos, toucinhos, pães... Embevecido, Papafarelo se demora na longa lista de guloseimas. Heroicos combates abrem-lhe o caminho a apetitosos tesouros. Papafarelo não teme os homens, de corpo imponente, cujos leitos ronda confiado. Só dois inimigos o assustam, o falcão e o furão, notadamente este último por ousar persegui-lo até dentro da toca.

Bochechinflada sorri acolhedor. Gaba-se de, como anfíbio, mover-se tanto no solo como na água, o que lhe dá acesso a fabulosas riquezas. Se Papafarelo tiver interesse em conhecer seu palácio aquático, basta ocupar o lombo do monarca para conhecer inesperadas surpresas. Curioso como Odisseu, explorador de mares, e confiante como Europa que montada num touro foi levada através de ondas imponentes a terras ignotas, Papafarelo aceita o convite. Começa a viagem. À medida que Bochechinflada se afasta da margem, as ondas atrapalham o conforto do roedor aventureiro. Os rodopios de uma cobra aquática assustam Bochechinflada que, intimidado, mergulha sem dar atenção ao hóspede que morre afogado.

É o início da guerra entre ratos e sapos. Tanto uns como outros armam-se com escudos, espadas e lanças para cruentos combates em que acontecem avanços e recuos ao gosto e ao vocabulário da *Ilíada* com detalhada descrição dos órgãos perfurados por mortíferos instrumentos.

Zeus não consegue convencer os deuses da conveniência de se envolverem na guerra. Palas Atena argumenta que não faria nada pelos ratos, invasores despudorados de santuários seus e responsáveis por danos em suas custosas e divinas vestes, nem defenderia batráquios, perturbadores de sagrado repouso seu. Como a guerra de sapos e ratos não entusiasma divindade alguma, a corte divina limita-se a observar o andamento das batalhas.

Os roedores levam a melhor. Para evitar dano ecológico irreparável, intervém Zeus, interessado na preservação dos batráquios. Um exército de caranguejos afugenta os ratos. O pôr do sol encerra a guerra de um só dia.

Criada está a paródia. A *Batracomiomaquia,* primeiro atribuída a Homero, é agora considerada obra de um autor anônimo do século v a.C. Ousemos dar à obra, de data incerta, que lacunosa nos veio em trezentos e poucos versos, um título menos rebuscado, *Sapo-e-ratomaquia,* de preferência a *Sapo-ratoíada* ou *Sapo-ratopeia.* A epopeia satírica é formada de um conjunto de batalhas como as de troianos contra gregos, atacantes, segundo a *Ilíada,* de Troia por quase dez anos. A *Sapo-e-ratomaquia* concentra as refregas em um só dia como a tragédia.

A paródia, ode cômica, espelha uma obra séria; na obra em foco, a *Ilíada*. A *Sapo-e-ratomaquia* mina a seriedade da epopeia parodiada. O heroísmo brilhante dos divinos heróis homéricos, cinicamente vilipendiado, esmaece. A verdade está mais embaixo, movimenta-se numa região em que nomes respeitados cedem lugar a palavras vulgares, a conflitos de forças da natureza. Nessas obscuridades, o poder dos olímpicos, dos quais os heróis homéricos são filhos, não penetra. Batráquios e roedores, animais rotineiros e sem destaque, são os ancestrais dos guerreiros do charco. Zeus só intervém no fim, não diretamente: o pai dos deuses e dos homens limita-se a suscitar um exército de caranguejos para proteger da destruição os batráquios derrotados.

A comicidade do poema, corrosivo, leva às raízes, a um lugar de batalhas obscuras, região em que títulos de nobreza nada significam. Guerreiros, quaisquer que sejam, não passam de sapos inflados ou de ratos sedentos de água, em lugar de sangue, ouro, terras, iguarias. Os grandes feitos épicos recuaram a um passado mítico, sonhado, inoperante. As tempestades bélicas de agora são inexpressivas como os habitantes de cavernas e charcos. Apagadas luzes olímpicas, sombras obscurecem feitos. Valores, inquestionáveis em outros tempos, terão que ser laboriosamente construídos, tarefa de poetas líricos, tragedistas e filósofos.

ARGONÁUTICA

Apolônio de Rodes (295-230) empreende, no período helenístico, a trabalhosa tentativa de restaurar a epopeia homérica. Recorrendo ao dialeto em que foram escritos a *Ilíada* e a *Odisseia*, escreve a *Argonáutica*, obra de poeta erudito; embora curta (quatro cantos, aproximadamente a metade dos versos da *Odisseia*), digressões retardam a ação.

Pélias organizou uma festa em homenagem a Posidon. Jasão, um dos convidados, perdeu uma sandália ao atravessar um riacho. Ao ver Jasão, Pélias lembrou-se de um oráculo que o advertia contra um homem descalço. Perguntando ao herói o que ele faria, se fosse rei, com um homem que pretendesse destroná-lo, respondeu-lhe Jasão: eu ordenaria que trouxesse o Velocino de Ouro. Velocino de Ouro? Chamava-se assim um pelego de ouro que Frixo, um exilado oferecera a Eetes, rei de Cólcida, ao sopé do Cáucaso. Zeus enviou ao fugitivo condução divina, um cordeiro alado, revestido de pelos de ouro. Eetes, ao acolher o suplicante, deu-lhe sua filha Calcíope em casamento. Agradecido, Frixo sacrificou o carneiro a Zeus, oferecendo o velocino ao sogro e protetor.

Desprendida de fatos históricos, a *Argonáutica* é fabulosa desde a proposição:

Febo, começo por ti. Relatarei os feitos de mortais antigos, os que, atravessando o Mar Negro, buscaram o Velocino de Ouro a mando de Pélias, o rei. Argos chamava-se a nau. Argos chamava-se o construtor instruído por Atena, isso cantaram aedos antes de mim. Recordarei cada um dos heróis e sua linhagem. Descreverei a longa viagem e suas façanhas. Que a Musa inspire meu canto!

Saudados por muitos, os aventureiros resistem a súplicas femininas, partem eminências da grandeza de Polifemo, Argos, Peleu e Héracles. Os heróis, homenageados pelo poeta, não desempenham função alguma na realização da tarefa, aparecem com valor só literário. A ação concentra-se toda em Jasão.

Fabulosas desfilam as aventuras. Quando os olhos brilhantes da Madrugada se abriram, ventos enfunaram as velas ao som da lira de Orfeu. A nau baixou âncoras em Lemnos, terra habitada só por mulheres. E os homens? Esses, em guerra com Trácia, fascinados por mulheres cativas, desinteressaram-se das próprias, castigo de Afrodite a quem mulheres de Lemnos não rendiam culto. Enfurecidas, as ímpias mataram seus maridos. Temerosas da vingança dos solteiros, extinguiram todos os homens da ilha. Administração, defesa, comércio, agricultura, pecuária foi, desde então, atividade delas. Quando aportou a nau Argos, decidiram, em assembleia, acolher os navegadores para assegurar prole.

Hipsípile, a rainha, transmitiu a Jasão uma versão menos cruel. Os homens teriam atacado os trácios; por castigo, o fogo de Afrodite teria inflamado pelas cativas o peito dos atacantes. No calor da paixão, todos os homens teriam emigrado, abandonando mães, esposas e filhas. A rainha, acolhendo ardorosamente os argonautas, ofereceu a Jasão a coroa da ilha. Reuniões festivas prolongaram-se por dias até esbarrarem no alerta de Héracles, resistente desde o princípio à envolvente acolhida, não seria em braços femininos que lhes viria renome imorredouro.

Retomada a viagem, os argonautas, por equívoco, travaram combate com os cícicos, povo que os acolhera hospitaleiramente. A rainha, desesperada com a morte do esposo em combate, enforcou-se. Das lágrimas dela e das ninfas, nasceu uma fonte chamada Clite, nome da viúva inconsolável.

Na costa da Mísia, mãos acolhedoras saudaram os argonautas. Héracles, cujo remo tinha quebrado, entrou num bosque para fabricar outro. Hilas, jovem amigo do herói, saiu em busca de água potável. Ninfas, encantadas com sua beleza, atraíram-no a um manancial, onde se afogou. A nau partiu enquanto Héracles, com o auxílio de Polifemo, procurava sem resultado o companheiro. Télamon acusou Jasão de ter abandonado intencionalmente o amigo para evitar que o valente lhe tomasse o comando. Glauco interveio apaziguador, lembrando que circunstâncias determinadas pelo destino retiveram Héracles e Hilas na Frígia. Héracles teria assim oportunidade de concluir os doze trabalhos impostos.

Amico, da Bebrícia (estamos no II Canto) não deixava ninguém passar sem que o enfrentassem em competição esportiva. O rei, que já liquidara muitos no boxe, agonizou a um golpe certeiro de Polideuces. Os bebrícios se insurgiram. Batidos, dispersaram-se como um rebanho de ovelhas. Rumo ao Bósforo, os navegadores chegaram ao palácio de Fineu, castigado de velhice sem termo por ter revelado indevidamente oráculos de Zeus. Perdida a visão, as Harpias lhe arrebatavam os manjares que mãos dedicadas lhe traziam. O velho garantiu informações sobre o futuro da empresa, desde que os visitantes o livrassem do flagelo. Zetes e Calaís, alados filhos do vento Bóreas, extenuaram os monstros na perseguição. Íris, a mensageira dos deuses, interveio, advertindo os intrépidos perseguidores que não lhes seria permitido levantar as espadas contra as Harpias, cães de Zeus, ela própria lhes arrancaria o juramento de deixarem Fineu em paz. Agradecido, o vidente revela aos argonautas parte das dificuldades que haveriam de enfrentar até chegarem ao Velocino de Ouro, guardado na caverna de Ares, no reino dos cólcidas. O sucesso viria de Afrodite.

Ao se aproximarem das Rochas Azuis, as Simplégadas (rochas chocantes), os aventureiros soltaram uma pomba, como recomendado. A passagem estaria garantida se a pomba vencesse a distância sem ser esmagada. Quando o entrechoque ocorreu, a pomba já tinha alcançado o outro lado. Os marinheiros moveram os remos quando as rochas voltaram a oferecer passagem. Só a popa sofreu danos como vaticinado pela pomba que perdera as penas da cauda no choque rochoso. O feito imobilizou as rochas para sempre.

Nova invocação abre o Canto III:

Vem Erato, ampara-me. Dize-me como Jasão devolveu o Velocino a Iolco, auxiliado por Medeia. Erato, companheira de Afrodite, erótico é teu canto e nome.

Enquanto os heróis vigiavam emboscados, confabulavam Hera e Atena longe das divindades congregadas. Para socorrer Jasão, deliberaram consultar Afrodite, querem que Medeia, filha do rei Eetes, se apaixone pelo aventureiro. Procurada, Afrodite queixa-se de Eros, furiosa; tem vontade de quebrar as flechas do filho desobediente, ainda assim, promete colaborar. Encontrando o garoto em companhia do belo Ganimedes, companheiro de Zeus, a deusa manda o filho realizar a tarefa com promessas de recompensa. Ferido pulsa o coração de Medeia, as faces enrubescem.

Jasão, acompanhado de alguns companheiros, dirige-se ao palácio. Eetes promete o Velocino, caso Jasão subjugue dois touros armados de guampas de bronze e chamas de fogo expelidos pelas ventas. Vencidos os touros, Jasão deveria semear o solo com os dentes de um dragão. Temeroso e sem conselho, Jasão é socorrido por Medeia. Em intenso conflito consigo mesma, a princesa oferece a Jasão uma poção, trazida do templo de Hécate. Untando o corpo e o escudo, a chama taurina não o molestaria. Da terra lavrada e semeada nasceriam guerreiros armados para dar-lhe morte. Estrategicamente escondido, pedras lançadas pelo agredido levariam os atacantes a combate mortal de uns contra os outros. Findos os trabalhos, Medeia acompanharia Jasão como esposa. Magicamente instrumentado, Jasão abateu os animais e os misteriosos adversários.

O poeta volta a invocar a Musa na abertura do último canto, o IV.

Tu mesma, Musa minha, dá voz às dores e aos planos de Medeia.

Rompendo o pacto, Eetes, rodeado de guerreiros escolhidos, passou a noite a planejar o castigo. O rei sabia que o estrangeiro não teria triunfado sem o auxílio da filha. Acompanhado de Medeia, Jasão aproxima-se da caverna. Palavras mágicas de Medeia aquietam o monstro vigilante. De posse do Velocino, Jasão ordena a fuga.

Perseguidos por Eetes, Medeia retalha o irmãozinho que a acompanhava para retardar o avanço do pai. Quando o rei, retardado pelo cuidado de recolher os pedaços do filho largados pelo caminho, alcançou o porto, a nau de Jasão já tinha partido.

Os fugitivos foram atacados por uma tempestade enviada por Zeus, ofendido pelo infanticídio. Só purificados do crime, escapariam do flagelo. Rumo ao Oeste alcançaram o Mediterrâneo e o reino de Circe que os limpou da mácula.

Homens enviados por Eetes exigiram de Alcínoo a entrega de Medeia, raptada por Jasão, hóspede do soberano. Alcínoo respondeu que, se Medeia já tivesse sido desvirginada, deveria acompanhar o esposo. Arete, a rainha, comunicou o segredo a Medeia. Jasão fez de Medeia sua mulher num leito coberto com o Velocino de Ouro, ao som da lira de Orfeu.

Em Creta, os navegadores tiveram que enfrentar Talo, um monstro autômato construído por Hefesto. Enlouquecido por Medeia, o monstro morreu ferindo-se no único lugar vulnerável. Retornando à sua terra, Jasão dirigiu-se a Corinto e ofereceu a embarcação a Apolo.

Calímaco, mestre de Apolônio, apoiado na *Poética* de Aristóteles, desaprovou o poema amplo, a época privilegiava as narrativas reduzidas a algumas centenas de versos. Apolônio mantém distância prudente da amplitude homérica e da brevidade alexandrina. O poema épico encolhe também por outros motivos. Governos autoritários tiram ao homem o poder de movimentos amplos. Não faltam, entretanto, a Apolônio decisões adequadas. Os deuses esvaziados da antiga majestade impregnam-se de trivialidade saborosa. Depois dos ataques de Eurípedes aos heróis antigos, a reverente exaltação de heróis, cultivada por Homero, compareceria deslocada; o Jasão omisso e inseguro de Apolônio é mais convincente.

Afrodite erotiza a epopeia; além de atuar na vida privada, inflama o coração de soldados. Nos versos de Apolônio, Ares recua ante o poder de Afrodite. O amor detém os golpes da espada, mulheres aniquilam guerreiros. A sedução feminina ameaça e ampara. Sem o auxílio de Afrodite, Jasão teria morrido ignorado, longe dos seus. A Medeia de Apolônio lembra a *Afrodite de Rodes,* uma estátua. Lá e cá, a mulher, rebelde, ensaia movimentos livres.

Platão condenara Orfeu no *Banquete* por servir-se da magia para tirar Eurídice do mundo dos mortos. Na *Argonáutica,* a arte de Orfeu exerce poder divino, transformador, mágico, poder que se desenvolve longe da vigilância dialética. Encantador de seixos, rios e carvalhos, Orfeu cadenciou nas cordas da lira a marcha ordenada e compacta das árvores, de Piéria, onde verdejavam, ao estaleiro que produziu a nave no litoral da Trácia. Cantando a formação do universo, Orfeu evitou que uma querela entre os guerreiros se agravasse. Castigados por intempéries, a lira de Orfeu animou a dança sagrada dos que, em sacrifício, invocaram a Grande Mãe Cibele no monte Díndimon, que aquietou os ventos. Em Bebícia, aventureiros cansados repousaram ao som da lira. Encantados com a música de Orfeu, os marinheiros mantiveram-se indiferentes ao canto das Sereias. Aos sons da lira, Jasão e Medeia adormeceram abraçados. Orfeu defende heróis do assédio da morte. Investido de poder, Orfeu se afasta de Homero, sujeito às Musas.

A *Argonáutica* termina em tom de júbilo. Por quê? O Velocino de Ouro é símbolo do inalcançável. Eetes imaginou ter recebido um bem, o Velocino só lhe trouxe desgraças. Episódios legendários encadeiam-se para levar Jasão rumo a um objeto fantasioso, o que é o Velocino que lhe serviu de leito conjugal se não a presença de ausências: ausência de heroísmo, ausência de poder? Fetiche! Jasão dorme com uma mulher a quem deve tudo. Sem Medeia Jasão seria um punhado de cinzas, restos de um sonhador incinerado. Perdido o ideal heroico, Jasão não é mais do que caricatura de herói. Vive insatisfeito em terra estranha. A *Argonáutica* espelha um mundo que perdeu sentido. Apolônio evoca sombras de sonhos.

Finda a pólis, o homem, desamparado dos deuses e afastado das decisões políticas, agarra-se às cordas da lira para não sucumbir nas redes da insignificância. Orfeu, máscara de Apolônio, transforma em sonhos imagens como as que cercam Odisseu no Reino Invisível. Os vínculos que ainda amarram Apolônio ao passado rompem-se no romance, gênero que se desenvolve na mesma época.

ALEXANDRÍADA

Consta que Alexandre Magno, rei da Macedônia, lamentava não contar com um poeta como Homero cujos versos mantiveram viva a memória de Aquiles. O conquistador desconsiderava que a *Ilíada* só apareceu séculos depois da morte do herói, alimentada por robusta tradição oral. A imaginação não desamparou Alexandre. Lendas faziam-no conviver com amazonas, conversar com brâmanes, submergir nas ondas do mar, procurar a água da vida e voar pelos ares. As aventuras de Alexandre misturaram-se com fantasias medievais. Os poderes extraordinários do guerreiro, taumaturgo e sábio encantavam auditórios e leitores. As lendas que engrandeciam Alexandre Magno fizeram-se romance, *Alexandríada* é do terceiro século da era cristã, obra de um pseudo-Calístenes; a narrativa desaparecida no original foi preservada em traduções que difundiram as façanhas do macedônio no Ocidente;

reinventadas em idiomas nascentes; colocaram o aventureiro ao lado de Artur, Tristão e Siegfried.

Gautier de Châtillon escreveu *Alexandríada* (*Alexandreis*), no século XII; reaproximando o herói de experiências terrenas, relata, entre batalhas e conspirações, em mais de cinco mil versos, episódios como o do nó górdio, atribui a morte de Alexandre à influência maléfica de divindades obscuras. *Li Romans d'Alixandre*, epopeia francesa de Alexandre de Bernay, baseada na anterior, apareceu no mesmo século ou pouco depois. Bernay cria um Alexandre ambíguo. Conflitam já nos primeiros versos (mais de vinte mil) amor e ódio, afeição e severidade. O veneno administrado por súditos rebeldes teria matado Alexandre? O poeta inquietou com a dúvida receptores nobres. Cabe ao *Li Romans d'Alixandre* a invenção do verso de doze sílabas, o alexandrino.

El Libro de Alexandre, epopeia espanhola do século XIII, de autoria incerta – época em que a Península Ibérica começa a interessar-se por assuntos mais amplos do que os locais – produz um Alexandre empreendedor, generoso, sedento de saber. O Alexandre divulgado pela Espanha, fértil em digressões, exprime sonhos, esperanças e temores causados por sinais no céu e no mar. A força do guerreiro iguala a de Hércules. Alexandre, embora ambicioso e apaixonado, é justo e generoso. Guerreiro invencível, pune de morte os assassinos de seu antagonista Dario, homenageia-o com memorável discurso fúnebre. Bravatas do Alexandre medieval alucinam o Quixote de Cervantes.

Com as façanhas romanceadas de Alexandre na lembrança, Camões mandou calar a musa antiga, agora superada pelas navegações e batalhas portuguesas, assentadas em fontes fidedignas. Na epopeia portuguesa, o homem, esclarecido pelas luzes da Renascença, desperta de uma época obscurecida por sonhos.

KONSTANTINOS KAVÁFIS

O mundo grego é maior do que a Grécia. Assim foi ontem, assim é hoje, Alexandria ainda fulgura como um centro de cultura helênica. Konstantinos Kaváfis (1863-1933) nasce, vive (com alguns anos de ausência na Inglaterra) e morre na florescente cidade egípcia. A grandiosidade do império britânico não o desequilibra. Como para Odisseu, ser grego é para Kaváfis resultado de escolha. A cultura e a língua do poeta são gregas.

Kaváfis é um épico, o passado heroico de seu povo, desde Homero, povoa seus versos. Ou melhor, Kaváfis é um épico às avessas. É o que se vê em "Esperando os Bárbaros". Os bárbaros são aguardados pelo senado, pelo imperador, pelos cônsules, pelos pretores, pelos oradores, pelo povo. De repente praças e ruas se esvaziam. Por quê? Porque mensagens vindas das fronteiras anunciam que os bárbaros se retiraram. A derrota não vem do exterior, o fracasso se desenvolve em peitos que, por inércia, delegaram a outros a direção da vida. A inatividade que aniquila povos ameaça a vida de cada um. Inatentos, vemo-nos inesperadamente prisioneiros em muralhas que se ergueram sem que percebêssemos o movimento de braços hostis. Muralhas que nos tempos épicos protegiam, confinam agora. Ao contrário de Rigas, Kaváfis recorda a perda de energia. Os cavalos de Aquiles, imortais, choram a fragilidade dos homens! Ilusório é o brilho de Cesário, filho de Júlio César e de Cleópatra. Demétrio Sóter, príncipe sírio que vive em Roma como refém, sente-se destinado a devolver liberdade e grandeza a seu povo. Sem nenhuma possibilidade de fugir da Itália, seus enérgicos projetos esfumam-se em sonho.

Nas visões sombrias de Kaváfis espelha-se a Europa de princípios do século XX. Em meio a vivas à máquina e à fracassada esperança na regeneração pela guerra, ecoam nos ritmos prosaicos do poeta batalhas mortíferas. Trágico como os teatrólogos áticos de outros tempos, Kaváfis extrai de infortúnios lições de vida. Os poemas de Kaváfis terminam com versos que levam a pensar, convocam a sérias decisões. A vida se refaz nas ruelas escuras de Alexandria, aquecidas pelo entusiasmo de satisfações passageiras. Que resta além do prazer? Nos versos de Kaváfis o cuidado da elaboração poemática e a espontaneidade da fala cotidiana confluem. Kaváfis cansou da sonoridade, das exaltações e dos imagismos oníricos de Palamás, que soaram por cinquenta anos em ouvidos gregos. O ritmo prosaico da linguagem de todos os dias e os corações ardentes das ruelas anoitecidas de Alexandria atraem Kaváfis. Palavras se armam para preservar o que sem elas se perderia no rio que arrasta acontecimentos empolgantes ao mar do olvido. Sonhos se regeneram na língua que se refaz cuidadosamente elaborada. Em lugar de bravatas militares, Kafávis frequenta batalhas segredadas em trincheiras interiores, conflitos expressos em olhares, em gestos, em passos conduzidos pelo acaso. Como no romance antigo, aventuras começam e terminam sem norte. No torvelinho de Alexandria decisões ocorrem à margem de ideias tecidas para orientar.

Um dos poemas festejados de Kaváfis é "Ítaca". O regresso de Odisseu se interioriza. Por que temer ninfas e gigantes subjetivados? Todos demandamos Ítacas sonhadas. Mesmo que não sejam mais concretas que desejos, Ítacas nos fazem visitar portos de puro prazer. Por que apressar a viagem se o prazer embeleza o percurso?

Historiógrafos

HERÓDOTO

Heródoto (485-420) vive o triunfo das pequenas cidades gregas sobre o grande império persa. Ainda que nascido na Ásia, solidariza-se com as unidades políticas do continente europeu, notadamente Esparta e Atenas. A guerra mostrou a superioridade de homens livres sobre multidões submissas. Como grego, Heródoto não sintoniza com o inumerável. Ao se confrontarem gregos e bárbaros, triunfou a medida sobre a desmedida, ideia que orienta tanto a análise dos acontecimentos mundiais quanto a construção da obra literária. Estreitos são os limites do mundo. O Ocidente termina um pouco depois da Líbia, lugar em que o historiador situa as Ilhas dos Felizes; ao Oriente o mundo acaba nas montanhas da Índia. A história da humanidade se passa nesses acanhados limites. Ainda que o projeto de Heródoto seja amplo, não se distancia da Grécia; rumo às fronteiras do mundo, acumulam-se os sinais de primitivismo; já em Homero, antropófagos e gigantes vivem na periferia.

A epopeia, a lírica, a filosofia e o teatro já estavam constituídos quando Heródoto, pai da historiografia (ou da ficção literária?), começou a escrever. Cronistas houve, Hecateu é um deles, mas limitavam-se a registrar cronologicamente fatos sem interpretá--los. Filósofos e poetas líricos libertaram Heródoto da aceitação servil do mito. As *Histórias*, epopeia em prosa, alargam no tempo e no espaço as fronteiras em que se mantinha a narrativa versificada de Homero. Platão escreverá, depois de Heródoto, *A República* para julgar constituições.

A introdução das *Histórias* corresponde ao proêmio da epopeia. Por não contar com a assistência das Musas, o escritor recorre à investigação. Demitida a Memória, reservatório do saber, informações orais e escritas socorrem o escritor. A linguagem dessacralizada, a de todos os dias, toma o lugar do discurso solene. Creso encabeça o elenco das personalidades estrangeiras por ser o primeiro a sujeitar cidades gregas; atenção merece o império persa por anunciar a penetração bárbara no continente europeu. Liberta a Grécia, os bárbaros saem de cena. Costumes bárbaros só atraem se comparados a modos de vida helênicos.

Poderíamos subordinar a historiografia de Heródoto ao aforismo de Heráclito: "Com efeito, os olhos são testemunhas mais acuradas que os ouvidos", palavra citada no princípio das *Histórias*, ligeiramente modificada: "os ouvidos dos homens são mais incrédulos que os olhos". Examinemos o contexto em que Heródoto alude a Heráclito. Candaules, ancestral longínquo de Creso, julgava ter como esposa a mulher mais bela de todas e não se pejava de exaltá-la a Giges, chefe de sua guarda, embora o rei não estivesse convencido de que seu discurso proporcionasse ideia exata das qualidades destacadas, razão que o leva a esconder o guarda atrás da porta da câmara nupcial, donde era possível observar a beldade despir-se e dirigir-se nua ao leito como fazia todas as noites. A rainha, atenta ao que se passava, chamou no dia seguinte Giges à sua presença. Visto que o confidente do rei incorrera em falta imperdoável, a soberana oferece-lhe a opção de morrer ou de matar seu marido para se casar com ela. Cometido o regicídio, Giges recebe em recompensa a mão da rainha e o trono do amigo assassinado. Heródoto parodia a *Ilíada*? Lá como aqui a beleza é perigosa; lá como aqui, luta-se pela posse da mulher mais bela do mundo.

A substituição de reis por tiranos é frequente nessa época. Heródoto não é o único a salientar a participação feminina na transmissão violenta do poder. Na *Oréstia* de Ésquilo, Clitemnestra, auxiliada por Egisto, seu amante, assassina Agamênon, vitorioso da campanha contra Troia. É temerário afirmar que os olhos sejam mais confiáveis que os ouvidos. Merecem confiança olhos inflamados de paixão como os de Giges? Ademais, experiência onírica e visão cotidiana se embaralham; para ambas, os gregos empregam o mesmo termo, *ópsis*.

A visão voltada à escrita não exclui incertezas. Além de os documentos ainda serem raros – estamos numa época em que a escrita engatinha – não estão protegidos da ingerência de fantasias, de enganos, de falsidades. Informações orais que circulam à margem do controle podem ser mais verdadeiras que documentos escritos. A ligeira modificação introduzida por Heródoto na sentença de Heráclito aprofunda a crise; se os ouvidos são mais incrédulos que os olhos, a suspeita contamina todos os sentidos.

Os deuses, em harmonia com a tendência geral do v século a.C., retiram-se desantropomorfizados a alturas insondáveis, donde, transformados em leis cósmicas, regem o universo. Encerrada a assistência das Musas, o narrador assume a função de guiar o leitor. A investigação destitui a inspiração, a preferência por fontes orais pode parecer metodologia equivocada. Que garantia podem oferecer, entretanto, registros impregnados de visões míticas? Não é mais prudente dar ouvidos a pessoas judiciosas? A história vem do homem e é através de homens que ela se desdobra. A fonte oral, rica de sentimentos, importa mais do que fonte neutra. Advertido da incerteza que macula informantes, Heródoto escreve, por vezes, como se as narrativas valessem por si mesmas, não resiste à sedução da palavra; seduzido, seduz. Desde Tucídides denuncia-se carência de rigor em Heródoto. Se consideramos o pai da historiografia também pai da ficção, tratar fatos com autonomia não é reprovável. De ambições, loucura e sagacidade, a ficção sabe mais.

A estrutura narrativa de *Histórias* lembra as epopeias de Homero: linearidade temporal interrompida por circularidade digressiva. Digressões modelam as fabulosas aventuras narradas por Odisseu à nobreza feácea no palácio de Alcínoo. Graficamente poderíamos representar o processo por uma linha reta interrompida por círculos que se abrem a outros círculos. Heródoto dedica todo um livro a Cambises, conquistador do reino dos faraós; a conquista ocupa poucas páginas, a digressão perpassa a riquíssima cultura egípcia.

Corria entre os gregos a lenda de que Zeus, apaixonado por Io, teria transformado a jovem em vaca para livrá-la dos ciúmes de sua esposa, contentando-se em visitar a malfadada em forma de touro. O ardil não protegeu a jovem da fúria de Hera. Atormentada por uma mutuca, maldição da deusa, a princesa teria percorrido Europa e Ásia antes de fixar-se no Egito. Heródoto, baseado em fonte persa, despreza o mito de Io como causa remota do conflito euroasiático. Silenciadas as Musas, o discurso (*logos*) quebra-se em muitos discursos, versões divergentes instabilizam certezas, carregam mundos. De Homero a Heródoto, viajamos da convergência à divergência. Enquanto os persas têm o fogo por deus, os egípcios o consideram animal. Para ambos os povos deitar fogo a cadáveres é ato ímpio, mas por razões bem diversas. Os persas condenam a incineração de corpos para resguardar divindades de impurezas; os egípcios desprezam a cremação para não oferecerem corpos humanos a uma fera, o fogo. Enorme foi a ofensa de Cambises ao ordenar a cremação da múmia de Amásis. Heródoto insiste no ritual da morte porque nos poemas homéricos as chamas conduzem à derradeira morada os que tombaram.

Na ausência de lei universal, cumpre respeitar normas peculiares. Cambises cai na loucura de ultrajar o touro sagrado dos egípcios, ferindo-lhe a coxa. Pouco tempo depois, Cambises morre ferido por golpe acidental. Mistério! Heródoto fez de Cambises herói trágico.

A religião, fundamento outrora da verdade, entra na categoria dos costumes, variados como os povos. O relativismo lembra Xenófanes para quem cavalos e bois, se soubessem desenhar, representariam os deuses como bois e cavalos. Como harmonizar o *logos* de cada um e o *logos* geral? Heráclito responde que o particular desemboca no geral, Heródoto detém-se na observação. Para entender os infortúnios de Creso, Heródoto busca motivos no presente (ambição, crendice, ignorância) e no passado (faltas cometidas por ancestrais).

Para estabelecer a origem da linguagem e dos povos, Heródoto escolhe a observação. Psamético, com o intuito de conhecer o povo mais antigo, confia dois recém-nascidos a um pastor com a ordem de que ninguém profira uma só palavra na presença deles. O faraó queria saber que palavra as crianças, isoladas, diriam primeiro. Ao ser informado de que a palavra *bekos* saíra de seus lábios, Psamético deu ordens para procurarem a língua em que a palavra *bekos* tinha significado. Ao ser informado que para os frígios *bekos* era pão, ele e os egípcios concluíram que os frígios eram mais antigos que os egípcios. Heródoto argumenta ainda que o Egito, sendo terra de aluvião, deve ser de origem recente contra pretensões de antiguidade.

Heródoto não permite que a análise dos fatos seja ofuscada pelo prestígio de obras literárias. Privilegiando o testemunho dos sacerdotes egípcios, afirma que Helena não esteve em Troia, Homero teria ignorado essa versão no interesse de sua própria invenção poética.

Dario, ao atacar os citas, esperava enfrentar um exército regular. Derrotado o inimigo, viria a ocupação da capital, a rendição, a pilhagem, a anexação. Em lugar disso o monarca combatia um exército invisível, atacavam-no e sumiam, capital não havia; os citas, sendo nômades, se moviam atraídos por pastagens e aguadas. Despreparado para enfrentar guerra de guerrilha, Dario se retira. Não teve êxito na campanha contra os citas por ignorar a peculiaridade dos adversários.

A guerra contra os citas, invenção de Heródoto, deveria elucidar a vitória de Atenas. Os atenienses, móveis como os citas, entregam a cidade ao invasor e o atacam inesperadamente no mar, vindos de um lugar invisível. Derrotados no mar, os persas, sem o apoio da frota, são obrigados a recuar desordenadamente, acossados de todos os lados por pequenos contingentes. O poder central dos persas desestabiliza-se atacado por grupos descentrados. Os atenienses triunfam, graças à união da centralidade com a mobilidade, ativa não só na estratégia militar, mas também na inquietação intelectual.

A narrativa cria um mundo em que as leis se retraem, o medo de agir cresce à medida que a insegurança se amplia, a desgraça ilumina a mente. A viagem de investigação e a incursão militar guardam semelhanças, o desejo de alargar domínios, a vontade de saber o que se passa além das fronteiras, o ímpeto de dominar o desconhecido. Há o discurso do universo e leituras, estas vacilam.

A ação é frequentemente interrompida por diálogos que exprimem conflito interior, procedimento vizinho à arte romanesca. Os diálogos, ao caracterizarem personagens, conferem à narração densidade que ultrapassa a curiosidade histórica. Narrativas novelescas como de Giges e Candaules levam a estupidez ao ridículo.

Heródoto chega a encadear contos saborosos ao gosto das *Mil e Uma Noites*. Ladrões tinham penetrado no tesouro de Rampsinites, rei do Egito. Um deles, extremamente inventivo, conseguiu evadir-se de todas as tentativas de captura. O rei, deslumbrado pela habilidade do infrator, perdoa-lhe as faltas e o recompensa com a mão da própria filha.

Heródoto inaugura a fábula em prosa. As cidades gregas da Ásia recusaram ajuda a Ciro na guerra contra os medos. Enviaram-lhe, entretanto, uma delegação após a vitória. Ciro, em resposta, contou-lhes esta fábula: "Um flautista tocou para os peixes do mar, pensando que os atrairia à terra. Frustrada a esperança, arrastou-os à margem, presos na rede. Vendo-os saltar, mandou que parassem. Por que dançavam agora, se não o fizeram quando ele tocava?" Os gregos, assustados com a resposta, resolveram pedir proteção a Esparta. A fábula traduz a apreensão dos pequenos Estados asiáticos ante o imperialismo, a riqueza das cidades gregas atraía os poderosos.

Abundantes são as anedotas. Uma delas é conhecidíssima. Dario, querendo intimidar os trezentos espartanos que defendiam a passagem pelas Termópilas, que dava acesso ao continente europeu, adverte que as frechas disparadas pelos seus soldados escureceriam o sol. Responderam-lhe os gregos: lutaremos à sombra.

Anedótica é a eleição desse mesmo Dario como imperador. Sete candidatos ao trono acertaram sair a cavalo de madrugada. Aquele cujo cavalo relinchasse primeiro seria o imperador. O guardador dos cavalos de Dario colocou em lugar estratégico uma égua apetecível ao cavalo. Vendo-a, o cavalo de Dario relinchou, diante dele se prostraram os outros candidatos.

Pelo modelo de Heráclito, os aforismos de Heródoto têm valor intemporal, a exemplo da advertência de Sólon a Creso: ninguém poderá ser considerado feliz antes de morrer. Silenciada a voz dos deuses, soa a palavra lapidar dos homens.

O narrador passa da conversa vivaz a descrições precisas, de narrações patéticas ao discurso político, da reflexão trágica à leveza da anedota, de episódios privados ao amplo movimento de tropas, da neutralidade épica à tempestade das paixões, do rigor ao mito. A variedade de recursos distingue Heródoto, o historiador é um universo de ser, de pensar, de dizer.

TUCÍDIDES

Tucídides (455-395) assume o lugar do leitor, fala de si mesmo em terceira pessoa; o enunciador se apresenta como narrador textualizado. O que lemos? Tucídides, um texto. À maneira dos que recitam inscrições tumulares, chamamos, na leitura, o autor à vida. Silenciado o canto que conferia vida a heróis e a deuses, cabe ao leitor a função de reavivar a voz do narrador. A cada leitura a vida renasce.

A narrativa histórica apoiada no narrador se distancia da narrativa mítica fundada nas Musas; a narrativa de Tucídides opõe-se também ao objetivismo de Ranke para quem o historiador se anula diante dos fatos; entre o canto das Musas e o autor ausente, encontramos Tucídides, consciente da tarefa de escrever.

Três instâncias colaboram na formação narrativa: tempo, espaço e personagens. Na literatura grega, o espaço, centralizado nas cidades helênicas, não se distanciava do Mediterrâneo. Tucídides, ao afirmar que quase toda a espécie humana estava envolvida na guerra do Peloponeso, apresenta-se confinado nos limites geográficos traçados por Heródoto.

Dois planos cruzavam-se na epopeia: o plano vertical com os senhores do Olimpo e os habitantes do reino dos mortos em cada um dos extremos e o plano horizontal, território dos conflitos humanos. Com o triunfo do observável, o vertical, enfraquecido, cede espaço ao mundo humano. Teatro de ação é o mundo grego cercado de povos bárbaros. Homero, Hesíodo e Heródoto viviam seduzidos pela periferia inculta; Tucídides decide-se pelo mundo grego, o único observável.

A pergunta que leva Tucídides a escrever a *História da Guerra do Peloponeso* é diferente da que está implícita na obra de Heródoto. Testemunha de combates sangrentos, Tucídides quer saber a razão do choque dos Estados agrupados em torno de Esparta e de Atenas. Em lugar da oposição gregos-bárbaros, preocupação de Heródoto, Tucídides analisa a fissura que atravessa o mundo grego, e por extensão a humanidade toda. As reflexões de Parmênides sobre a unidade e as de Heráclito sobre o discurso (*logos*), conciliação de contrários, não contribuem para compreender o palco ensanguentado por armas. Tucídides, adversário de mistérios, aproxima observação e escrita. Narrar significa reunir (*syngráphein*) acontecimentos dispersos no espaço e no tempo. Recolhendo numa só guerra diversos conflitos iniciados em 431, separados por vários períodos de paz, o autor se detém em 411, deixando inacabada a obra. Atenas é derrotada em 404. Escrever é sua maneira de estar no mundo e na tradição, ambos se interpenetram.

Recordando teorias que consideravam a natureza substância viva, Tucídides vê as duas potências emergentes em ponto de maturidade (*akme, akmázontes*). O que aconteceu foi determinado por leis históricas inevitáveis, a guerra é natural e absolutamente necessária. Não se busquem responsáveis no embate determinado pela natureza; a maturação, igual para as plantas, os animais e o universo, autoriza-o a fazer previsões (*elpizo*). Apoiada em provas verificáveis, a previsão exila videntes.

Em rastros deixados pela passagem dos anos, Tucídides afirma a presença do tempo material, corpos apontam outros corpos, sinais presentes falam de coisas passadas, objetos instrumentam o observador empenhado em reconstruir o passado da Grécia de épocas remotas. O historiador comporta-se como leitor; sinais circunscrevem a investigação, fundamentam conjeturas.

O décimo capítulo do primeiro livro apresenta o método. Do que resta de Micenas, sede de um grande império, conclui-se que a cidade era pequena, não há relação necessária entre o tamanho de uma cidade e sua importância política. Recorra-se a um exemplo presente, Esparta, sem muralhas e sem templos, domina, entretanto, o Peloponeso e conta com muitos aliados. Como se poderia chegar à verdade, se a investigação se restringisse ao exame das ruínas? Tucídides se distancia do cantor que sabia tudo graças ao amparo das Musas ou do autor abastecido por informações orais e escritas, restaurações requerem prudência, recusam juízos apressados.

O tempo se espacializa e o espaço se temporaliza, tempo e espaço entretecidos requerem análise simultânea. A afirmação de que a guerra do Peloponeso é o acontecimento mais importante da história, baseia-se em fatos; a invasão persa foi inferior em preparativos e em Estados envolvidos. Descobertas arqueológicas demonstravam que a pirataria no período de formação provocava apenas lutas locais, antagonismos se reduziam a combates entre vizinhos. Como alcançou Atenas a grandeza que intimidou Esparta? A pobreza do solo favoreceu Atenas. Enquanto a fertilidade de outras regiões atraía invasores, Atenas, árida, não sofreu ataques, prosperou em paz.

Poder requer a cooperação de conjuntos, não há sinais de aliança entre as unidades políticas em tempos remotos. Antes da guerra de Troia, faltava até nome para unir helenos. Derivado de *hellen*, apareceu *Hellás* – Hélade, nome de uma região, morada de um grupo. Nas epopeias de Homero falta um nome para os atacantes de Troia. A união de helenos contra bárbaros é recente. Teorias de sofistas levaram Tucídides a construir a realidade sobre tecido verbal.

A análise atenta da *Ilíada* revela que a guerra de Troia, engrandecida por Homero, fica muito aquém do significado da conflagração do Peloponeso. Pela relação de navios registrados na *Ilíada* e pelo número de soldados transportados, verifica-se que o efetivo dos atacantes era modesto, não pela falta de gente, mas pela ausência de recursos para financiar a expedição. A guerra durou dez anos porque Agamênon foi obrigado a empregar parte dos soldados na agricultura e na pirataria. O poeta canta para encantar, o historiador consulta textos para extrair informações.

Mudou o comportamento do receptor, a poesia de Homero, feita para ser declamada e cultuada, foi degradada a documento escrito. Tucídides toma notas, faz cálculos, avalia o valor da informação. Em nome da precisão, Tucídides assassina a poesia. O pendor por exatidão não o protege contra equívocos. Cada um dos mil e duzentos navios homéricos transportava cerca de oitenta e cinco soldados, o que dá um contingente de mais de cem mil soldados, número apreciável mesmo a comandantes da guerra do Peloponeso.

Lembrado de Górgias, seu mestre, Tucídides, ao escrever a *História da Guerra do Peloponeso*, cria um corpo sedutor. Os logógrafos produziam discursos que se destacam dos clientes, discursos que encobrem à maneira de máscaras teatrais; Tucídides desponta como logógrafo de uma guerra. Homero embelezou, assegura Tucídides, o historiador define, em oposição a Homero e Heródoto, seu próprio estilo: investigação, objetividade, exclusão de razões estratégicas, econômicas, destino, deuses, imaginação, contos, fábulas, anedotas... Nada de expedientes míticos, nada de costumes pitorescos.

Em lugar de exaltação heroica, Tucídides analisa personalidades do seu tempo, destaca o contexto histórico em detrimento da linhagem e de modelos ancestrais. O controvertido Alcibíades aparece como sacrílego e sedutor. Orador eloquente, fascinado pelo poder, pactuário da ambição de sua gente, Alcibíades propôs a desastrosa aventura contra Siracusa; interessado só no bem-estar dele mesmo, Alcibíades luta ora por Atenas, ora pelos inimigos de Atenas.

O homem-medida é coletivo, individualidades dissolvem-se no grupo. Péricles, líder político da fase áurea de Atenas, destacava-se como orador imbatível. Não é possível guardar na memória discursos, observa Tucídides. Conhecendo artimanhas retóricas,

Tucídides penetra o discurso para encontrar verdades que artifícios verbais escondem. Através do discurso atribuído a Péricles em memória dos que tombaram, transcorrido um ano de lutas, Tucídides elabora um retrato imponente de Atenas, destaca o brilho das artes: retórica, poesia, teatro, política, justiça, estratégia, equilibra períodos: *philosophoúmen* (filosofamos) espelha *philokaloúmen* (somos propensos ao belo, *philokaloúmen* é neologismo, *filokalamos*).

Essa não é a verdade toda. A imagem que do grande século de Péricles se difundiu no Ocidente esconde a opressão, o belicismo, a vilania. A face sombria de Atenas, encoberta pela retórica de Péricles, aparece num debate entre atenienses e mélios. Os governantes de Melos, por não julgarem prudente ouvirem em assembleia os delegados do exército invasor, convidam os atenienses a exporem suas razões a uma comissão. A posição dos mélios é delicada. Os atenienses, para forçá-los a ingressar no império, atacaram a ilha com cerca de três mil homens. Os governantes da ilha recorrem ao último recurso, assegurar com argumentos o direito à liberdade que não podem defender pelas armas. Os atenienses evitam de saída que o debate enverede pelo caminho da justiça, evitam até o argumento discutível de que a vitória sobre os persas lhes confere autoridade sobre as ilhas. Os atenienses enunciam o raso princípio da violência: os fortes exercem o poder, os fracos obedecem. Se os atenienses, enquanto poderosos, desrespeitam o direito dos fracos, a ofensa às regras da convivência pacífica lhes poderá ser funesta no dia em que a sorte favorecer os oprimidos, argumentam os mélios. Os atenienses não se intimidam com o risco improvável de uma hipotética supremacia mélia, importa-lhes o momento. Para os atenienses é vantajoso submeter os adversários sem derramar sangue, advertem que a submissão sem luta é benéfica a agressores e agredidos. E a neutralidade?

Consenti-la seria sinal de fraqueza, estimularia a revolta de Estados submetidos. Como os atenienses se mostram insensíveis ao argumento da justiça, os mélios apelam ao tribunal divino. É inútil. Os deuses, respondem os atenienses, governam pela força e não pela justiça, a piedade leva os agressores a imitar os deuses.

Tucídides encerra o episódio laconicamente. Os mélios resistiram. Derrotados, os atenienses matam todos os inimigos em idade militar, reduzem crianças e mulheres à escravidão. Para repovoar a ilha, desembarcam quinhentos colonos de Atenas.

Comparem-se os atos dos atenienses com o esplendor do discurso de Péricles. Não procede o argumento de que, depois da morte de Péricles, o caráter dos atenienses se modificou. Tucídides não pensa assim. O poder, tendo chegado ao ápice, não se manifestará de outra forma; todos os poderosos agem como os atenienses. Não se busque lógica onde lógica não há.

Quando potências de igual poder se confrontam há devastação; equilíbrio, jamais. A observação mostra que o mundo é irracional. Os atenienses afirmam o poder com a mesma convicção axiomática que levou Parmênides a dizer: o ser é, o não-ser não é. Os atenienses dizem: a violência é, a fraqueza não é. A violência tem a densidade ontológica que o filósofo atribuía ao ser. Górgias tinha razão, ninguém resiste ao poder do discurso, o poder opera tanto nas palavras quanto nas armas. Embora irracional, a guerra é, para Tucídides, incontornável, já que é determinada pela própria natureza.

A violência caracterizou em todas as etapas a guerra do Peloponeso, a maior de todas. No princípio da guerra, Córcira roga a ajuda de Atenas contra Corinto. Córcira argumenta que o apoio será benéfico a Atenas de muitas maneiras: Córcira possui frota respeitável, Atenas contará com um Estado que lhe oferece aliança espontânea. Corinto adverte Atenas de que Córcira foi colonizada por camponeses coríntios, que a justiça determina a neutralidade dos atenienses. Entre a justiça e o poder, Atenas escolhe o poder. A decisão ateniense provoca a hostilidade de Esparta, temerosa do fortalecimento da potência rival.

Qual é a origem da guerra? Não se procurem causas externas: vingança, conflitos passados, vontade divina. O poder é a causa, não há outra. Homens desencadeiam e decidem hostilidades, a vitória é do mais forte. Vale a sentença dos sofistas: o homem é a medida de tudo. O poder não constitui problema quando o ser – doutrina de Parmênides – é um só. Mas quando a unidade se parte em dois, o choque é inevitável. Num mundo em que a violência opera sem justiça, a harmonia de contrários – doutrina de Heráclito – é inconcebível.

Tucídides mostra a cisão de poder e justiça num episódio de crueza chocante. Um comandante ateniense, conduzindo trácios, desembarcou numa pacata localidade da Beócia. A muralha, em parte caída, era fraca, os portões estavam abertos, a cidade não temia ataque. Os invasores saquearam casas e templos, massacraram moços, velhos, mulheres, crianças, animais, entraram numa escola – era de manhã – mataram todos os meninos. Tucídides relata o episódio sem comentários. Dizer o quê? Na falência da retórica, falem os fatos, as coisas apareçam como são! Sem discurso, as oposições moço-velho, criança-adulto, homem-animal desaparecem; racionais e irracionais, todos morrem da mesma morte.

Em lugar do ouvinte aparece o leitor. Merece confiança a tese sofista da evolução da espécie humana? A gloriosa Atenas de Péricles e a barbárie trácia estão no mesmo nível, o passado de crueldades sobrevive, o respeito homérico ao guerreiro desfalece ante a chacina de inocentes. Os atores, quando tiram as máscaras, expõem faces hediondas. Tucídides mostra que o discurso (*logos*), morada do sentido, faliu.

Estamos na época em que a Medeia de Ésquilo, bárbara como os frígios, mata crianças, seus próprios filhos, sem ser punida e encontra asilo em Atenas. Tanto na historiografia quanto no teatro duvida-se da justiça.

Tucídides não conclui o tratado sobre a guerra. O oitavo livro, inacabado, chega ao ano 411. A guerra termina muitos anos depois em 404. Tucídides morre onze anos depois do término da guerra. Por que Tucídides não concluiu o que anunciou com tanto entusiasmo? Como continuar a escrever se o discurso faliu? A fissura que rompe o mundo atravessa o discurso. Entre o discurso escola-do-mundo e o discurso da opressão não há conciliação. Onde buscar o discurso verdadeiro? Onde buscar a verdade? O movimento contrário ao do *syngráphein* é a ruptura. O dilaceramento é a verdade que se desvela, dilaceramento do mundo e do discurso.

XENOFONTE

Discípulo de Sócrates, Xenofonte (430-355) escreve sobre filosofia, embora não seja filósofo e sobre fatos históricos sem princípios definidos. A simplicidade de estilo garantiu-lhe um lugar no aprendizado da língua grega. Comporta-se como homem do helenismo. Sem apego à pátria, não se peja em lutar contra ela. Sem preferências pela cidade natal, Atenas, ou por outra, cria uma língua simplificada, de características universais, acima dos dialetos. Desamparado da cultura do Estado, idealiza modelos éticos para circulação universal (Sócrates, Ciro, Agesilau).

Memoráveis idealiza Sócrates. Defendendo-o das acusações de impiedade e corruptor da juventude, apresenta-o como temente aos deuses, modelo de virtudes, sua incapacidade filosófica reduziu o mestre a isso.

Em *Ciropédia*, Xenofonte constrói uma utopia política. Idealizando Ciro, o Grande, o primeiro dos imperadores persas,

Xenofonte faz do Império um reino organizado nos moldes da Esparta militarista. No regime militar idealizado, os cidadãos, submetidos à passividade, são disciplinados, ordeiros, de conduta exemplar. O modelo para o imperador macedônio, que deverá unificar a Grécia exausta, está criado. Teremos em *Ciropédia* uma tentativa de romance? Certa a hipótese, Xenofonte faz de suas fraquezas virtudes. Deveremos considerar *Memoráveis* biografia ficcional? Seus pendores de ficcionista não se circunscrevem a esses dois trabalhos. Convertido em chefe de uma expedição militar no coração da Pérsia, depois da matança de todos os oficiais por traidores, Xenofonte narra a retirada dos dez mil gregos na mais conhecida de suas obras, *Anábase*. Seus pendores de romancista devem tê-lo instigado a exagerar sua atuação nessa façanha de lances heroicos em ambiente exótico. Se o valor histórico é pouco, restam aventuras apetitosas. A *Anábase* pode ter inflamado os sonhos do jovem Alexandre, insaciável de conquistas. Ficcional é ainda o *Banquete,* réplica da obra homônima de Platão, sem valor filosófico e sem o valor literário do modelo, embora pitoresco, festivo e agradável.

As Helênicas historiam os acontecimentos depois da guerra do Peloponeso, no período compreendido entre 411 e 362. Embora pretenda continuar Tucídides, introduz episódios dramáticos e detalhes pitorescos que Tucídides teria negligenciado; propenso a idealizações, transfigura Agesilau. *O Econômico* é um elogio à agricultura através de Sócrates, a quem Xenofonte atribui seus próprios pensamentos como fazia Platão.

FLÁVIO JOSEFO

Flávio Josefo (37-100) vinha de uma linhagem sacerdotal paterna da mais alta categoria; a mãe dele era descendente de reis, o historiador introduz assim sua engrandecida *Autobiografia*. Familiarizado com o pensamento de três grandes correntes do judaísmo (fariseus, saduceus e essênios), Josefo foi consultado por mestres. O primeiro episódio de sua acidentada e brilhante carreira não é menos espetacular. Foi recebido pela esposa do imperador Nero, Pompeia Sabina, depois de sobreviver a um naufrágio que atirou ao mar seiscentos passageiros. Um ator, amigo do imperador, o teria apresentado à primeira dama. Ela, encantada com o estrangeiro, atendeu ao pedido de libertação de rebeldes, encarcerados em Jerusalém. Tinha apenas vinte e seis anos de idade. A partir daí Josefo relata seus feitos como chefe militar judeu nas operações da Galileia. Embora fortificasse cidades, Josefo mostrou-se, desde o início, simpático aos invasores. Alertou para o poder das legiões e para as consequências desastrosas da resistência. A posição de Josefo, sublinhada como irrepreensível, elogiada por seus superiores em Jerusalém e pelo rei Herodes, subordinado a Roma, foi contestada por rebeldes chefiados por João de Giscala. Flávio denuncia os insurretos como incompetentes, invejosos, bandoleiros, maus. Nenhuma palavra ofensiva aos invasores. Virtuoso como ninguém, Josefo sofre contínuos ataques de adversários perversos; favorecido por Deus, triunfa nas piores situações. Derrotado e capturado pelas tropas de Vespasiano, Josefo reconquista a liberdade graças a um sonho favorável ao general vitorioso. Depois de aclamado imperador, Vespasiano o liberta e lhe confere cidadania romana, ocasião em que José, filho de Matias, é agraciado com o nome de Titus Flavius Josephus. Dois anos depois da captura de Josefo, os romanos, sob o comando de Tito, filho de Vespasiano, atacam Jerusalém, arrasada em 70. Conselheiro do comandante? Josefo. A confiança de Tito ao judeu cativo foi tanta que o comandante não aceitou nenhuma das muitas calúnias dirigidas contra o protegido. Josefo foi admirado pelos imperadores subsequentes.

A influência de Josefo salvou a vida de muitos prisioneiros de guerra, dezenas. Mestres gregos aperfeiçoaram o grego coloquial de Josefo; o judeu helenizado escreveu num grego elegante seus livros, privilegiado com uma pensão generosa e confortavelmente instalado numa das casas da alta nobreza de Roma. Tinha acesso a documentos, não lhe era proibido viajar.

Antiguidades Judaicas transcorre no mesmo tom apologético. Josefo constrói a imagem do único povo cuja origem coincide com a criação do mundo. Os egípcios, sábios e antigos, aprenderam matemática e astronomia do patriarca Abraão. Servindo-se da tradução grega e do original da Bíblia hebraica, completa o que lhe transmite o Livro Sagrado com informações de outras fontes. Josefo sente oportuno mostrar a todas as nações do mundo como os romanos admiravam os judeus. Júlio Cesar chegou a erguer uma estátua aos descendentes de Judá na cidade de Alexandria. Fanáticos desencadearam a revolta contra o império dos Césares, a resposta romana foi um banho de sangue. Se todos tivessem sido sensatos como Josefo, Jerusalém seria uma cidade admirada e florescente; judeus foram responsáveis pelos seus próprios sofrimentos.

Em *Contra,* sustenta a tese de que o desprezo aos judeus vem da circunstância de serem diferentes. Macedônios ridicularizavam a guarda do sábado em tempos de guerra, egípcios rejeitavam o culto ao deus invisível, enquanto eles próprios cultuavam animais. Declarando todas as objeções inócuas, exalta a antiguidade, o valor e a obediência à lei judaica. Moisés, o legislador antecede por muitos séculos Homero, poeta oral, guiado por costumes verbalmente transmitidos. A lei construiu a identidade judaica, resistente aos muitos acidentes políticos. Embora divina e rigorosa, a lei judaica ensina a conviver com outros povos e outros costumes, os judeus já têm o que gregos buscam sem encontrar.

Ignorado pelos seus contemporâneos, as informações que Josefo transmite dos tempos de Jesus, únicas, difundiram sua obra no Ocidente. Josefo destaca a verdade como virtude fundamental do historiador; a verdade é, entretanto, ofuscada por um autor empenhado na autoglorificação e na elaboração de uma identidade simpática aos vencedores. Contemporâneo dos discípulos de Cristo, as referências ao Crucificado, sempre favoráveis, devem ter sido forjadas por leitores nos séculos da ascensão do cristianismo, fariseu nenhum – a escola farisaica combatia Jesus – daria ao filho de Maria o título de Messias.

PLUTARCO

Plutarco (50-120) sabe seduzir e o faz com figuras históricas. Ao reconstruir a vida de Tibério Graco, Plutarco narra com desenvoltura o empenho do tribuno pelos pobres e destaca seus projetos de reforma agrária, detém-se na cerrada oposição que lhe fizeram os latifundiários e as ciladas para removê-lo do cenário político. Fatos estranhos anunciavam futuro sombrio: comportamento inusitado dos pombos sagrados, ovos de serpente em seu capacete, unha de artelho rachada contra a soleira da porta, briga de corvos, uma pedra que rola do telhado a seus pés. Um acontecimento ainda mais espetacular introduz a série de presságios, Tibério deu com duas serpentes no leito, adivinhos assombrados o advertiram, a morte da fêmea molestaria a mulher, a morte do macho desgraçaria o próprio Tibério. Contrariando conselhos, o tribuno abateu o macho; pouco depois, o incauto tombou assassinado. Onde a reflexão lúcida, antiga como os poemas de Homero? Os céticos decidem-se por medidas práticas, a convergência do natural e do insondável encaminha em Plutarco o relato histórico à ficção romanesca.

Recordemos Alexandre, rei da Macedônia, pacificador dos Estados gregos, conquistador de poderosos impérios na Ásia e no norte da África. Assassinatos cometidos entre gente de sua própria família elevaram Alexandre ao trono. Foram muitos. Alexandre matava os que temia. Ditadores ontem e hoje procedem assim. Tudo indica que excessos em noitadas ébrias apressaram a morte do conquistador; ele morreu aos trinta e dois anos. Plutarco prefere, entretanto, silenciar os crimes que pavimentaram a ascensão de Alexandre.

Retocando o retrato de Alexandre, Plutarco destaca como o príncipe dominou Bucéfalo, um cavalo rebelde mesmo a domadores experimentados, salienta o pendor do jovem príncipe por literatura, sublinha as capacidades intelectuais do filho de Filipe, desenvolvidas por Aristóteles, seu preceptor. Plutarco inicia o capítulo dedicado ao déspota com a observação de que o norteavam propósitos morais. Como? Escolado por estoicos, Plutarco faz de Alexandre um homem moderado na cama, na mesa e no trono. Construtor de vidas, Plutarco seleciona alguns traços para compor uma imagem exemplar, atento à técnica de artistas plásticos.

Embora não desdenhe fatos documentados, Plutarco acolhe generosamente o fantástico. Haja vista as circunstâncias do nascimento de Alexandre. Na véspera da noite de núpcias, Olímpia, sua mãe, sonhou ter sido atingida por um raio. Plutarco refere o estranho boato de uma serpente aparecida no leito da mulher que trouxe o príncipe à luz. Seria o réptil a encarnação de algum deus, o próprio Zeus? Filipe começou a distanciar-se da esposa. Alexandre era filho de quem? A origem divina poderia explicar o êxito em condutas militares, apoiadas em fraco ou nulo planejamento estratégico. Para enfrentar Dario, o rei macedônio atravessou impulsivamente o rio Granico, em época e situação adversas e, com um punhado de homens, desbaratou, impelido só pelo ardor, um contingente de muitos milhares. No Egito põe em risco a sobrevivência ao atravessar com o exército o deserto para visitar um templo de Amon. Os gregos confundiam Amon com Zeus. O sacerdote confirma filiação sobrenatural ao consulente e domínio do mundo. Alexandre era divino? O boato, de sabor ficcional, assegura-lhe respeito e explica o êxito de suas tresloucadas empresas. Não fossem acontecimentos misteriosos, afrontar solo arenoso teria provocado desastre incalculável. De repente, vemos Alexandre senhor do Egito. Plutarco deixa as circunstâncias no escuro; destacar o Alexandre ousado, magnânimo e construtor de cidades lhe vale mais.

Concluída a conquista do reino de Dario, Alexandre empreende campanhas que o levam até ao Afeganistão e às margens do Ganges sem objetivo prático nenhum. Dominar o mundo era sua única ambição. O cansaço do exército deteve sua marcha diante das margens do rio sagrado. Arbitrariedades, decisões impensadas, medidas apaixonadas, execuções, assassinatos marcaram seus últimos dias. As causas de sua morte – ferimentos, enfermidade, envenenamento – caem na dúvida. Com todas as suas contradições, Alexandre se mantém como criação literária ao lado de outros caracteres que impressionaram Shakespeare; em busca de enredos teatrais, o tragedista consulta Plutarco.

A cabeça do primeiro dos Césares, Júlio, era frequentada, na recriação de Plutarco, por imagens das bravatas de Alexandre. Mesmo assim o retrato do general romano se distancia do modelo. César lamentava que, tendo alcançado a idade do homem que idolatrava, seus feitos estavam longe das conquistas do macedônio. As circunstâncias faziam a diferença, a ambição era a mesma. Na competição política com seus adversários, Júlio César tratou de ganhar os favores da plebe, oferecia-lhes, além de alimentos, espetáculos cruentos de gladiadores. Ataques, no comando de tropas, a povos da Gália e cidades saqueadas forneciam-lhe recursos para recompensar soldados e satisfazer o populacho de Roma. Com o sangue e a riqueza de estrangeiros solidificou o prestígio. Mistura de saque, crueldade e benevolência elevaram-no à esfera dos que mandam. César fez do poder corruptor do dinheiro arma. Interesses pessoais estavam acima de tudo. Que lhe importava o respeito à lei, se o triunfo era a meta? A conquista da Gália abriu-lhe o caminho ao domínio militar do solo pátrio. Populações intimidadas pelo avanço das legiões, refugiando-se em Roma, transformaram a capital num caos. Desencadeada estava a guerra civil. Pompeu, adversário de César, resolveu abandonar Roma, acompanhado de seus partidários, para organizar a resistência. César, legitimados os atos de violência por voto do que restava do senado, parte, com o título de ditador, para esmagar Pompeu. A luta de romanos contra romanos ensanguenta o solo da Itália. Combatente experimentado, César, ainda que em desvantagem, derrotou Pompeu. A eventual vitória de Pompeu não teria modificado o cenário. Roma se convertera num palco de criminosas lutas pessoais. Para amenizar a imagem de guerreiro cruel, César aproxima-se de adversários, entre eles, Bruto, com gestos benévolos. Atacando recalcitrantes, onde quer que estivessem, César eleva-se em glória ao esplendor de Alexandre. No Egito assegurou o trono a Cleópatra, rainha de linhagem macedônica, com quem teve um filho, Cesárion. O cinema reinventou a aliança de César e Cleópatra para entusiasmadas plateias recentes. O senado romano, submisso ao general (*Imperator*), bajulou o chefe político e militar com títulos monárquicos. O assassinato de César, perpetrado por Bruto e apoiado por muitos, encerrou sonhos de grandeza, mas não impediu que Roma se convertesse numa monarquia militar de constituição republicana. Muitos generais de países latino-americanos atualizaram medidas de César.

A violência de um só tomou o lugar de muitos. Foi assim em Roma, foi assim na Grécia, é assim, em muitos lugares. O triunfo da violência sobre o império da palavra frequentava os temores de Platão. Plutarco, leitor de Platão, delineia a concretização dos temores do mestre.

POLÍBIO

Políbio (202-120), nascido em Megalópolis, uma insignificante cidade da Arcádia, é trazido aos dezesseis anos como refém a Roma, centro das decisões mundiais, sendo confiado a uma das grandes famílias romanas. O translado afeta a cosmovisão de Políbio. Na casa de Cipião Emiliano, o prisioneiro conviveu com políticos, teve acesso a arquivos, viajou pela Itália, Espanha e Gália. Roma lhe põe à disposição instrumentos aos quais jamais teria acesso na cidade de origem: documentos, testemunhas oculares, participação pessoal em eventos – acompanhou o exército romano nas últimas campanhas contra Cartago.

Observando o acontecido sem nostalgia, não lhe parecia admissível que o poder de Roma fosse o resultado do acaso. Por não admitir a interferência de instância externa em acontecimentos históricos, Políbio examina fatos. A filosofia estoica fornece-lhe o arcabouço teórico. *Tykhe*, termo que emprega com frequência, não lhe significa acaso. *Logos* atravessa a *tykhe* de Políbio. Ao chegar à concepção de que Roma é o alvo da evolução mundial, seria impróprio aprovar historiadores que se contentam com histórias regionais, só a visão global lhe poderia revelar o sentido dos acontecimentos.

Políbio rejeita as indecisões de Heródoto e o gosto por narrativas pitorescas. Recusa também o mundo partido de Tucídides, autor que, entretanto, lia muito. Vivendo num Estado que derrubava vitoriosamente fronteiras, oposições inconciliáveis empalidecem. Visto que os romanos tinham excedido as maiores ambições do passado, tinha-se prova da falsidade da noção trágica de que os deuses punem a desmedida. A guerra do Peloponeso só pode ser considerada embate inconciliável de forças contrárias se destacada da visão global, todas as forças convergem em Roma. Excluindo o idealismo platônico e a teleologia de Aristóteles, Políbio considera Roma a meta final. Por que procurar a perfeição numa hipotética cidade ideal, se Roma é o que há de melhor? Por que sonhar com a felicidade num futuro longínquo, se Roma oferece prazer aos que a recebem? Roma é essência, ideal, objetivo, Roma é o fim da história.

Essa teoria otimista determina a renovação da narrativa histórica. Políbio opta pela sequência cronológica enraizada na lei da causalidade. Já que o encadeamento causal conduz irresistivelmente a história, importa recuar tanto quanto possível para compreender o presente. Só as limitações do observador travam o recuo. A Políbio satisfaz o exame dos últimos cinquenta anos, estágio final da formação do império. Não ousa mergulhar no passado por falta de informação precisa. A narração cronológica compreende todas as regiões do vasto império, só interrompida pelas frequentes reflexões teóricas disseminadas ao longo de quarenta livros, dos quais a maior parte se perdeu. Como na legislação romana fulgura a lei do universo, a constituição de Roma lhe merece exame atento; conclui que ela é síntese do que todas as outras têm de melhor.

Contrário à posição sofística que ressaltava o poder de persuadir, Políbio diminui a importância do documento em benefício da coisa mesma (*pragma*). Os historiadores não são confiáveis. Fábio diz que os cartagineses da Península Ibérica não estavam contentes com o governo tirânico de Aníbal; segundo Fábio, Aníbal iniciara a guerra contra os romanos por decisão sua sem consultar o conselho, Fábio acrescenta que os romanos pediram aos cartagineses Aníbal para evitar o confronto, observa que os adversários, em vez de aceitar o pedido, resistiram por dezessete anos. A resistência contradiz oposição ao tirano. Pode-se dar crédito a um historiador que narra coisas incoerentes (*alógia*)? Contra Fábio, os fatos. A coisa é tudo, o discurso não é mais que instrumento. Políbio ressalta a função do exegeta, compete ao leitor decidir se a narrativa corresponde aos fatos ou não.

Políbio insiste no caráter referencial do discurso para desmantelar o poder que os sofistas lhe atribuíam, desloca a atenção do falante (*ho légon*) para as coisas faladas (*ta legómena*), supondo que a linguagem não deformada por artifícios estilísticos seria capaz de apresentar as coisas tais quais são. Cita em seu apoio o aforismo de Heráclito: "Os olhos são testemunhas mais precisas que os ouvidos". O escrito dirige-se, em seu parecer, a ouvidos, a leitura se fazia em voz alta. Prevalece a pesquisa *in loco*. É desejável que o pesquisador participe pessoalmente dos acontecimentos e que avalie a informação documental. Contra a teoria aristotélica da recriação mimética, Políbio propugna captar a realidade sem deformações.

Reconhecendo a impossibilidade de dizer tudo, Políbio recomenda que o historiador, face ao inumerável, selecione. O uso moderado da ficção não lhe é estranho: inventa discursos políticos, aviva a descrição de batalhas, lustra personalidades históricas. Adverte, entretanto, como inadequado o comportamento dos que magnificam o irrelevante. Eliminem-se sonhos, rejeite-se o inverificável. Políbio inova ao propugnar prosa exata numa época em que a cuidadosa elaboração do texto consumia as melhores energias.

Seria indevido procurar na palavra de Políbio indícios da heideggeriana casa do ser. Em lugar do ser, Políbio detecta um ente sólido, Roma. Em lugar de casa, Políbio nos oferece um espelho destinado a refletir as posições cambiantes de atores em competição. O corpo (*soma*) que, segundo ele, importa conhecer não é nem o discurso (Górgias), nem o mundo das ideias (Platão), é unicamente Roma, a coisa (*pragma*). Roma é a origem da sabedoria e campo de atividade. Como o médico, o homem de Estado deve conhecer as causas (*aitia*). Curar é a função de um e de outro. O homem de Estado é homem pragmático, a historiografia é ciência pragmática. Só quem conhece a história reúne as condições necessárias para agir sobre o corpo social. A causa atinge o fim no dirigente, historiografia é o saber supremo.

Quem lê Políbio não pode deixar de lembrar Francis Fukuyama, para quem a constituição norte-americana é o fim da história.

PROCÓPIO

Procópio (500-565) é o historiador de um dos momentos de glória do Império Bizantino, o período em que Justiniano ocupava o trono. O historiador detalha as façanhas dos exércitos de Justiniano no Oriente e no Ocidente sob o comando do maior dos seus generais, Belisário. Justiniano avançou muito no empenho de reconstituir o esfacelado Império Romano, dilatou seus domínios no norte da África e reconquistou a cidade de Roma. Procópio não lhe poupa elogios. Além de seus feitos bélicos, Justiniano deixou monumentos arquitetônicos, fortaleceu a ortodoxia contra movimentos heréticos, atacou os últimos resquícios do paganismo e compilou o código romano, base de muitas legislações ocidentais.

Descobriu-se no século XVII um livro estranho, *História Secreta* (*Anédokta* – Escritos não-publicados), obra atribuída a Procópio. Na introdução alega-se que há fatos que o historiador, desprotegido, não pode divulgar. O anedotário mancha a honra de Justiniano e Belisário, amigos e protetores do historiador. Belisário aparece como capacho de Antonina, mulher pela qual se apaixonou, o aclamado general teria se resignado a traições escancaradas.

Teodora, a esposa de Justiniano, teria sido prostituta (*hetaira*), plateias a teriam visto nua no palco, Justiniano teria modificado a lei para entroná-la como rainha. Teodora é intrigante, traiçoeira, vingativa, ela e seu marido firmaram um pacto de atos vis. Para fortalecer a ortodoxia, Justiniano perseguia hereges, confiscava bens de personalidades proeminentes, matava. Continha o ataque de hunos, passando dinheiro a chefetes inimigos. Súdito algum ousava protestar contra desmandos da coroa. O clero reverenciava calado Justiniano e Teodora. O retrato do monarca é tão abjeto que torna incompreensível o êxito de suas empresas.

História Secreta pode ser uma coletânea exagerada de boatos que corriam no palácio e arredores, vale, contudo, como novo gênero literário, o pensamento e a literatura antigos voltavam-se ao visível, ao público, ao exposto a todos. Procópio cinde vida pública e vida privada, aprofundando-se nesta. Sejam distorcidos os fatos, mesmo assim *História Secreta* merece atenção. O que o palácio esconde é diferente daquilo que aparece. Procópio reorienta o olhar, devassa os porões da vida privada. A literatura que surge a partir do século XIX mergulha na vida interior, dessa tendência Procópio é precursor. Na esteira de Procópio, Machado de Assis revela as mazelas do segundo império brasileiro em *Memórias Póstumas de Brás Cubas*.

MICAEL PSELLOS

A prosa recupera vigor no século XI. Haja vista o *Panegírico à Mãe*, de Micael Psellos (século XI). Com as qualidades morais, Psellos destaca a beleza física de Teodata, mulher a quem deve a vida. Distancia-se, assim, da condenação às curvas femininas, apregoada por clérigos cinco séculos antes e antecipa o gracioso movimento de cabeça, tronco e membros na pintura de Giotto. Golpeado pela morte da irmã – ele a considerava parecidíssima com a mãe, Psellos espera que, quando morrer, as cinzas dele se juntem às da irmã. O conflito entre pendores físicos e misticismo neoplatônico intranquilizam o século XI. Uma das obras da mãe – e não é a menor – é o próprio Micael. O historiador se vê na mãe desde que o corpo dela, grávida dele, se avoluma. Ao fazer o panegírico da mãe, Micael não se desprende de si mesmo. Não há na literatura pré-bizantina nada que se compare à subjetividade de agora. Navegamos da atenção ao objeto à expressão do sujeito.

Mesmo depois da morte de Teodata, Micael Psellos continua a rogar-lhe ajuda, expondo os motivos pelos quais se dedicou aos estudos. A intransigência que levou Justiniano a fechar a escola neoplatônica de Atenas não existe mais; os estudos humanísticos florescem ao lado da cultura cristã. Já está em andamento o movimento que desabrocha na Renascença.

Sobre imperadores como Romanus III, Micael Psellos discorre com mais detalhes por ter tido o privilégio de conhecê-lo pessoalmente. Informantes transmitiam-lhe segredos. De cultura apurada, Psellos tem autoridade para afirmar que a formação literária de Romanus, pretensiosamente erudito, era superficial. Aliás, a época de Romanus era parca em homens verdadeiramente cultos ao que nos conta Psellos. O palácio limitava-se a cultivar aparências. Ambicioso, Romanus construía castelos no ar. Sem motivo algum, resolveu atacar os sarracenos com o propósito de dilatar as fronteiras do império. Derrota de alto custo deteve o ímpeto expansionista. Fracassado na guerra, passou a castigar os súditos com impostos para a construção de uma igreja mais imponente do que a Santa Sofia de Justiniano; a empresa religiosa de Romanus teve o destino dos outros desvarios. Romanus sonhava encabeçar uma longa dinastia, embora sua mulher tivesse cinquenta anos e ele fosse vinte anos mais velho. Expedientes de toda sorte não recuperaram a fertilidade da rainha. O insucesso levou Romanus a se afastar de Zoé, sua mulher. Desprezada, Zoé apaixonou-se por um jovem, Micael, que passou a frequentar o leito da imperatriz, não por amor, mas por ambição. Romanus, tolerante, fechou olhos e ouvidos ao que se passava até morrer num banho de piscina. Há suspeitas de que mãos misteriosas o ajudaram a partir deste vale de lágrimas. Assim Micael, por vontade da viúva, teria subido ao trono.

Fracassado como intelectual, como guerreiro, como construtor, como administrador, como homem piedoso e como marido, Romanus empunhou o cetro por cinco anos e alguns meses.

Psellos escancara a vida de cabeças coroadas. Mostra que o Império Bizantino, periclitante até 1453, fraquejou minado pela incapacidade de seus administradores. O poder corrompe? Sem poder, como viver, como conviver? A solidão corrompe, segundo a inteligente exposição de Micael Psellos. Devaneios solitários arruinaram o imperador Romanus. Platão fazia restrições à democracia, o governo de um só é muito pior.

Romancistas

RUMO AO ILIMITADO

Irwin Rohde, num exame exaustivo do romance grego, pergunta: "De que origens misteriosas surgiu na Grécia o totalmente não-helênico?" A pergunta tem sentido se considerarmos a perda da noção de limite nos romances gregos. Repetem-se neles cenas de casais que se apaixonam, separações violentas, raptos, viagens a terras distantes, mortes e ressurreições. Nobres caem na escravidão e, reconhecidos, são libertados depois de muitas privações. A virtude é testada em tentativas de uniões indesejadas. O reencontro coroa, por fim, amargos sofrimentos. Motivos assim encontram-nas nas *Etiópicas* de Heliodoro, o romance mais conhecido, como também em *Quéreas e Calirroé* de Cariton, *Dáfnis e Cloé* de Longo, *Leucipo e Clitofon* de Aquiles Tácio, *As Efesíacas* de Xenofonte de Éfeso entre outros.

DÁFNIS E CLOÉ

Brisas, ondas, luz e cores acariciam um casal jovem, em *Dáfnis e Cloé*, romance de Longo, lembrado de antigas tradições no mundo em que o cristianismo se expande. Estamos no quinto século da nossa era. Dáfnis e Cloé procuram a gruta das ninfas para um banho purificador. O corpo iluminado do companheiro encanta Cloé, ela confere na ponta dos dedos a pele sedosa, o amor fervilha sem a mediação de palavras, a flauta de Dáfnis aquece-lhe o peito, o amor sensibiliza-lhe os lábios, discurso é o dos pelos, dos lábios. Cloé só deseja Dáfnis, procura-o com os olhos; Dáfnis é o assunto de suas conversas.

A narrativa começa na estação quente. Mergulhados em água límpida, os jovens descobrem a sedução da nudez, embalados por melodias campestres. Um boiadeiro, rival de Dáfnis, é raptado por piratas; a jovem, aos rogos do infeliz, toma a flauta. Os bois, reconhecendo a melodia, lançam-se ao mar, as ondas se agitam, o navio soçobra, os piratas perecem, o raptado é arrastado à praia como um barco. Na debandada dos deuses, a ação já não é divina, é mágica.

Dáfnis, afastado da cidade por razões misteriosas, remove espaços que o distanciam da amada. Longe de refregas políticas, os olhos não se desprendem da mulher de seus sonhos. Dáfnis, mais próximo da natureza que dos homens, toma por mestres os animais, a fala do corpo. E os deuses? Reflexão e experiência os baniram dos lugares ordinariamente frequentados.

O narrador viu no bosque das ninfas um espetáculo singular, um quadro com uma história de amor tão bela que atraía até visitantes de outras terras. Veio-lhe o desejo de escrever uma história que superasse a visão. O sentido da vida, perdido no mundo dos negócios, paira entre árvores, flores e águas, a totalidade dorme no leito da solidão. O amor reúne fragmentos de unidades perdidas. Lesbos, ilha da poesia, do amor, da mulher, entorpece, brotam sonhos. Os traços do quadro e os movimentos da narrativa se confundem. Abandonados encontram na simplicidade dos campos sentimentos que se perderam nos lares urbanos.

Não é só a natureza que atrai o narrador, o quadro conta uma história de amor. Platão condenava a pintura, imitação de sombras. Longo penetra nas sombras, produz uma narrativa inteiramente ficcional, experiência onírica. A organização visual impregna a sequência das palavras. O discurso se quer disposição pictórica, *zoografia,* grafia da vida, significantes picturais. A arte estabelece-se no domínio que lhe é próprio, jogo de signos, de significações. *Ut pictura poiesis!*, a arte de escrever rivaliza com a pintura. A invenção, não a reprodução do observado. Na transfiguração artística o amor é expressão pessoal. Esquecidas as essências, privilegiam-se os simulacros.

Quem são os receptores? Doentes, aflitos, enamorados, desamados, tocados por Eros, religião que não exclui ninguém. A narrativa age como um *phármakon,* remédio para doentes; o conflito amoroso organiza sentimentos ameaçados de dispersão.

Contra idealizações platonizantes, o amor é ebulição física. Os jovens o experimentam no corpo antes de lhe conhecerem o nome; ela, aos treze anos, ele, aos quinze. Resgatado duma fossa, armadilha para capturar lobos, Dáfnis é extraído como se nascesse da terra.

O sentimento religioso, ameaçado nos centros urbanos, refugiou-se nas zonas rurais, razão da visão paradisíaca que abre o romance.

Acompanhamos o conflito entre o limite e o ilimitado desde a aurora da literatura grega. A dar crédito a Aristóteles, a *Ilíada* realizou pela primeira vez a façanha aplaudida de reduzir o indefinido da tradição épica a um universo de fronteiras claras. Não falta, entretanto, na própria *Ilíada* resistência aos limites estabelecidos pelo poeta. O conteúdo, demasiadamente amplo, não cabe na forma diminuta que Homero lhe impôs.

BALAÃO E JOSAFÁ

Balaão e Josafá (ou *Balaam e Joasaph*, também *Barlaam e Josaphat*), um romance do século VII, difundido em muitos países da Europa a partir do século XI, desloca a ação para longe, para o fabuloso reino da Índia, governado por Abener, perseguidor de anacoretas cristãos. A Índia, visitada por Tomé, recebeu o cristianismo já nos tempos apostólicos. O romance encena – a ação se passa por volta do terceiro século – o conflito de um monarca politeísta contra o monoteísmo advectício. Sabendo ameaçada a sua própria família, Abener prende o seu filho Josafá, desde muito cedo, num palácio esplêndido, provido de riqueza, conforto e ordens estritas de proteção contra qualquer presença cristã. Sem o querer, Abener faz do filho um anacoreta caricato, servido do melhor.

O romance foi escrito por um monge, a ética é de claustro: consagração ao Criador, negação total dos prazeres do corpo, privação de convivência, olhos voltados para o futuro, vida oferecida aos puros depois da morte.

Opondo-se a procedimentos do romance antigo, *Balaão e Josafá* interioriza a ação. Em lugar de viagens por um mundo sem fronteiras, as personagens agem no entrechoque de ideias e de modos de viver. Guerra de princípios! Balaão, um monge do deserto, burlando a vigilância – ele se finge de mercador – apresenta demoradamente a história do povo de Deus a Josafá ao gosto dos cronistas do século VI. Balaão, familiarizado com sutilezas da ortodoxia cristã do Oriente, expõe a redenção do homem sem omitir detalhes da doutrina da trindade, cuidadosamente elaborada em concílios. A convencionalidade da exposição com intenções didáticas — no discurso a Josafá, o narrador instrui o leitor — é cortada, por vezes, com anedotas saborosas.

Josafá, posto entre conforto régio e privação extrema, escolhe esta última. Prefere riquezas inimagináveis e perenes prometidas no futuro a prazeres passageiros de agora. Ante o acidente, previsto por um mago prestigiado, Abener faz de tudo para atrair o filho à religião dos antepassados. Esforço inútil, Josafá não se rende ao discurso, à sedução feminina, ao conforto pagãos.

Derrotado, Abener resolve dividir o reino com seu filho. Os súditos de Josafá, favorecidos com a distribuição de riquezas, atraem o interesse da gente de Abener, a reação popular provoca a conversão do próprio Abener. Reunificado o reino, Josafá abdica ao trono e procura o seu mestre Balaão no deserto. Josafá o segue na morte pouco tempo depois.

A passagem em que Balaão discorre sobre as origens do monasticismo contribui para entender os motivos que levavam pessoas a voluntário confinamento. Os cristãos, martirizados por autoridades romanas, passaram a glorificar o martírio. Consideravam-no um segundo batismo, estágio luminoso para atingir a perfeição e a gloriosa admissão no paraíso celeste. Cessado o martírio com o triunfo do cristianismo, os cristãos passaram a martirizar-se a si próprios para se igualarem aos mártires. Surgem assim as rigorosas regras monásticas. O mundo, luminoso na arte antiga, caiu nas trevas. A luz, concentrada em alturas negadas aos sentidos, é oferecida aos que recusam as delícias do mundo corpóreo. Homens espiritualizados preferem o eterno ao passageiro.

A moralidade monástica debilita a coroa. Homens que se isolam contemplativamente no deserto ameaçam tanto Abener quanto imperadores bizantinos. Como fazer frente aos ataques de persas, árabes e turcos, sem guerreiros interessados neste mundo? A difusão de *Balaão e Josafá* confirma fraturas na Idade Média. Corpo e espírito, disciplina e liberdade, recolhimento e expansionismo confrontam-se beligerantes. Expansionistas, atravessando os mares, levam o conflito às terras conquistadas. Navegadores universalizam inquietações europeias. *Balaão e Josafá* não causaria estranheza na Índia. Comparatistas veem em Josafá uma das encarnações de Buda.

A ÚLTIMA TENTAÇÃO

O Jesus de Nikos Kazantzákis (1883-1957) não é o dos Evangelhos nem o histórico, *A Última Tentação* nos oferece o Jesus de um ficcionista. Nada é proibido a quem escreve romances. A arte liberta de grilhões dá asas a quem arquiteta imagens. Judeus messiânicos sonham com um mundo melhor. Se o Jesus de Kazantzákis se chamasse Pedro, Antônio ou João não faria diferença, chama-se Jesus como muitos homens de bem. Até criminosos são conhecidos como Jesus desde a pia batismal. O Jesus de Kazantzákis não é, no princípio, o crucificado, é um fabricante de cruzes; filho de um carpinteiro, especializou-se em produzir aparelhos de suplício. Por quê? Melhor ser fabricante de cruzes do que morrer crucificado. O Jesus de Kazantzákis, também conhecido como filho de Maria, é um homem atormentado. Como criança de três anos teve experiências carinhosas com uma menina, um ano mais velha, Maria Madalena. A partir daí chegou aos trinta anos, virgem e conturbado, sem contato com mulher. Porque fabricava cruzes atraiu o ódio de nacionalistas como Judas Escariotes. Oprimido, deixou o lar sem despedir-se de ninguém para procurar abrigo num mosteiro do deserto, não sem antes passar por Magdala, não porque estivesse nos seus projetos, mas porque uma força involuntária o empurrava até lá. Entrou na casa de uma prostituta, Maria Madalena! Foi um encontro doloroso, de sentimentos reprimidos, mas sem contato carnal. Virgem, Jesus chegou ao mosteiro. Aí falou pela primeira vez. A língua se soltou e Jesus passou a expor dores reprimidas, fala espontânea de iletrado. O rabino que lhe deu atenção mandou que discursasse em público, discorresse sem pensar. A fala desinibida faria bem a todos, seria a própria voz de Deus. Adonai, o Senhor, não é todo-poderoso? Não há como fugir do poder de Deus, manifesto em todos, bons e maus. Como encontrá-lo se é infinito?

Entrementes, Madalena foge de sua cidade, denunciada e perseguida como prostituta. Homens enraivecidos, apoiados por mulheres invejosas, querem apedrejá-la, cumprindo uma ordem antiga e sagrada. Fugitiva, ferida e exausta, Madalena chega à região desértica onde se encontra Jesus. Intervém o filho de Maria, não para salvar a humanidade, mas para salvar a amiga de infância que nunca lhe saiu da cabeça. Vestido de branco, Jesus, ao abrir os braços contra enraivecidos armados de pedras, profere as primeiras palavras em público. Elas lhe vêm naturalmente aos lábios, são as bíblicas: "Quem estiver sem pecado atire a primeira pedra". A reação dos executores é a registrada no Evangelho de João: os algozes, feito o exame de consciência, se retiram desarmados.

Jesus vai ao deserto, ouve vozes. João Batista adverte que amor não basta, um redentor como ele não poderia evitar a violência para afastar o mal. Vem a serpente, o dragão que no Paraíso tornou o homem sensível à oferta da mulher. A ofídica voz de agora manda que Jesus se aproxime de Madalena para redimir a mulher frequentada por homens de muitos lugares. Assim Jesus promoveria a felicidade dele, a da mulher que lhe foi destinada desde a infância e a dos filhos que Madalena lhe daria.

Com a redenção de Maria Madalena começa a ação pública de Jesus. Cercam-no desprotegidos, maltrapilhos, doentes, rebeldes. No grupo se diverge entre a ação imediata, facção liderada por Judas, e a construção lenta de melhores condições de vida, congraçamento de todos os povos. Jesus entendia o reino de Deus assim. Mesmo depois de João Batista lhe ter confiado o machado para cortar a árvore pelas raízes, Jesus comporta-se cauteloso quanto ao uso da força para construir o novo mundo. A segunda vida de Lázaro, milagre de Jesus, significa a restauração impossível do passado. Condenado, Jesus é salvo pelo diabo, que lhe confere vida pacífica e confortável, filharado e confortado com as mãos carinhosas das esposas, Maria e Marta. Vencida essa última tentação, a de cuidar dos seus próprios interesses, Jesus escolhe a morte heroica na cruz, abandonado por Deus e pelos seguidores.

Nada falta à formação do Odisseu de Kazantzákis quando empreende a segunda viagem; imaturo é o Jesus de Kazantzákis no início da viagem, a única. Jesus aprende que o amor não basta. João Batista lhe ensina que sem derrubar obstáculos é impossível avançar. O aprendizado aproxima Jesus de Odisseu. A última tentação de Jesus, a de preferir vida pacata e doméstica, é também a de Odisseu ao retornar de Troia. Ócio seduz, confere o sentimento de já termos chegado ao lugar onde queríamos estar. Grandes feitos requerem o sacrifício da estagnação. Passada a diabólica vertigem, Jesus volta à cruz, cruz é trabalho, o trabalho passa pela dor, na dor o trabalho se universaliza para superar a dor.

Vale a comparação da *Última Tentação* com *Balaão e Josafá*? Os princípios monásticos do romance medieval isolam os devotos em cavernas do deserto, a disciplina monástica reduz corpos famintos a pele e ossos, condena à inatividade e à morte. No entanto, Balaão e Josafá foram admirados, santificados, receberam igrejas e culto; Kazantzákis foi excomungado, entrou no rol dos livros proibidos.

Há heresias de esquerda e de direita, cá ou lá, fanatismo isola, bombardeia, aterroriza, mata aos milhares, aos milhões. Convém que confessores de princípios consagrados abram os ouvidos a rebeldes. A voz de Deus soa nos lugares em que menos se espera. Assim foi ontem, assim é hoje.

Homero cantou aristocratas, Kazantzákis narra as dores, os sonhos e as decepções de gente simples, a voz isolada de Tersites move os lábios de biliões. Carentes derrubam fronteiras, proliferam em toda parte. Tanto na dor como na imaginação, buscamos o ilimitado, donde Baudelaire deriva a arte moderna.

ENTRE O LIMITE E O ILIMITADO

Limites ampliam-se geográfica e temporalmente; na *Odisseia* assistimos ao desfile de muitas terras em longos anos de viagem. Não estivesse a multiplicidade concentrada na unidade do ato de narrar, o universo da epopeia se fragmentaria em episódios. Hesíodo, ao empreender, com recursos épicos, a construção da teogonia cosmogônica, enfrenta dificuldades ainda maiores, arquiteta um sistema coerente com mitos conflitantes. O resultado carreou muitos aplausos, marcas do aglomerado persistem.

Do romance, o gênero sem limites, encontram-se prenúncios nas invenções literárias de Platão. O encadeamento de episódios e a imaginação de historiadores como Heródoto, Xenofonte e Plutarco preparam o caminho para o romance histórico. O romance psicológico se anuncia nos conflitos interiores de Sófocles e Eurípedes. O romance de costumes mostra-se embrionariamente na comédia nova e no discurso forense. A sátira de Luciano renova processos narrativos. Petrônio, prosador latino, produz um vigoroso romance urbano, o *Satyricon*. A arte narrativa renasce revigorada, quando, transcorridos séculos, se liberta de tutelas. Dante e Boccaccio já testemunham novos tempos. O romance do século XIX coloca-se entre o que o Ocidente produziu de melhor.

A epopeia e o romance, o limite e o ilimitado, determinam os polos da invenção.

3. LÍRICOS

A nova expressão poética chamou-se lírica por razão circunstancial, os filólogos alexandrinos a designaram assim porque a lira era o instrumento que se usava de preferência para acompanhar recitação da poesia antes conhecida por mélica, adjetivo derivado de *melos* (canto). A reação antiépica da lírica agita os anos 600 e 500 a.C., convulsões sociais e culturais se profundam, a poesia heroica já não satisfaz.

O sujeito, prisioneiro da objetividade épica, emerge rebelde tanto na poesia como na filosofia, quase ao mesmo tempo. Nesse período, o arcaico, desmorona o mundo mítico, apoio da epopeia. Os deuses se distanciam, a existência dos divinos já não é evidente como nos tempos de Homero; se preservados, enfrentam objeções. Afastados como distantes ideais de justiça, não se lhes consente presença na vida cotidiana. No ocaso dos deuses emergem sombras interiores. Enfraquecida a voz do alto, o poeta passa a falar por si mesmo, abala ritmos, esquemas métricos, giros sintáticos, palavras. A narrativa ampla cede lugar a textos diminutos, produto de apelos momentâneos.

A lírica investe contra a objetividade épica mesmo em aristocratas. Abalada a segurança exterior, fundamento da epopeia, a lírica desliza para o instável mundo interior, hostil à rigidez medida. O verso épico, o hexâmetro, passa a alternar com o pentâmetro, a instabilidade irrompe na alternância.

O olhar se retrai do universo para as circunstâncias imediatas, dos grandes agrupamentos humanos para círculos diminutos. O poema recolhe fragmentos biográficos; sem espaço para abrigar uma vida inteira, ilumina momentos.

Das formas líricas, a poesia elegíaca manteve-se mais próxima da epopeia no vocabulário, no conteúdo guerreiro, no ideal aristocrático, na medida dactílica (– ∪ ∪). Saltam diferenças. Definha a neutralidade épica, a lírica apoia-se no sujeito de arroubos patrióticos e eróticos. De referencial, a poesia torna-se expressiva. Uma falsa etimologia levou investigadores tardios a confundir elegia e cantos fúnebres, elegíacos preocupam-se com guerra, com a vida amorosa, com a ordem social, elegíaca é relação do autor com o receptor.

A lírica se desdobra em dois grupos: monódica e coral. No primeiro grupo, o poeta exprime os seus próprios sentimentos; no segundo, os poemas compostos para um grupo vinculam-se ao júbilo de dias festivos. A poesia coral repele a morte, a dúvida existencial.

A lírica caracteriza-se pela invenção de ritmos adequados à instabilidade subjetiva em substituição ao desfilar de hexâmetros criados para acolher a constância de um mundo fixo. Surgem, assim, a elegia, o jambo e a ode, modalidades que se distanciam da prosa.

Entre as primeiras manifestações da lírica, encontram-se os *Hinos Homéricos*.

Hinos Homéricos

Restam-nos cerca de trinta hinos, dirigidos a diversas divindades, compostos para introduzir recitações de trechos épicos em dias de festa, os *Hinos Homéricos*. Os mais antigos apareceram no século VII a.C., outros são produzidos um século depois. A dependência dos hinos homéricos à epopeia mostra-se na metrificação, no vocabulário, na sintaxe; a participação subjetiva, a religiosidade espontânea os caracterizam.

Alguns deles, como o de Deméter, cantam divindades de escassa atuação. Os hinos maiores passam de quinhentos versos, os menores não alcançam dez. Um pronunciamento definitivo sobre o tamanho dos hinos é dificultado pelo precário estado de conservação dos manuscritos, as lacunas são muitas.

No "Hino a Apolo", um dos mais longos, o poeta hesita quanto ao modo de louvar a divindade. Decide-se, por fim, a cantar o maravilhoso nascimento em Delos, a glória no Olimpo, o renome entre os homens. O hino se demora na construção do templo délfico e na origem dos sábios sacerdotes, digressões e epítetos retardam o avanço da narração ao gosto da epopeia. O calor subjetivo do longo monólogo não encontra paralelo em Homero, a unidade apresenta-se comprometida pela aproximação do Apolo de Delos ao de Delfos, rigor formal prejudicaria a espontaneidade, o pasmo ante a grandeza de Apolo alicerça a unidade.

No "Hino a Hermes" o tom é outro. Numa época inclinada à moralização dos deuses, estranharia devoção a um deus equívoco: cultor de enganos, protetor de ladrões. O poeta, cautelosamente próximo da objetividade homérica, ironiza as qualidades negativas, glorifica a inventividade.

O poema dirigido a Dioniso está ente os curtos. O poeta destaca a ternura de Ninfas maternas, a infância em paragens campestres, a renovação da vida; em breve invocação final, o poeta roga vida longa aos devotos. A religiosidade antiga, expressa aqui, será reelaborada por Eurípedes numa das peças mais arrebatadoras do teatro grego, as *Bacantes*.

Calino

Numa das primeiras expressões líricas do Ocidente, Calino (650 a.C.) incita a juventude à guerra:

> Na cama? Até quando, molengas?
>   Guerra! Brados de guerra!
> Bélicos estrondam berros nas bordas.
>   Maricas! Brocharam os brios?
> Rouco, rogo pragas à preguiça.
>   Fogos cercam adormecidos na paz.
> Guerra! Guerra, malandros, devasta a terra.

O poema estronda. A aristocracia guerreira dos tempos homéricos sumiu, o tempo dos sonhos de passada grandeza ruiu. O poeta leva o homem a refletir sobre si mesmo: a hora é de luta, ócio é vergonha. Calino refaz a poesia em outro espaço, outros tempos, outras obrigações. Em lugar de cantar feitos passados, Calino aponta tarefas presentes, em lugar de rememorar, em lugar de comemorar, agir. Poesia é arma, revive nela o poder de transformar.

A alternância métrica de hexâmetros e pentâmetros, de que Calino é um dos primeiros cultores, abre as portas a temperamentos agitados. A composição perde o caráter sereno da epopeia. O apelo para a ação imediata desaloja descrições demoradas, digressões comparativas, abundância de epítetos. O poeta liberta-se do palavreado solene, nocivo à ordem incisiva. A linguagem rejuvenesce na viveza coloquial. Palavras ritmam ação.

Fiel a virtudes herdadas de Homero, Calino levanta a voz para chamar moços do conforto dos palácios aos perigos dos combates. Antes da ação, a construção de si mesmo, a restauração de valores perdidos. A hora é de encarar a morte com seriedade, removido o apego aos encantos da vida. Se é para morrer – quem é que não morre? – morra-se com dignidade, virtude aplaudida outrora.

Heitor não se sacrificou pela pátria, por esposa e filho? Onde estão os defensores de Éfeso? A morte chegará quando o destino o determinar. Tanto se morre no campo de batalha como na cama. Morrer honrado vale mais do que murchar no conforto.

A disposição de morrer é rara na poesia jônica, riscos vigoram na subjetividade apaixonada do poeta, gritos para sensibilizar ouvidos desatentos. A urgência mobiliza ética e estética.

Tirteu

A elegia de Calino semelha a de Tirteu. O incidental em Calino – defesa urgente – institucionalizou-se na belicosa Esparta de Tirteu, o episódico virou projeto de vida. Subordinar espartanamente o cidadão ao Estado não figurava nos projetos de Calino. O risco inquieta Calino, militarismo popularizou Tirteu (650 a.C.):

> Gloriosa é a morte nas primeiras linhas
>   dos que lutam pelo torrão natal.
> Não há vergonha maior do que mendigar
>   longe da pátria e dos férteis campos,
> vergonhoso é o exílio da mãe estremecida,
>   do velho pai, dos filhinhos, da esposa amada,
> tangidos pela penúria, pela pobreza aviltante,
>   vergonhoso é padecer entre estranhos.

Na epopeia, o valor mais alto concentrava-se na honra; nos versos de Tirteu, o Estado absorve os méritos, fora do Estado o indivíduo não é nada, o poeta manda que os cidadãos morram pela pátria e não por si mesmos, a morte se justifica pelo benefício que traz ao Estado e pela retribuição estatal. Não são as privações que molestam o exilado, é a vergonha de viver desprotegido da pátria.

A *Ilíada* vê no herói a imagem do homem completo: guerreiro, desportista, orador, cavalheiro, leal, piedoso, amigo dos amigos, o poeta espartano reduz o homem a uma qualidade única, a de guerreiro.

Tirteu elaborou rara identidade entre a invenção poética e os anseios do Estado; soa nos versos a voz da cidade. Essa é a força da lírica de Tirteu, são esses os limites. A poesia, visceralmente ligada ao Estado, perece com ele e com os ideais que propugna. Presa a interesses políticos, a poesia exclui sentimentos privados. O Estado espartano, por não tolerar ação contrária à ordem política, detém o processo inventivo.

Arquíloco

Arquíloco (650 a.C.) alarga o alcance da lírica, não lhe faltou reconhecimento. Tão significativa foi sua influência que Heráclito, para abrir caminho à filosofia, o ataca ao lado de Homero. Arquíloco se destaca no trabalho de libertar a poesia da tutela épica. Se não é o inventor do verso iâmbico, mais próximo da língua falada do que o dáctilo, cabe-lhe a glória de ser o primeiro cultor de envergadura da nova medida. O convencionalismo do verso épico impunha limites à exploração do cotidiano. Livre desse peso, horizontes mais amplos abriram-se ao poeta.

Arquíloco recusou aristocráticos interesses de Estado, traduziu em versos a voz de marginais como ele, busca a guerra não como um ideal de vida, mas como meio de subsistência:

> A lança me dá vinho, a lança me dá pão,
> eu como, eu bebo com a lança na mão.

Pão e vinho os aristocratas de Homero tinham em abundância, lutavam com o fim de legar aos descendentes nome glorioso;

nos versos de Arquíloco fala o homem comum, gente a quem não se consentia voz em assembleias militares. O que valem as coisas, o que vale a vida, o que valho eu? O valor me precede ou está naquilo que faço? Ao se distanciar dos nobres, Arquíloco livra-se também dos deuses, protetores de príncipes. Já não se ouve nele o canto intemporal das Musas. Das Musas resta o dom, que, cultivado pelo esforço, permite ao poeta elaborar versos sem outro amparo:

> Servidor eu sou do deus da guerra
> e no amoroso dom das Musas eu
> versado me declaro.

Homero não incluiu a arte poética no elenco das virtudes guerreiras; em Arquíloco aedo e guerreiro se estabelecem na mesma pessoa. Filho de escrava, Arquíloco não tem antepassados para reverenciar, descendentes não esperam dele o legado de um nome glorioso. Nessas condições, Arquíloco não luta por ideais aglomerados acima da existência, nada lhe é mais caro do que a sua própria vida. O que lhe custa confessar um ato covarde, se fugiu da morte?

> Um saio apoderou-se do meu escudo e se ri de mim,
> para meu pesar – arma excelente –
> a um matagal a joguei na fuga.
> Mas salvei a vida. O que me interessa o escudo?
> Que se vá! Em breve terei outro.

Como estamos longe dos heróis que preferiam morrer a viver desonrados, davam a vida para resgatar as armas em poder dos inimigos! A vida particular reclama prioridade, o poeta fala de si, de suas preferências, mesmo que estas ofendam padrões consagrados. O eu lírico traz à tona o homem em carne e osso. Pela mesma transformação passa o escudo, não lhe resta outro valor além do mercantil. Se com dinheiro se compra um escudo de boa qualidade, por que lamentar a perda? Oferecer a arma em lugar da vida, que não está à venda, não parece mau negócio.

Os versos de Arquíloco elaboram momentos vitais. O soldado, despreocupado com normas consagradas, enquadra lança e escudo em demandas suas. Importante já não é a guerra, mas o homem que guerreia. A vida individual, esquecida e desprestigiada na epopeia, se apresenta como insubstituível território de investigação. Se a vida vale tanto, por que excluí-la da alegria?

> Nada melhoram lágrimas, nada
> arruinarei no gozo,
> florescente em festas.

A reviravolta provocada por Arquíloco despertou o interesse de muitos poetas, requereu dos filósofos demorada reflexão. Platão ambienta um dos seus diálogos num salão de festas; *O Banquete* discute a importância do amor e o sentido da vida.

O sentimento de honra é substituído por considerações sobre a justiça de valor universal. Homens e deuses agiam intempestivamente, conduzidos por vantagens do momento. Invalidado o esplendor guerreiro, o Zeus arbitrário converte-se em guardião da justiça, administrada sem favoritismo:

> Ó Zeus, Zeus pai, teu é o poder nas alturas,
> as obras dos homens contemplas,
> as criminosas e as praticadas na lei. Observas
> a soberba e a moderação de todos.

O eu, ao se libertar, teme a liberdade, busca a ordem universal, assusta-o a ameaça da desmedida. O poeta invoca Zeus para firmar os limites, não o Zeus pessoal de guerreiros antigos, mas o Zeus da ordem objetiva, sem a qual a pessoa se perderia no ilimitado.

O eu expresso aqui não é o eu individual da modernidade, ouvimos a voz de um eu em busca de apoio.

Semonides de Amargos

A brevidade da vida distingue a poesia de Semonides de Amargos (650 a.C):

De Quios me vem a voz, sábia: "flácidas
folhas falam dos passos que passam".
Passas! Lembras que passas?
Esperanças, flores de ardores juvenis.
Esperam-te cinza e pó. Sabias?
Que rosas cultivam faces rosadas?
Cansam-te projetos frustrados.
Percebes que ossos falecem?
Esbanjas horas áureas, vivas,
fulgores fulgem e fogem.
Toleras tolices.
Tolices arrebatam rubor, robustez.
Vive, goza e passa!

A consciência do fim levava os heróis à luta para, encerrado o ciclo vital, sobreviverem gloriosos na memória dos homens. O poeta lírico, confrontado com o limite, tira outra consequência: gozar a vida pelo prazer de gozar, atitude inédita na epopeia. Odisseu, versado em viver bem, deliciava-se com o que viagens lhe ofereciam sem a sofreguidão de agora. Semonides convoca ao gozo com o entusiasmo que leva Tirteu a chamar os cidadãos à guerra. Em lugar de batalhas, o gozo.

As delícias da vida circunscritas pela morte, que momentaneamente se desvelam nos versos de Arquíloco, insistem. O prazer de viver desponta na Jônia, não nos Estados politizados da Grécia, estes sacrificam ao bem comum interesses privados.

Semonides tornou-se conhecido pela elaboração de uma misógina tipologia feminina, o jônio destaca a mulher trabalhadeira (mulher-abelha) ao lado de nove categorias vilipendiadas, brilha o prazer que a mulher proporciona ao homem, sombras encobrem apelos femininos. A mulher da poesia de Safo não cabe na curiosa classificação de Semonides.

Mimnermo

A busca da unidade, origem da pluralidade, antecede indagações teóricas. À base de conflitos individuais, Mimnermo de Colofon canta (600 a.C.) a vida.

> Vida? Ela esplende longe da ditosa Afrodite?
> Cessada a fome de amar, venha a morte!
> Quero prazeres secretos, calores do leito.
> Flores são estas. Há outras?
> Falem faces doces! Falem braços fortes!
> Rugas deformam. O sangue repele pálidas peles.
> Cuidados amargos roem entranhas.
> O ocaso afoga fogos, afagos.
> Emergem enjoos, repulsas,
> Amarga quiseram a velhice os deuses.

A lírica prepara o território de investigações preocupadas em circunscrever a extensão do inabarcável. Confrontado com a morte, o poeta surpreende a vida em movimentos simbolizados por Afrodite, intensidade palpável. Os conflitos migram do campo de batalha a braços, a abraços. O prazer, cultivado no leito, exclui o trabalho, esfera do escravo, o vigor do pensamento será tarefa de pensadores. Afrodite atua na suavidade da pele, na aproximação carnal. No afã de compreender a totalidade, Mimnermo não exclui mulheres, dotadas de pele sedosa, sujeito e objeto de prazer.

Atento ao limite, não o atraem sombrias regiões do além.
Prende-se ao corpo: presente, vivido, real.

Sólon

Sólon (600 a.C.) surge quando lutas convulsionam os Estados gregos. A produção lírica abundante e diversificada alarga espaços. O belicismo inflamado de Tirteu não comove o poeta legislador. Não recusa a necessidade de armar os cidadãos contra o inimigo externo, ele próprio os incita a retomar Salamina, opõe-se, entretanto, à tendência de, em nome do Estado, abafar as vozes que clamam por justiça. Se o belicismo é mutilador, o hedonismo erótico também o é. Sólon não sente o avançar dos anos como destruição de energia vital à maneira de alguns de seus antecessores, a perda de vigor é compensada pelo crescimento intelectual:

> Enquanto envelheço, aprendo mais e mais.

O limite assume nos líricos feição agressiva. Desenvolveram ímpeto, decisão sôfrega de viver. Sólon, ao remover de fronteiras associações negativas, fortalece o instrumento que lhe permite andar nas complexas exigências do Estado, moldando, ainda, a Moira, peça valiosa na tragédia, na filosofia, no pensamento político:

> A Moira traz o mal e o bem,
>   imprevisíveis vêm os dons aos deuses.
> Riscos há em todas as empresas,
>   o começo esconde a face do fim.
> A desgraça enreda sagazes videntes.
>   Malfeitores sorriem
> agraciados, insensatos prosperam.

Moira, etimologicamente ligada a *moros* (morte), não guarda caráter opressivo, o insondável dos desígnios sublinha a relevância do legislador. O limite não se mostra como horizonte apenas, decisões sábias delimitam bem e mal, ordenam o todo, a pólis, unidade abarcável, inteligível.

Elaborado o limite, Sólon reflete sobre os perigos da desmedida, avança considerações sobre a luta de classes em bases legais. A predominância de uma das classes (a dos ricos, por exemplo) perturba, por excesso, a ordem do todo. O mesmo risco oferecem exigências ilimitadas dos pobres. Guiado pela moderação, princípio cósmico, Sólon progride seguro, recomenda que cada um dos estratos abdique de pretensões extraordinárias, mantenha-se nos limites do razoável em benefício do todo. Os deuses, longe de determinarem tudo, deixam espaço para a ação livre e responsável. A organização política é tarefa dos cidadãos, cabe ao homem ordenar a pólis de tal forma que toda exaltação seja contida. Riquezas destacam-se como objeto de reflexão, o apelo à moderação repete-se para conter o desejo de possuir.

Atento à diversidade ordenada, Sólon legitima as múltiplas ocupações sem recusar o prazer:

Agradam-me as artes de Afrodite, de Dioniso,
das Musas, fontes de prazer.

Ao amor (Afrodite), ao vinho (Dioniso) e à poesia (Musas), Sólon acrescenta o prazer de conhecer:

Ao entendimento dificílimo é conhecer a
oculta medida, limite de tudo.

Conhecer, ao que parece, é a única ação protegida do risco de avanço desmedido, abertas estão as portas à filosofia que desponta na Jônia na época em que Sólon atua em Atenas. Pronto está o instrumento que permitirá ao herói trágico compreender-se a si próprio na realidade que o circunda. Sólon amplia o âmbito da poesia, já nada lhe é alheio. A amplitude beneficia o Estado ateniense de que Sófocles é construtor destacado. A Esparta de Tirteu cria especialistas, a Atenas de Sófocles permite que todas as capacidades floresçam com exuberância.

Alceu

Próxima do litoral asiático, a próspera ilha de Lesbos não sofre a ameaça de potências estrangeiras nos anos em atua Alceu (600 a.C.), pôde, assim, ao molde de Sólon e Teógnis, voltar-se a conflitos internos, prósperos no cidadão e no poeta. Politicamente identificado com os interesses da aristocracia, opõe-se às exigências dos oprimidos. Como acontece com frequência – veja-se Jorge Luís Borges – o poeta, politicamente reacionário, revoluciona a forma da poesia. Saudoso da nobreza homérica, preserva da epopeia o gosto da descrição de armamentos, deixando documentos importantes sobre o equipamento bélico de sua época. Apesar da devoção aristocrática, não lhe faltam momentos de fraqueza que o levam a confessar atos covardes, o que lembra Arquíloco.

Se em conflitos sociais Alceu não se liberta do passado, no que se refere à vida, os versos lhe conferem projeção, Alceu acolheu a poesia popular, criou ritmos que fizeram escola, abalou a tradição que prendia a lírica ao temário consagrado. As canções do vinho colocam-se entre as mais difundidas. O vinho fortalece a alegria, anima o banquete, instituição que, por excelência, favorece a convivência. Dói-lhe o exílio, o silêncio, a morte, a distância da vida pública. Alceu inventa sonoridades contra a monotonia letal. Pouco atento à voz neutra das Musas, escuta sons que lhe vêm do peito. Alceu pratica o esfacelamento, a divergência contra a unidade das composições conhecidas. O que se perde em clareza ganha-se em dramaticidade, em força sugestiva. O ambiente emerge conflituado. Veja-se este fragmento (as reticências na primeira estrofe indicam acidentes ocorridos na transmissão do texto):

> Turbulento [...]
> serve vinho puro, dia
> e noite ferve, levado
> para onde a lei [...]
>
> Nunca se apagaram na memória
> daquele homem antigas convulsões,
> atravessou em vigília noites e noites
> no aceso tilintar de taças.
>
> Por essa tu parido tens
> a distinção, acaso, que ilustra homens livres
> de ilustres pais nascidos?

Houve tentativas de buscar coerência. A primeira estrofe (mutilada) traria uma cena de orgia. Na segunda, deveríamos ler a embriaguez do pai de Pitaco, político de Lesbos, hostilizado por Alceu. Na última, haveria um ataque contra o próprio Pitaco, filho de mãe plebeia. Essa interpretação, que engenhosamente descobre um conflito familiar e participação política do poeta, carece de confirmação. A hipótese de que o pai de Pitaco tenha sido ébrio não se apoia em fonte alguma, e da origem da mãe ignora-se tudo.

Restam os saltos abruptos de uma estrofe a outra, reflexo da crise que sacode os cidadãos e os Estados. Teríamos aí um paralelo da arte fragmentária contemporânea? Não seria ocioso comparar a composição de Alceu com o "Poema das Sete Faces" do nosso Drummond.

Safo

O que resta de Safo (600 a.C.) é muito pouco. Apenas três poemas razoavelmente preservados. E isso não em virtude de alguma má vontade masculina, todos os documentos literários da época nos vêm mutilados. Restam ruínas. De pedaços, reconstruímos imagens. Despreocupada, por ser mulher, de problemas políticos e sociais e afetivamente aviltada pelos homens, como mostra Semonides, Safo descobre o caminho a si mesma através das amigas que reúne em torno de si. Longe do rumor das armas, dos banquetes, de acalorados debates e do deboche, Safo inventa composições de que não existem modelos. Os poetas gregos sentem-se atraídos pelo mundo, pelo mistério da morte, pelo sabor da vida, pela verdade, pelas ideias gerais, pelo estar juntos. O que se passa no interior do homem não os seduz. Ao interpretar os seus próprios sentimentos, a poeta sabe esquecer o que escreveram os homens para elaborar inauditas soluções e o faz com tal propriedade que a arte a entrona nos cumes da produção literária:

De trono esplendente, imortal Afrodite,
filha de Zeus, rica em recursos, suplico-te:
cessem torturas, tormentos, Rainha,
em meu coração;

Vem, Divina, vem! Já me socorreste, sei.
Foi há muito! Chorei, chegaste.
Deixaste o palácio do teu pai,
de ouro, vieste.

O carro, um raio: potentes pardais
atrelados rasgaram os ares à terra sombria,
asas velozes, rumores, rápidas rodas celestes
romperam nuvens leves.

Pronto chegaram; e tu, Venturosa,
sorriso nos lábios, sem rugas no rosto,
rogaste a razão do sofrer reincidente,
de prementes preces.

Que peso te oprime o
peito? Quem fugiu de ti, do afeto?
devo devolver alguém? Quem,
Safo, quem?

Foi-se a fugitiva, cedo me buscará;
recusa presentes? presentes me trará;
não me ama, cedo me amará,
quer queira, quer não.

Vem, Venturosa, vem! Não suporto.
Dói! Sabes o que quero.
Socorro! Batalha comigo,
guerreira minha.

Enfim, uma voz feminina. A mulher sobe à categoria de sujeito. O verso sáfico (curto, inquieto, truncado, irregular) repele o largo e sereno hexâmetro homérico. Safo inventa a mulher combativa, reflexiva, apaixonada, erótica. O vocabulário homérico, em parte preservado, muda de lugar. A luta já não acontece no campo de batalha, lugar em que esplendem as virtudes masculinas; combates travam-se agora no coração (*thymós*), região sombria que se afunda em quem canta. O conflito não é só consigo mesma. Poesia de uma mulher abandonada, solitária, sentimento de não ser plena. A morte reside na existência, de ausências nasce a poesia.

Conversa de mulher a mulher, de mulher com a deusa, a interlocutora não é qualquer deusa, é a deusa do amor. Afrodite comparece como desdobramento do eu, Afrodite é uma das máscaras de Safo, a poeta fala consigo mesma, descortina uma cena teatral. Situação teatral antes da criação do teatro não é estranha à epopeia, mas Safo a isola. A ação do homem sobre o mundo desaparece, vemos a pessoa frente a si mesma, afloram conflitos pessoais.

Safo recorda o socorro que Afrodite lhe prestou no passado. Esta não é a memória das Musas, objetiva, o saber da comunidade. Aqui, em lugar das Musas, emergem falas antigas, há muito silenciadas. A memória de Safo recolhe dores pessoais. Em experiências passadas funda-se a súplica de socorro. Os versos não constroem imagem objetiva da deusa, reconstroem o passado apoiados em sofrimentos presentes.

De Afrodite, filha de Urano, a Afrodite, filha de Zeus, passamos do universal ao humano, ao particular. Zeus é o deus da aristocracia guerreira, deus de múltiplas aventuras amorosas, a filha de Zeus deverá compreender os conflitos de Safo. A filha de Zeus é *dolóploke*, tecelã de enganos, não de enganos quaisquer, de enganos arquitetados para atrair a pessoa amada.

A natureza se manifesta nos deuses. A viagem de Afrodite à casa de Safo afeta aves e ares, não como objetivamente são, mas como vividos. Que seria da natureza sem poesia? Afrodite inunda de esplendor céus e terra desde o primeiro verso. A grandeza, a beleza, a imortalidade da deusa afrontam sombras e as vitalizam. A vinda de Afrodite erotiza tudo o que toca. O sorriso da deusa contrasta os sofrimentos de Safo. Há um lugar em que tempestades serenam, a perenidade divina. Afrodite, a deusa do amor, é o constante no instável.

Os desejos de Safo avançam por regiões sonhadas, o futuro. Confrontam-se fuga, busca, oferta, recusa, desprezo. O poema termina epicamente com uma convocação à guerra.

Morrer eu quero. Não minto.
Perdi, partiu! Derrubam-me prantos.
Soam palavras distantes:
– Dói, dentro de mim, dói.
– Contra meu querer, Safo, devo partir.
Palavras vêm, palavras vão:
– Adeus, vai, não te esqueças
de mim, sabes o que sinto.
Sabes? Desvendo lembranças:
momentos suaves, saudosos...
Fugiram. Lembro violetas,
rosas, endro, flores
coroavam-te vívidas.
E tu, amiga, comigo!
Gratas guirlandas
pendentes no peito,
fulgores, pétalas.
Teus cabelos caídos
vertiam fragrâncias,
ardentes perfumes...

A memória se ativa em face da morte no primeiro verso. As imagens relembradas erguem-se mais fortes que o desejo de morrer, vida renasce e vence os apelos da morte. A separação física provoca o nascimento deste outro corpo, o da poesia, refazem-se elos partidos em cadeias de ritmo e som. Mais do que descritivos, flores e perfumes evocam festa, beleza, vida.

A comunidade, que na poesia de tradição épica provinha da proximidade e de objetivos comuns, surge agora como resultado da separação, alimentada por sentimentos que vencem distâncias e o passar dos anos. O amor, antes doce, vive agora na vizinhança da amargura por trazer em seu bojo a impossibilidade de realizar-se. A ausência física não obsta o triunfo dos sentimentos, triunfo que se faz poesia.

Os que acrescentaram o nome de Safo, como décima, ao grupo das Musas sentiram o canto mover-se das alturas ao coração dos homens. Em Safo, a poesia se faz sangue, brota da carne. Safo ergue a mulher do trabalho de subsistência, único lugar que os homens lhe reconheciam. Em lugar dos frutos do ventre e dos produtos de suas mãos laboriosas, Safo desvela as ternuras do coração, das quais os homens por desatenção estavam excluídos. Desde Hesíodo, Eros entra no serviço de Afrodite. Na poesia de Safo, Eros é *mythóplokos*, tecelão de mitos. Perdida a universalidade, o tecelão de mitos passa a tecer a vida privada de Safo. Em Eros, o tecelão de mitos e o tecelão de dolos seduzem irmanados, a sedução é feita de enganos.

Quem reduz os conflitos de Safo ao convívio lésbico ignora o vigor revolucionário de sua produção poética.

Anacreonte

Poemas banais, indevidamente atribuídos a Anacreonte (570- -490), desfiguram o Anacreonte inventivo, detentor de admiráveis recursos:

Potranca trácia, por que esses olhos dúbios,
impiedosos? Foges? Inútil, eu?
Se eu te impuser o freio, se eu empunhar
as rédeas, contornarei a meta. Contigo!
Pastas no prado, saltas, zombas de mim.
Falta cavaleiro que te monte, destro.

Dúbio não é só o olhar da potranca, dúbios mostram-se os versos de princípio ao fim. Anacreonte fala simultaneamente da potranca e da mulher, esconde a mulher na metáfora. Freio, correr, cavalgar, atingir a meta, contorná-la têm sentido erótico. O poeta apanha o caráter rebelde, sedutor, desdenhoso da mulher amada, ela se esquiva no jogo da conquista, testa nas negaças o valor de quem a segue. Sedução e fuga traçam o percurso da corrida.

Ao falar da pessoa amada, o poeta desvenda conflitos interiores, luta entre a habilidade declarada e a inabilidade real, a amada anda livre, à espera de quem a domine. O desejo esbarra na contenção, retarda a meta.

A lírica apresentou até aqui emoções claras, Anacreonte descobriu o recurso de exprimir sentimentos contraditórios. Para tanto, libertou-se da fixidez métrica, elaborada para apanhar um mundo estável. Anacreonte sobrepõe camadas para surpreender contradições. Surge o poema simultaneamente ardente e espirituoso, apaixonado e aberto a devaneios:

> Menino com jeito de moça,
> eu te quero. Percebes?
> Não sabes que tens as rédeas
> da minha alma nas tuas mãos?

O sedutor, indeciso ante o masculino e o feminino misturados, desperta desejos que não chegam a exprimir-se. Sem festejar triunfo, avança e se declara rendido. O mistério ronda palavras, avanços e recuos. O dominador do poema anterior declara-se dominado. O jogo erótico avança rebelde contra prescrições, contra sistemas elaborados pelo pensamento. A erótica é física, vibra no movimento, nos músculos na ação; fisicamente erótico o poema sabe, ritma a vida.

Álcman

Álcman (650 a.C.) altera a imagem da Esparta guerreira, legado de Tirteu. Originário de Sardes ou da própria Lacônia, mergulhou na vida espartana, leva, contudo, no fascínio dos seus versos o interesse a regiões distantes do alarido e das armas. Não o atraem virtudes bélicas nem a neutra objetividade que se consuma em relatos. Mesmo que faça versos para coros femininos, não silencia a voz da sua própria subjetividade confundida com apelos coletivos. O fervor religioso, próprio da ode, canta a beleza, o amor, a natureza, a aurora do mundo. Busca vínculos que unam contradições:

> Dormem dos montes
> vértices e vórtices,
> torrentes e torres,
> árvores, quadrúpedes e quantos
> nutre a negra terra,
> feras rupestres,
> enxames, abelhas,
> monstros nos anoitecidos abismos do mar;
> aves, asas longas
> dormem.

Este olhar não é de guerreiro, preocupado em conhecer as caraterísticas do campo de batalha, Álcman destaca o momento em que o homem se recolhe ao repouso noturno. Já nada o desafia, dormem montes, vales, aves. Feras não espreitam o movimento de vítimas incautas. A natureza, com desvelos de mãe, vela o descanso dos filhos, a vida se regenera na sombra.

Estesícoro

Estesícoro (650 a.C.) introduziu a poesia lírica no sul da Itália, a Magna Grécia. Pouco atraído pelos mitos locais, continuou a cultivar tradições jônicas. Ao recordar a *Ilíada*, protege a honra de Helena. Na sua versão, que repercutiu em Heródoto e no teatro de Eurípides, um simulacro acompanhou o raptor a Troia. Desenvolvendo um processo associativo que já tínhamos visto em Álcman, dinamiza a construção do poema, provocando ampliação temática com variações rápidas. As associações não se expandem desordenadas, respeitam os limites do mito e de momentos festivos, exprimem repúdio à guerra:

> Deixa de me combater,
> eu te quero,
> dança,
> canta dos teus as núpcias,
> dos homens as festas,
> os banquetes dos Bem-aventurados.

No vocabulário e na sintaxe, a dívida de Estesícoro ao passado épico ainda é expressiva, mas o motivo (canto, dança, núpcias) está longe de ser guerreiro. Jovens são convocados para a festa, não para a guerra. Corpos que giram afastam conflitos. Não tenhas os deuses por guerreiros, não os procures em assembleias; os banquetes dos divinos divinizam os teus.

Íbico

Discípulo de Estesícoro, Íbico (600 a.C.) levou a ode coral do sul da Itália à Jônia. Sensível ao novo espaço, Íbico prefere a beleza física e o amor ao hino. Distancia-se de heroísmos, repele virtude guerreira, inventa jogos verbais, giros sintáticos. Sem compromisso com fórmulas, ensaia inusitadas maneiras de dizer, razões subjetivas desarticulam a engrenagem de fatos:

> Estes, dos dárdanos de Príamo, a grande
> cidade, excelsa e venturosa, saquearam,
> oriundos de Argos
> nos planos de Zeus soberano.

Pelos encantos da alva Helena
luta louvada travaram
em guerra atroz.
O infortúnio feriu Troia, experiente em trabalhos,
por artes de Afrodite, ataviada de ouro.

Não é para festejar feitos bélicos que Íbico evoca Troia. O poeta distancia-se da tradição épica para armar a invenção. Em lugar do inventário épico, a produção de imagens. Sem reproduzir plausíveis razões de outrora, Íbico atribui aos encantos de Helena a longa guerra. A substituição de causas exprime atenção ao belo. Afrodite erotiza o poema, à ruína fatal opõe-se a força do amor. Dos escombros de ruínas bélicas, renasce a poesia.

Simônides de Ceos

Em Simônides de Ceos (556 – 468) recuam a ênfase subjetiva, a veneração dos deuses e a temática amorosa. Filho de uma época em que a filosofia prospera, distancia-se de fatos, atraem-no ideias. Os versos de Simônides materializam pensamentos. A força do destino desfalece em experiências cotidianas. Leia-se a harmonia cósmica em acontecimentos que aproximam a vida do inseto e inquietações humanas. Atento a coloquialismos, reelabora poeticamente ditos correntes, esmera-se na criação de metáforas sonoras:

És homem, não te aventures a prever o amanhã.
De felizes, como garantir a constância da sorte?
Mosca de asa veloz é a mudança.

A quem ocorreria associar os golpes da fortuna às bruscas quebras no roteiro da mosca? O voo surpreende como se visto pela primeira vez. Queres uma imagem do imprevisível? Observa o imprevisto no inseto que te ronda. A força da imagem toma o lugar da arquitetura dos argumentos. O voo incerto risca significados que o ultrapassem. Surpreendemos no cotidiano o universal inabarcável. Lemos sentido em fatos prosaicos, verdades desvelam-se no mínimo, o insignificante significa. O poeta resume no instantâneo o encadeamento de gerações. Semônides assegura à brevidade poemática lugar definido no universo da expressão.

Píndaro

Em Píndaro (518-438) culmina a poesia do período arcaico. A arte de fazer versos é-lhe um poder que domina os deuses, transforma os homens, comove os seres escondidos nas regiões inferiores:

> Áurea lira, de Apolo e das
> de violáceas vestes
> Musas, tesouro nosso, teu
> som move os passos na dança,
> teus acordes acordam os hinos;
> guias vibrante
> as notas nascentes das odes,
> extingues a força guerreira
> do fogo celeste; aquietas a águia
> no cetro divino – lassas
> pendem-lhe as largas asas,
>
> senhor das aves; com nuvem
> densa coroaste-lhe
> a cabeça inclinada, das pálpebras
> doce ferrolho, dormente
> eleva o dorso, no embalo
> dos ritmos teus, tranquilizas

Ares rude e o afastas
de lanças e guerras; dissolve-se a fúria
no sono; teus golpes encantam
peitos divinos, instruída na arte
de Apolo e das poderosas Musas.

A poesia não é mero instrumento a serviço de nobres decisões, ela é resultado de um trabalho que requer sabedoria (*sophia*) qualificada. O poeta, um sábio (*sophós*), age sobre a substância verbal, que sai fulgurante das forjas e gira no baile de versos, de metáforas luminosas, de ritmos ágeis, desperta a força de antigas virtudes. O poeta, ser excepcional, esplende no rol dos protetores do Estado. Embora faça poesia de circunstância – as odes exaltam atletas – os fenômenos observados servem-lhe como degraus a um mundo elevado. Platônico antes de Platão, busca o excepcional, o brilho.

Afirma a transmissão de virtudes nobres, cabendo aos detentores mantê-las na antiga dignidade. Nas lutas de classe, que eclodem em todos os territórios gregos à época em que floresce a poesia lírica, Píndaro se coloca ao lado da classe ameaçada por estratos inferiores. Não solicita, entretanto, ação repressiva contra os insurgentes, pensa que a salvação reside no despertar das forças que mantiveram, em outros tempos, homens excepcionais no poder. Lugar que, por natureza, lhes é devido.

A poesia de Píndaro realiza-se na agonia, oferece um espetáculo de equívoco e de fulgor. A grandeza que brilha nos versos homéricos com a naturalidade de fatos acontecidos e vistos comparece em Píndaro como resultado de corajosas conquistas. A distância entre o sonho e o observável nota-se no esforço de erguer o acontecido à altura do modelo.

O ato excepcional destina-se à poesia, sem a qual sofreria o desgaste do aniquilamento irremediável. Investida da função de preservar o perene, a poesia assume posição relevante na vida urbana. Ao contrário de outros monumentos, a poesia rompe os vínculos com as circunstâncias que a fizeram nascer para influir em outros lugares e outras gerações. Próxima do divino, a poesia se avizinha da natureza dos seres superiores, ostentando o invejado poder de imortalizar. Os louvores de Píndaro são insistentemente solicitados pelos aristocratas, empenhados em resistir a movimentos populares e em preservar o quinhão que os antepassados lhes legaram.

O trabalho de engrandecer o homem, executado pelo poeta com esmero, confronta-se com a percepção do limite convertido em trágica proibição ao progresso desmedido. Para não incorrer no erro de provocar a justa ira dos poderes que velam pela ordem do mundo, Píndaro, ao louvar, elege a moderação. Prefere burilar imagens a exaltar insensatamente indivíduos. Invoca a cada instante paradigmas que lhe ofereçam a segurança de alturas consagradas, fonte de normas que orientem glórias aplaudidas. No ir e vir entre o particular e o geral, os traços individuantes se apagam como no rosto das esculturas. Apesar da ênfase subjetiva, a época do indivíduo ainda não raiou, há receio em, fazendo-o nascer, levar a ordem urbana ao colapso.

Píndaro luta heroicamente contra o desgaste, a destruição e o esquecimento, forma odiosa de corrupção. O vate versa com melancolia o homem, literalmente efêmero, ser de um único dia, sonho de uma sombra, limitado, precário como os simulacros da caverna platônica. A atenção ao perecível deixa-o aquém das personagens diurnas e claras com que Homero construiu a epopeia. O autor da *Ilíada* e da *Odisseia* não tinha necessidade de bater-se pela eternidade porque imperecíveis pareciam-lhe os homens de que lhe falavam as Musas. A segurança homérica não ampara Píndaro a braços com um mundo em acelerada transformação.

A insegurança não lhe permite tomar a objetividade como princípio de organização. Não ratifica os estilhaços que ocultam a unidade das odes. Como herói da decadência, procura salvar o que pode da casa incendiada. As partes que formam o poema não se apresentam naturalmente ordenadas. Perceber o princípio de organização requer a perspicácia de leitores atentos. O recurso que se tem para acompanhar a unidade das odes está num processo que se avizinha da associação de ideias, lembra as gerações de Hesíodo, empenhado em derivar o aparentemente desconexo de origens comuns. Não encontramos em Píndaro o poeta engenheiro como teorizado e realizado por João Cabral de Melo Neto. Ao contrário da arquitetura poemática do poeta brasileiro, as odes de Píndaro partem-se em unidades menores.

Como artefato político, o trabalho de Píndaro foi inútil, a rebelião popular conquista vantagens em toda Grécia contra interesses aristocráticos. Entretanto, desde Píndaro até hoje, poetas politicamente reacionários revolucionam técnicas consagradas, fazendo, sem querer, o trabalho da revolução. Píndaro pertence à categoria de poetas como Dante, Goethe, Mallarmé, Pessoa, Rubén Dario e Drummond, situados estrategicamente – todos eles – em épocas de crise. Percebendo com lucidez a incerteza do seu tempo, resistiu à destruição e, ao fazê-lo, levou o homem a refletir sobre si mesmo, a manter-se no caminho da vida e da invenção. Contra teses ditadas pela obsessão conservadora, cria poemas que sacodem o homem pelas raízes; mesmo lidos e relidos, os poemas de Píndaro não depõem a força de organismos vivos.

Gozando de alto prestígio quando a poesia épica projetava aptidões no amplo cenário do universo, as Musas recuam debilitadas quando o homem resolve ensaiar passos não subordinados a poderes do alto. Já não se ouvia a invocação das deusas inspiradoras nos versos de Arquíloco, despreocupado de renome, afeito às armas como meio de vida.

Píndaro, o cantor dos campeões de Olímpia, de Delfos e de Corinto, produz odes que são mais dele que das Musas. Detenhamo-nos na sexta das *Odes Nemeias*. Como Hesíodo na *Teogonia*, o poeta destaca o *genos* (a geração) nascido da Terra, a mãe. Embora o propósito de Píndaro seja homenagear um jovem pugilista, não se contenta em exaltar o herói, o caso singular não passa de um exemplo do que ocorre no universo. A geração, ao irmanar deuses e homens, abriu entre uns e outros vala profunda. Comparada com os divinos, protegidos perpetuamente por um céu de bronze, a vida dos terráqueos se reduz a nada, ameaçados pelo insucesso e pela morte. Os deuses, sempre iguais a si mesmos, sempre venturosos, não inflamam o estro do poeta. Píndaro canta o risco, a vida governada pelo destino (*potmos*), a queda, rotas imprevisíveis como o lance de dados. A imprevisibilidade desafia a inteligência. Inteligência (*noos*) e vigor (*phýsis*) são duas qualidades que tornam homens e deuses comparáveis. Além de exaltar o vigor, a virtude dos atletas, a ode abre espaço para a reflexão sobre o fazer poético, controlado pela inteligência. Abrem-se divisões no vasto bojo da natureza: deuses e homens, robustez e saber. Como não lembrar as convergentes antíteses de Heráclito, contemporâneo de Píndaro? Imprevisibilidade há, determinada pela queda, mas esta não se afasta tanto do inteligível a ponto de configurar-se como mero acaso. Cabe ao poeta, de mente iluminada, compreendê-la. Considere-se Alcidamas, ainda moço, prenúncio de uma carreira pontilhada de sucessos. Nota-se no jovem atleta o vigor da raça (*genos*), neto de um campeão que deu notoriedade a uma família nobre. Como entender que o pai de Alcidamas não obtivesse prêmios? A resposta está escrita no comportamento da natureza; a estação dos frutos é seguida pelo rigor do inverno, época em que seres vivos dormem para se renovar, a sequência avô vitorioso, pai obscuro, filho *vitorioso* confirma a lei.

Comparando-se aos concorrentes das competições helênicas, Píndaro, ao compreender o antigo valor que renasce no neto, jubila por ter acertado o alvo. Quando o saber migra dos deuses para a inteligência do poeta, anuncia-se o advento do *gênio*. As Musas, invocadas depois de a luz poética desfazer o mistério, perderam a soberania.

A ode pindárica, evoluindo por rotas imprevistas e não deixando prever a sequência dos enunciados, lembra o desdobrar do *genos* e a imprevisibilidade da vitória na disputa atlética. Nos movimentos livres, nos ritmos inventivos, no fluir comparável às correntes que se precipitam das montanhas ou às agitadas ondas do mar, a ode pindárica se dispersa e se contrai. A disposição triádica, formada de estrofe, antístrofe e épodo, muitas vezes repetida, assegura a disposição rítmica do canto, vasto como o mar sem fim.

Alcançamos em Píndaro a escrita madura. O estilete, ao riscar o papiro, inventa leis de composição poética diferentes das elaboradas pelos vates que se dirigiam a ouvintes congregados. Ao escrever, o poeta cobra consciência do artesanato, substitui a voz coletiva pela alegria de inventar. Não há certeza de que ajuizadas reflexões detenham o ímpeto transformista das classes ascendentes.

Calímaco

De Calímaco (315-244), nascido em Cirene, temos hinos, iambos, uma crônica metrificada, *As Origens* narra a fundação de cidades com seus mitos, acrescente-se uma pequena epopeia, *Hecale*, que tem uma mulher idosa por heroína e fragmentos de reduzida importância.

Tendo estudado filosofia em Atenas e sendo conduzido ao elevado cargo de diretor da Biblioteca de Alexandria, deixou marcas de erudição na produção poética. Vejam-se estes versos extraídos do hino a Zeus:

> Onde, no Licaon ou em Creta te cantarei?
> O coração se afunda em dúvida atroz ao discutir
> a origem. Ó Zeus! Nasceste, como dizem, no Ida,
> Zeus meu, ou na Arcádia? Quem mente, ó Pai?
> "Cretenses mentem sempre". Até um sepulcro,
> Senhor, cretenses te excogitaram.
> Não morreste, és eterno.

Em vez do louvor, temos uma sábia indagação sobre a origem de Zeus, sem omitir a hipótese de sua morte, trabalho de bibliotecário com acesso a bibliografia rara, sem arroubos líricos, o poema feito para eruditos não para o fervor popular.

> Metade do meu coração ainda pulsa;
> pela outra metade não me perguntem.
> Caiu no poder de Eros? De Hades?
> Fato é que sumiu.
> Será que anda farejando algum malandro?
> Culpa minha não é.
> Avisei mais de uma vez:
> – Cuidado com o fujão!
> Não se metam com ele, seus veados.
> Vagabundo! Ordinário! Perdido!
> Que se largou por aí, disso tenho certeza.

Calímaco não permite que sentimentos o arrebatem. No coração dividido, a parte que pensa reflete sobre a que sente. Na vida cotidiana é diferente, não surpreendam atos tresloucados, mas quando escreve o poeta é todo razão. O objeto de seus amores caiu nos braços de outro? Está morto? Em lugar de se afligir, o poeta adverte. Quem não deseja sofrer não se renda a engodos.

Eros desce de eminências míticas ao dia a dia. A linguagem erudita se mistura ao coloquialismo urbano. Calímaco é objetivo mesmo quando se adentra em conflitos galantes, não esbanja palavras, mantém-se no essencial. Na ruína de valores, Calímaco cria uma ética urbana. Evitem-se excessos passionais, sábia é a orientação do hedonismo epicureu. O prazer desmedido fere o equilíbrio, perturba momentos de alegria, o cosmo sabe o que faz, norteiem-se por seus princípios os que aspiram à felicidade.

> Por Pã, existem forças ocultas. Te juro, por Dioniso,
> que existem. Debaixo da cinza, ardem brasas.
> Cuidado! Não me abraces. Por baixo da muralha
> flui, por vezes, uma corrente silenciosa.
> Querido Menexeno, temo ser lançado nos braços de
> Eros por um poder que ignoro.

Não se culpem forças ocultas por excessos cometidos. A vontade dos deuses não interfere em nossas decisões. Dioniso, que ainda transtornava mentes nos tempos de Eurípides, comparece ao lado de Pã como divindade subjugada. O deus do vinho não tem a força que Nietzsche lhe atribui. Se o contato físico pode levar a gestos descontrolados, evitem-se abraços. A metade pensante do coração controla a vida e os movimentos do estilete. Desativado o destino, a tragédia não prospera.

Teócrito

De Teócrito (310-250) temos alguns epigramas, um poema em forma de lira, o primeiro pictograma na literatura ocidental e trinta idílios (pequenos quadros), estes lhe deram nome. Os idílios – os maiores têm cem versos, pouco mais – oferecem narrativas ou diálogos em tom lírico, a cena é campestre ou urbana. O idílio "As Siracusanas" nos mostra uma visita durante festividades a Adônis. As siracusanas encontram-se em Alexandria, o diálogo é saboroso:

GORGO: Proxínoa, estás em casa?
PROXÍNOA: Gorgo querida, há quanto tempo!
Estás aqui! Que maravilha! Uma
Cadeira, Eunoa! Uma almofada!
GORGO: Obrigada.
PROXÍNOA: Senta.
GORGO: Que loucura! Quase morri, Proxínoa. Multidões!
Carros e carros. Que correria! Gente de
botas, homens fardados...

Essa introdução leva à agitação na rua, ao esplêndido palácio de Ptolomeu. A poesia, política em outros tempos, penetra no recesso do lar, surpreende a conversa corriqueira de duas mulheres; uma das siracusanas queixa-se do marido, adverte contra o hábito de falar mal do pai na presença do filho.

"O Pequeno Héracles" nos leva a outra cena doméstica. Os pais do herói, Anfitrião e Alcmena, são surpreendidos no meio da noite por um incidente fantástico. Duas serpentes gigantescas, enviadas por Hera, aproximam-se do leito de Héracles – de dois anos apenas – para devorá-lo. A mãe desperta com os ruídos da luta entre o filho e os monstros, acorda o marido. Este se levanta de um salto, toma da espada, desperta os escravos. Quando o pai entra no quarto para socorrer o menino, este lhe estende duas cobras mortas. Teócrito coloca o fantástico num lar comum, descreve a reação de pessoas assustadas.

"As Feiticeiras" é um longo monólogo de Simeta, uma jovem livre como milhares. Amigas a convidam a uma procissão em homenagem a Ártemis. Aparece-lhe Délfis. Vítima de amor fulminante, Simeta, atormentada, envia-lhe mensagem. O rapaz apresenta-se na hora marcada. Simeta não lhe esconde a emoção. Dormem abraçados no primeiro encontro, o primeiro de outros. Délfis desaparece. Depois de doze dias, uma amiga lhe segreda que o atleta tem outro amor. Se mulher ou homem, não sabe dizer. Simeta recita as falsas promessas do homem que a largou sem explicações. Sacudida de cólera, desejo, desamparo e desespero, ameaça-o de morte se não voltar. A solitária procura amor e encontra sexo. Passageiro!

Sem a proteção da pólis nem da família, Simeta, além da escrava, não tem ninguém. Não invoca Afrodite como Safo. A Lua é sua mãe, associada a Hécate, deusa das sombras. A abandonada recorre à bruxaria para recuperar o sumido. O ritmo do poema não obedece à ordem cósmica, mas ao poder de agir sobre a natureza, o estribilho intervém com a insistência de uma fórmula mágica. Nas lamúrias da infeliz, aparecem as circunstâncias do amor da abandonada, Simeta e Délfis são caracteres que se excluem, ela ama, ele cultua o corpo, afaga o prazer que músculos e pele lhe proporcionam.

Eros já não é o fundamento da vida como em Parmênides, nem o *dáimon* que busca o Bem como em Platão, Eros suga o sangue, sorve energias; de fonte da vida, Eros tornou-se uma divindade destruidora, em lugar da razão, a paixão, em lugar da ordem, a loucura.

A Filosofia é para poucos, a magia fascina multidões, a filosofia cuida da psique, a magia molesta o corpo. Epicuro proclamava a libertação do medo causado por dor, morte, deuses; sem o amparo de gente que pensa, pessoas vivem apavoradas por forças obscuras. Incapazes de se governarem a si mesmos, incautos agem como marionetes de forças ocultas, ferozes. A magia dispensa fundamento teórico, vale a eficácia, interesses privados tomam o lugar da moral pública, em lugar de Delfos, poder ordenador, a magia, em lugar do homem que deverá ser, o homem que é.

Não há o que cantar. As Musas debandaram. O poeta limita-se a contemplar irônico transtornados, não é porta-voz da comunidade, a comunidade está cindida em eruditos e ignaros. O poeta não julga, não tenta compreender, ver lhe basta. O poema começa assim:

> Meus louros, onde é que estão?
> E meus filtros?
> Tragam-me coroas. Quero guirlandas de sangue
> em seu caminho...
> Velos rubros encubram meus desvelos.
> Laços de ferro prendam nos meus braços meu amado.
> Tantas dores me tem dado!
> Doze dias... Há doze dias sumiu o desgraçado.
>
> Estou viva ou morta?
> Pouco lhe importa.
> Evita a minha porta.
>
> Onde andas?
> Eros te arrastou a outras bandas?
> Foram as afrontas de Afrodite, nefandas?
>
> Tu não me escapas.
> Já não me topas?
> Eu mesma te procurarei no clube.
> E a tapas!
>
> Com sacrifícios de sangue serás algemado,
> pobre coitado.
> Me acompanharás escravizado.
>
> Brilha para me apaziguar, Selene.
> Trago-te sacrifício solene.
> Hécate: e cá tens tormentos só!
> Escuta meus urros
> e sussurros.

Quero o feitiço de Circe, os poderes de Medeia
pra amansar esse cachorro.
Socorro!
Quem o libertará da alcateia?

Hera, devolve-me o homem que me consome.

Pica-pau, pica-pau
leva esta prece aos espaços,
para que volte a meus braços
o moço mau.

O poema não poderia ter sido escrito na Atenas de Platão; natural da Sicília, Teócrito traduz modos de vida e sentimentos de uma cidade aberta ao mundo, Alexandria.

Paladas

Paladas de Alexandria (século IV a.D.) era professor de letras, gramático, como se dizia na época. Discorria sobre a fúria persistente de Aquiles, embora vivesse uma guerra de outra ordem, batalhas travadas com a mulher furiosa que lhe infernizava a vida.

"Fúria ferina" contraí; sem sorte, tomei consorte,
    eu, ensinador da fúria de Aquiles pra principiantes,
furioso vivo eu, oprimido de necessidade dupla:
    gramático de profissão, mulher-sargentão

Esses eram seus feitos: lutar para comer, brigar com a mulher, espaço para valores guerreiros das epopeias de outrora sumiu. Como viver sem prazer? Que vale a pátria? Que vale a família? Valores? Só os individuais, o eu desprendido de tudo. Que vale a profissão? Paladas ria-se da arte de ensinar, declarou que um gramático teve como neto um rebento masculino, feminino e neutro; sem outra razão para viver, o ilustre raptava mulheres a exemplo de Agamênon e Páris. São esses os seus heróis.

A brevidade dos dias prende o homem a danças, flores, mulheres e vinho. Uma voz feminina declara-se agradecida ao poeta por ter aromatizado o corpo dela, trabalho mais importante do que despertar um corpo para as delícias do amor não há.

Perturbador é o fogo da paixão quando dura, o poeta prefere ardências que se extinguem, a vida é tão fugaz que entre o cálice e o lábio muitas coisas podem acontecer. Mais líquido o amor não poderia ser. O perecível favorece a renovação. Valores, além do que passa não há. Segurança suposta suscita preocupações, visões dissipam-se como a névoa. Acelera-se o ritmo dos versos, as palavras se contraem ao essencial, adjetivos não enfeitam sentimentos fugidios. Que vale o ontem? Que vale o amanhã? Não exaltem o conforto da vida monástica, o monge (*monakhós*) é por conceito um solitário, uma multidão de solitários nunca poderá constituir unidade (*monada*).

Paladas versejava em Alexandria durante o período da ascensão do cristianismo. A cidade fundada por Alexandre é centro de pensamento cristão. Paladas navega entre sentimentos gregos da época clássica e o cristianismo. O destino, vigoroso no teatro ateniense, já não significa nada. Um suicida como Géssio antecipa a descida ao reino dos mortos (*Hades*), contrariando o período de existência que lhe reservara a Moira (*Morte*).

> Géssio não morreu levado pela Moira.
> A Moira veio, ele já estava no Hades.

Nem a esperança em outra vida nem o sombrio confinamento a esta seduzem Paladas, o homem tem o destino em suas próprias mãos.

Seféris

"O Rei de Asine" é o título de um dos poemas muito conhecidos de Giorgos Seféris (1900-1971), prêmio Nobel de literatura em 1963. Por que Asine? Asine, mencionada na *Ilíada*, é o nome de uma cidade da Argólida, uma das regiões da Grécia antiga. Asine, destruída em 740 a.c. pela cidade de Argos, reaparece reconstruída por sobreviventes de Messina. Escavadas por arqueólogos suecos em princípios do século XX, as ruínas recebem a visita de Seféris. O poeta encontra pedras polidas pelo vento, nenhum sinal de vida, a praia estende-se deserta, até o mar arredonda-se como peito inerte de pavão, as pás dos escavadores batem numa máscara mortuária. De um rei? Do próprio rei de Asine? *Prosopida* (máscara) é etimologicamente o revestimento de um rosto. Resta de Asine uma sucessão de máscaras, máscaras de nada. Máscara é o poema, máscara feita de palavras. Do nada nascem sons, sons que sustentam mundos. Não é outro o valor do canto. Duma ausência passada, o poeta nos leva ao vazio presente:

> Numa praia que secreta se alarga,
> branca como as asas da pomba,
> sedentos na tarde que tomba,
> sorvemos água amarga
>
> Na areia loira, contrita,
> escrevemos o nome dela,
> soprou a brisa amarela,
> voaram traços, escrita.
>
> No coração, comoção, feridas,
> no peito paixão, despeito.
> Vivíamos assim. Que defeito!
> Mudamos nossas vidas.

Os três quartetos sucedem-se cortados pelo tempo. Nascem do silêncio. O presente do primeiro soneto é vazio, nenhuma cor comove a areia branca, brancura de pomba, brancura de paz, paz da desolação, a água amarga não mitiga a sede. No segundo quarteto, a pessoa não passa de um nome escrito na areia, o movimento é da brisa que apaga imagem, signos, nome. No terceiro quarteto, a ausência faz pulsar o coração, nada é o núcleo, vidas mudam em torno de nada.

Uma nota que introduz *Gimnopédia,* livro a que pertence o poema "Santorini", diz que a ilha rochosa foi centro de um culto antiquíssimo que compreendia danças líricas de ritmo austero, as gimnopédias. Paisagem, mito, sonho, movimentos, sonoridade se misturam. A voz de abertura manda esquecer sons de uma flauta sobre pés desnudos que evocam sonhos de outra vida, partindo a existência em duas. A fala, de sonho a sonho, envolve rochas, mar, ilhas que através de séculos emergem e sucumbem. A vida das vozes e a vida das formas avançam confundidas. Corpos nus, contemplativos tocam a superfície rochosa. O mistério do mar silencioso é o destino de tudo, mesmo o da última concha, registro de nome, lugar, dia. Movimento, mensagem e sons de outros tempos não cessam, não cessa o culto. O mar é o destino dos que carregaram as pedras da existência.

"Santorini" consagra a união homem-natureza, presente na aurora da lírica grega. A dança ritual atravessa milênios, corpos fulgem e somem, poemas emergem e somem nas vagas do tempo. O mar, matriz e destino do que a Grécia produziu, é novo e o mesmo. A vida concebida como um sonho por Píndaro revive modificada em Seféris. De Arquíloco a Seféris, os poetas acompanham batalhas interiores, os heróis definham até se esfumarem em nada.

4. PENSADORES

Entre mercadores e políticos, formam-se na praça pública grupos de preocupações teóricas, buscam coisas localizadas aquém ou além do imediato. Sábios sabem, os que dialogam não sabem, por isso se chamam filósofos, amantes da sabedoria; visto que a sabedoria não cede a seus acenos, são amantes insatisfeitos. Os sábios salientam-se como portadores de saber divino, o mito, eles o repetem persistentemente. Guardiães de respostas, os sábios falam, os filósofos interrogam respostas, investigam. Por não se tranquilizarem, deixam inquietos os que respondem. Soam vozes que buscam, que inventam; sublevando verdades nunca antes contestadas, disseminam o desamparo, abalam mentes tranquilas. A tradição não os ampara, daí o temor. Padroeiras da harmonia, as Musas evitam perturbadores, fogem de palavras estranhas. A filosofia prolifera sem Musa.

As perguntas dos filósofos alastram-se epidemicamente, provocam uma doença contra a qual os sábios não elaboraram defesa. Com o desaparecimento dos sábios, o mito perde seus porta-vozes. O mundo, silenciado o canto das Musas, volta ao mistério, desamparados enfrentam solicitações da vida e da morte.

A lírica, eivada de inquietações, libertadora do eu, desarticuladora do estável, exposta a dissonâncias, experimenta inquieta o recuo das Musas; os líricos, entre destroços de antigas certezas, entoam palavras oraculares, os filósofos aceitam o desafio do não-saber, combatem o mito sem abandoná-lo de todo. Embora não aceitem respostas, esperam encontrar no bojo de visões pregressas perguntas silenciadas, essas os mantêm na rota da verdade. Morrem os sábios, mas não desaparece o homem que o mito, ao ser criado, criou; desamparado pelos deuses, o homem se faz mais homem no caminho da humanação.

Propagada por grupos livres, a filosofia conquista espaços resistentes ao discurso autoritário, redime o pensar da inanição.

Pensadores da Natureza

TALES

Conta-se que Tales (600 a.C.), ao ser conduzido para fora de sua casa por uma velhinha para observar os astros, teria caído num buraco. Esta teria ponderado: "Tales, não consegues ver o que tens aos pés e desejas conhecer o que está no céu?" Assim reza a anedota contada por Diógenes Laércio, no segundo século da era cristã. A anedota não passaria de episódio jocoso se não envolvesse o pensador que, segundo Aristóteles, fundou a filosofia. Tentemos entendê-la no contexto em que Tales atuou.

Uma velhinha (outros dizem que foi uma jovem) riu-se dele. Além da velhinha, riem-se do filósofo pessoas seguras, bem-sucedidas: industrialistas, homens de negócio, comandantes de exércitos, construtores de cidades... Estávamos tão bem! De repente, o buraco.

Tales, conduzido para fora de casa: exilado, expatriado, anda *unheimlich,* perdeu a proteção do lar. Fora de casa, pisa-se em terreno incerto. Isso não vale só para Tales, caracteriza quem filosofa. O buraco de Tales não foi o primeiro. Refletido por Platão e Aristóteles, o espanto, responsável pela humanação e a emergência do mito, aconteceu antes. O outro espanto – também analisado por esses dois próceres do pensamento –, o da filosofia, provocou a ruína do mito. Este foi o buraco que desestabilizou Tales, caímos nele sem esquecer o que perdemos.

Bases abaladas desestabilizam, ruem mitos, linguagem, normas, até uma empregada ri-se do acidentado. Do herói épico, admirado, aplaudido, ninguém ria, cai o homem que sabe, constata que não há saída além da hipoteticamente inventada. A queda gera linguagens que se renovam. Não de vez. Considerem-se limitações, Tales consagrou a vida à tarefa de achar solução para as dificuldades em que os homens de seu tempo se encontravam, inventou a filosofia.

Tales observava fenômenos celestes, o olhar para longe mina o solo que pisamos, o abismo que se aprofunda na terra sobe às estrelas. Tales afronta o mistério com o cálculo, os astros já não determinam a ação de quem calcula. Tales prevê eclipses. A exploração dos movimentos estelares não é mais do que uma etapa de indagações sem fim. Embora a velhinha tivesse ponderado que ele não era capaz de reconhecer os buracos na terra, a Tales preocupam questões práticas, a política da Jônia, propôs uma confederação de Estados gregos sem o uso da força, sem hegemonia de um Estado sobre outro. Não há setor que, extraído de concepções míticas, não lhe interesse. Confederadas, as cidades gregas estariam mais bem preparadas para se protegerem da agressão dos impérios que se estendiam da Ásia Menor ao norte da África. Para atravessar o rio Hális, Tales não invoca deuses, não conta com a força de Héracles, pensa numa obra inusitada, desviar o leito do rio. Se procurasse pontes, passos, o agressor cairia nas mãos dos inimigos, estrategicamente indicado é penetrar no território limítrofe onde a invasão não é esperada. Não seria necessário drenar todo o rio, quando as águas estivessem suficientemente baixas, o exército iniciaria a invasão.

Num mundo em que princípios consagrados falecem, Tales afirmou que o princípio era a água. A resposta soa estranha. Não a lembramos pelo conteúdo e sim pelo método que a sustenta, Tales substituiu a tradição autoritária pela observação, soube, através dos navegadores, que o Egito, renomado celeiro de trigo, seria desértico como todo o norte da África sem as enchentes periódicas do Nilo. Constatou a existência de vida sem terra. Entretanto, que vida germina no solo completamente árido? Além do mais, não lhe escapou que a água é o único elemento que se apresenta nos três estados (sólido, líquido e gasoso). Conclusão: o princípio é a água, a água não é só princípio cronológico, é princípio que atua aqui e agora, a água sustenta tudo. Sentindo o mundo ruir, Tales já não fala com a segurança dos cantores épicos. Retorna ao mundo para se reorientar, mas sem a segurança que oferecia o mito. Do elemento fixo (terra), proposto pelo mito, Tales opta pelo móvel, inseguro: *to hydor* (a água).

Tales ensinou que métodos adequados nos podem conduzir a verdades situadas além da informação dos sentidos, a verdade estava até então reservada às Musas. Ganhamos com a ida ao fundamento, porque a partir daí percebemos a unidade do todo, desdobrado antes numa diversidade inabarcável.

ANAXIMANDRO

Aberto o caminho, surgiu vigorosa floração de pensadores, que chegaram a descobertas de maior ou menor valor sem invalidar o método de Tales. O fundamento foi várias vezes redefinido. Anaxímenes apontou o ar, Anaximandro, descontente com ambos, propôs o indeterminado, Pitágoras preferiu o número...

Anaximandro de Mileto (570 a.c.), quando se põe a escrever, pensa no seu povo, na condição de uma pequena cidade, a sua, Mileto, ameaçada por um grande império. Cercam-no facções que se combatem. O comércio exterior promove a circulação de mercadorias, de informações, de ideias. Como entender a pluralidade? Onde encontrar a unidade na divergência vivida e funestamente sentida?

Pode-se viver sem conflito? Para eliminá-lo seria necessário recorrer a medidas enérgicas: governo forte, isolamento, censura. Ora, conflito é vida. Soluções do passado não seduzem Anaximandro, resolve achar por si mesmo resposta para seu tempo e sua gente, amplia o espectro das preocupações, além do universo, interessa-lhe o homem.

As reflexões contidas na frase de Anaximandro surgem no limiar da ruína do mundo mítico. Hesíodo sabia a quem apelar; quando injustiçado, levantava os braços à Justiça universal (*Dike*), que exercia funções precisas no universo regido por Zeus. Invocar a ajuda de quem, quando deuses batem em retirada? As inquietações de Anaximandro encontram sintonia em homens a quem Homero e Hesíodo já não satisfazem. Quando os deuses, a cujo cargo estava a organização cósmica, recuam, aparecem o indeterminado e as determinações. Como harmonizar hostilidades, como enfrentar paixões? Em meio a conflitos de toda ordem, escreve Anaximandro:

> O princípio dos entes é o indeterminado pois donde o vir-a-ser é para os entes, é para onde também a deterioração devêm segundo o necessário; pois concedem justiça e recompensa uns aos outros por causa da não-justiça segundo a ordem do tempo. (B1)

Foi isso que Anaximandro, o primeiro escritor, registrou. Não é citação de livro seu, não se escrevia nesses tempos remotos. Não, coisas que não tivessem finalidade prática. Confiada às Musas, filhas da Memória e de Zeus, a linguagem oral estava subordinada ao deus supremo. Escrevendo, Anaximandro foge de autoridade divina.

Não é fácil explicar a origem. O que causou o *big-bang*? Por que Gaia se dividiu em Terra e Céu? Anaximandro, leitor insatisfeito de Hesíodo, observando os seres (*ta onta*) que o cercam, busca explicação para o inumerável. O pensador não quer o mundo como soma, pensa num todo orgânico. Derrube-se o limite (*peras*), e chegamos ao indeterminado (*ápeiron*).

Anaximandro substitui a Terra primitiva de Hesíodo pelo indeterminado, presente em todos os determinados sem confundir-se com eles. Simultaneamente presente e ausente, o indeterminado reúne. Não há precedência cronológica do indeterminado sobre os determinados. O indeterminado é o fundamento ontológico, o Um partiu-se primeiro em dois. Se a justiça (*dike*) garante a igualdade, a origem da desigualdade está na não-justiça (*adikia*). A *não-justiça* não nos lança obrigatoriamente na injustiça. A não-justiça leva a uma justiça diferente da serena igualdade originária. Ocorreu a não-justiça. De quem contra quem? A primeira não-justiça, lesão sem reparo, foi romper a unidade, introduzir limites no todo sem fendas, suscitar a determinação (*peras*). Não se faça divisão maniqueísta entre justiça e não-justiça. A não-justiça abriga contrários. No seio da não-justiça a justiça estala. Sem conflito recaímos no indeterminado. Rebeldes são os entes nascidos da rebeldia. O limite separa e erige. Só a partir do limite somos. O limite afasta e une. Limitados, convivemos. O limite nos funda como diferentes e na diferença nos sustenta, a tirania é condenável porque concentra em um só deveres de muitos.

Há justiça na morte se desejamos ser eternos? A deterioração, presente em todos, é paga pela infração primeira, a da divisão. A deterioração consome energias, mata. Graças à deterioração, permanece aberto o caminho, do determinado ao indeterminado. Não fosse assim, a divisão operaria multiplicações sem termo. Sem travas, a multiplicidade ruma ao incontrolável. Para vigiá--la, surge uma força neutra, o necessário (*to khreón*). O necessário opera permanentemente, o necessário não atua cego, age no jogo do que se multiplicou e se multiplica, origina a oposição e a solidariedade entre os limitados. Sem a necessidade de convivência solidária, não obstante a divergência, a justiça nem sequer chegaria a se constituir. Como se instituiria se os conflitos não a demandassem? Conduzida pelo necessário, a deterioração devolve a pluralidade à origem, ao indeterminado, donde tudo se regenera. O necessário está a serviço do quê? Do todo e das partes, do vir--a-ser e da deterioração. Preservando o funcionamento do todo, evita a dor sem fim.

E o tempo? Nasce com a divisão. No indeterminado não há tempo porque não há sucessão, não há espera. Percebe-se o tempo no que nasce e se corrompe. O vir-a-ser e a deterioração são contínuos. Não procuremos o tempo no horizonte. O tempo age em organismos vivos. Deixa marcas em nós mesmos e na paisagem que atravessamos. Sem tempo não há geração, nem deterioração. O homem se configura no tempo. Nada é incorrigível, nada está acabado.

Anaximandro menciona ordem do tempo, fundamento do tempo medido por astros ou por aparelhos, condição de convivência. Como poderíamos reunir-nos sem data nem horário? A ordem do tempo divide o fluir indiferenciado, determina a duração de cada um, o período de atuação. O tempo nos situa em relação aos outros, em relação ao que fomos, ao que havemos de ser, ao que estamos sendo, o tempo é a vida do todo. Graças ao vir-a-ser e à deterioração o mundo se renova, os projetos amadurecem no tempo. O tempo tem uma ordem, mas esta não é inflexível, períodos cronológicos podem ser dilatados ou retardados.

O presente é o período em que vir-a-ser e deterioração atuam, o futuro e o passado se encontram, o tempo fecha-se em círculo. A deterioração e o vir-a-ser produzem o tempo e o mantêm em circulação, vir-a-ser e deterioração impedem que o tempo se fragmente numa sucessão de agoras. O tempo móvel, o nosso, projeta-se contra o indeterminado em que agora, antes e depois se anulam. Estamos num jogo de xadrez em que cada lance afeta todas as peças em jogo, orienta táticas, apressa ou retarda o fim, lances iluminam o que é, o que será e o que já foi.

E a sentença... Por que ela já não foi aplicada? O tempo é a resposta. Entre a infração e o castigo transcorre tempo, a laranja apodrece gradativamente e sempre, a sentença é um processo em curso, a vida transcorre entre estes dois pontos, a infração e a execução da sentença. Conhecendo a lei da deterioração, podemos prever, da possibilidade de prever nascem sistemas verbais, discursos, planos de governo, tentativas de compreender o enigma em que estamos inseridos. No indeterminado, os entes se determinam; no determinado, mostra-se o indeterminado, sem contornos temporais, eterno, voragem do limitado.

A antiga voz de Anaximandro soa ainda em Carlos Drummond de Andrade. "Este é um tempo partido, tempo de homens partidos", diz o itabirano em "Nosso Tempo". Se não fôssemos partidos seríamos um amálgama indiferenciado. Aplaudimos a diferença porque sem a diferença não poderíamos ser. Evitamos aquilo que Drummond temia, o que imperava na carnificina da Segunda Guerra Mundial, o caos, o mundo sem sentido. Se o sentido fosse produto natural do necessário, as inteligências pluralizadas estariam demitidas. Convém que os partidos se unam para construir uma comunidade em que valha a pena viver.

XENÓFANES

Xenófanes (550 a.c.), jônio de Colofão, lembra Odisseu, o homem que conheceu o espírito de muitos povos. Conheceu ou quis conhecer? Na verdade, Odisseu nunca se afastou dos costumes de sua gente. Xenófanes foi o primeiro grego a indagar como não-gregos de fato são. Deixou sua terra como exilado. O turista vê para se ilustrar, o exilado vê para ficar por prazo indeterminado. Vê para compreender, para rever. Xenófanes viu, comparou, descobriu em estátuas e pinturas sistemas sígnicos. Entenda-se o exilado, perdeu a proteção das muralhas, da lei, da tradição. Desprotegido, poderá produzir conceitos imprevistos. Nem sempre conhecemos melhor o mais próximo. Para apreciar um quadro, tomamos distância.

Estereotipada é a cidade que exila. Por excluir quem poderia chamá-la à vida, agrava sua própria mumificação. O exilado livra-se da paralisia, pune e constrói. Do olhar de Xenófanes, um exilado, brotam novas relações entre os homens. O que a Grécia é? A Grécia não é, ela se faz. O olhar que apequena outros povos não é incontornavelmente grego; nasce de uma prática condenável. Xenófanes encabeça uma linhagem de homens desejosos de saber como os estrangeiros são.

Xenófanes elabora poeticamente as anotações. Embora continue a fazer versos, subverte a arte sujeita à soberana voz divina, ajusta a cadência aos olhos, a observação quebra a homogeneidade da poesia oral. Xenófanes não está interessado em contar histórias como Heródoto mas em refletir sobre o observado; viu esculturas, viu pinturas, viu ideogramas. Havia outra verdade nas grafias, a verdade das pessoas:

> se mãos tivessem bois, cavalos ou leões,
> se soubessem grafar e executar obras
> como os homens, os cavalos traçariam
> imagens de deuses semelhantes a cavalos;
> os bois, a bois; cada espécie
> produziria corpos divinos
> semelhantes a seus próprios organismos.

Homero acentua diferenças: centro – periferia, grego – bárbaro, Xenófanes anula a tópica homérica. Um conjunto de fatores faz com que diferentes sejam diferentes, tão diferentes quanto leões, cavalos e bois. Qual é o centro? Bois e cavalos são distintos, mas não seria procedente declarar que cavalos são mais nobres que bois, atendem a necessidades diferentes, juízo valorativo seria improcedente. Por que afirmar que um povo sabe mais que outros? Sabe coisas diferentes. Xenófanes olha para as mãos, quer saber o que homens fazem. O pensamento não precede a ação, pensamento é ação. O que o homem pensa, o que o homem é aparecem no que o homem faz, grafia é o que não é natureza, além dos produtos da natureza; Xenófanes considera o trabalho das mãos.

As obras artísticas são imagens (*ideas*), representações visuais, a arte revela o autor. Isso é revolucionário. Se cavalos e bois tivessem mãos, não deixariam de ser cavalos e bois, mas dariam à equinidade e à bovinidade plena expressão. Os bois e os cavalos como nós os conhecemos são produto de quem os domina. Conhecemo-los como alimento, como tração, como condução. Se bois e cavalos tivessem mãos, escapariam das nossas mãos e nos ofereceriam imagens de si nunca produzidas por homem algum.

O termo "bárbaro" apaga distinções. Egípcios, hindus ou persas são chamados bárbaros como se entre eles não houvesse diferença, bárbaros porque o que produzem não merece registro;

bárbaros são produtos do olhar como bois e cavalos – combatidos e escravizados. É como colonizador que Odisseu visita povos. Aos olhos indagativos de Xenófanes, povos não-helênicos aparecem tão diferentes quanto leões, cavalos e bois. Se tivessem mãos... Xenófanes dá mãos; filho do seu século, o sexto antes de Cristo, Xenófanes distribui mãos prometeicas. O homem industrioso já não vive sob a tutela do passado, já não são os deuses que produzem os homens; produzindo imagens, o homem retrata nelas o seu próprio rosto.

Se mãos tivessem bois, cavalos ou leões... A linguagem poética não se constrói assim, a poesia não se baseia em hipóteses, brilha como raios em noite escura. A hipótese, confirmada pela observação, permite fazer conjeturas adequadas até a povos desconhecidos, vivam onde queiram, o que produzem não estará subordinado, com certeza, a padrões universais; mãos, pedras e tintas impõem diferenças, a arte produz diferentes.

Se soubessem grafar... Grafar (*gráphein*) abarca escrever e pintar. O verbo aproxima escrita, arte literária e pintura. A crítica ao mito (palavra falada) eclode nas artes visuais. O trabalho das mãos, verificável, insurge-se contra informações orais: autoritárias, inverificáveis. O canto das Musas, sem resposta para diferenças, suprimia o diferente.

Anaximandro inventou a prosa literária sem refletir sobre o grafar, Xenófanes reflete a partir do grafar, sobre o grafar. O que diferentes povos grafam é determinado por condições peculiares. Antes de julgar é preciso observar, ponto de vista centralizador anula diferenças.

Se soubessem grafar... Os homens sabem? Se soubessem já teriam chegado aonde querem. Grafar é contínuo aprendizado. Quem grafa retoma os exercícios de caligrafia, grafar é recomeçar. Como cavalos e bois vivem aquém da grafia, são sempre iguais a si mesmos. A grafia divide, transforma. Atravessados pela grafia já não somos quem fomos.

> os deuses não mostraram no princípio tudo aos homens,
>   mas estes, com o tempo, buscando, acharam o melhor.

O homem navega através da história, viagem jamais concluída, viagem marcada pelo grafar. Percebem-se as etapas da navegação pelos sinais deixados em pranchas, em paredes, em rolos de papiro, em livros. Viagem em andamento. Obscuras são as origens e sombrio é o destino. Onde fica a Ítaca do homem? Se chegar, o homem ainda será homem? Ítaca ainda será a mesma? O homem se reconhece no navegar. Desalojados os deuses como remotos benfeitores, Xenófanes compromete o homem na busca de melhores condições de vida. A existência de uma idade de ouro passada, da qual as gerações subsequentes seriam degeneração, parece-lhe inconcebível. Desamparado de favores divinos, quer no presente ou no passado, cabe ao homem conquistar por si mesmo os recursos para viver e conviver melhor. Rejeitando doações imprevistas e sobrenaturais, Xenófanes atribui as descobertas a um processo demorado que atravessa muitas gerações.

Arrancado da fixidez da natureza, o homem avança, começa por rudimentos. Se há amparo divino, a divindade é parcimoniosa em concessões para que o homem se possa robustecer. Outras espécies recebem tudo ao nascer, nascem adultas, o homem nasce imaturo. Imaturidade irremediável. Não fôssemos imaturos, não teríamos o que aprender. Em lugar da revelação, a descoberta. Em lugar do domínio sobre o mundo, o desvendamento gradativo, fatos que se enredam e desenredam. Fim adiado. Avanço com interrupções, recuos, quebras, recomeços. Histórias não têm fim, a história não tem fim. Fins são antecipações do que não conclui.

O todo desde sempre acontecendo não tem fim. Circulando no todo, fazemos o todo acontecer.

O tempo transforma, melhora. O que é o melhor? Como sabê-lo antes de o melhor acontecer? O homem prometeico do sexto século toma o futuro em suas próprias mãos. Apropriando-se de instrumentos outrora monopolizados pelos deuses, ele próprio se define.

Todo vê, todo conhece, todo ouve.

A oração não tem sujeito, Xenófanes força a sintaxe. Como falar do que não tem nome? O sujeito é uma das exigências das línguas ocidentais. Há exceções. *Chove* não tem sujeito. Não dizemos "isto (*it, es*) chove" como o fazem outras línguas. Xenófanes, ao se elevar acima das divisões, raciocina como nós quando dizemos "chove". Quem é este que todo (*oulos*) vê? Ele não tem nome. Tivesse nome, ele seria parte do todo, não seria o todo. O que abriga todos os olhos, todos os pontos de vista, todas as opiniões emitidas e por emitir, o que é todo ouvidos, mistura de todas as línguas, de todas as linguagens, convergência de pluralidades, habita lugar utópico. A utopia movimenta os excluídos, os que não se sentem bem no lugar em que estão, anuncia um lugar que não exclui ninguém, lugar em que textos se opõem sem se aniquilarem, em que diferentes diferem para gerar diferenças, lugar em que todos grafam sem proibição.

um só deus entre os deuses e entre os homens é o maior,
 não é semelhante aos mortais no corpo nem na inteligência.

Redefina-se a palavra deus (*theós*), a partir de uma de suas acepções: luz. Os deuses míticos ficam aquém do todo, abrem o caminho ao todo, mas o todo os excede. À luz do que é só luz, todas as sombras, todos as grafias se apagam. A pluralidade submerge na unidade. Se elevamos deus ao todo, chegamos ao homem por contraste. O deus xenofânico não se deixa aprisionar. Distante de todas as representações de deus, observe-se a correspondência da série homem, cavalo, boi, leão e esta outra, cidadão, grego, escravo, bárbaro. Ao mais distante (leão e bárbaro), hostil e temido, reagia-se com agressão e extermínio. Xenófanes, o exilado, equidistante de todos, nivela grupos em conflito. Extintos privilégios, somem motivos para agressões.

A grafia merece reflexão brasileira. Recordemos *Os Tristes Trópicos* de Lévi-Strauss. Um cacique nhambiquara, vendo-o escrever, imita-o para impor respeito aos subordinados. O antropólogo, com cinco anos vividos na floresta brasileira, baseado no episódio, conclui que a escrita é instrumento de opressão. Assim foi no Egito Antigo. Assim é no Brasil? A escrita é opressiva quando só o cacique escreve ou quando apenas uma classe escreve como ocorreu às margens do Nilo e na Idade Média. À medida que aumentam os escreventes aumentam os caciques. Em nossa terra, sujeitos a caciques estão os que não sabem escrever ou os que mal escrevem. Quem não tem mãos para escrever, afirma Xenófanes, não se levanta acima do nível de cavalos e bois. Seremos um Estado verdadeiramente democrático quando a escrita fizer de todos os brasileiros caciques.

PITÁGORAS

Por que Pitágoras de Samos (570-495), como o chamam muitos e não Pitágoras de Crotona, no sul da Itália, onde o filósofo passou a maior parte de sua vida? Samos fica na Ásia Menor.

O alvoroço do império persa pode ter influído na decisão de Pitágoras procurar um lugar tranquilo para pensar. Ou teria Polícrates, tirano de Samos, considerado Pitágoras presença incômoda? Pitágoras deixou a Jônia épica onde tinham lutado e sangrado semideuses sob o olhar apaixonado de protetores divinos, o pensador avançou por climas, por ondas, por terras, ouviu outras línguas, outros sotaques, outros modos de pensar, de cultuar, de dizer até estabelecer-se em Crotona. Da Ásia Menor ao sul da Itália, não muda só a paisagem, mudam as ideias, mudam os mitos. Pitágoras troca a Jônia clara, racional, épica pela Itália misteriosa, sombria, mística. A região de Homero, de Hesíodo, de Tales, de Anaximandro voltara-se ao visível, ao observável. Contesta-se a informação de Heródoto, o historiador aponta o Egito como fonte da doutrina da migração das psiques. Teria um asiático falado a Pitágoras de psiques peregrinas? A intensa atividade de empórios gregos na Ásia Menor permitia a rápida circulação de informações, Tales de Mileto conhecia bem o comportamento do rio Nilo. Na outra extremidade do mundo grego, Pitágoras encontrou gente interessada no aperfeiçoamento pessoal, inteligências voltadas ao mistério da morte. Outras eram as indagações, outras haveriam de ser as respostas. A atenção se deslocou do corpo à psique, o que era periférico para Homero começou a tomar posição central.

Vem-lhe à mente a fundação de uma comunidade livre das normas ditadas por governantes, Pitágoras funda uma escola que não exclui ninguém, havia entre seus discípulos mulheres e bárbaros, prosperam saberes. Pitágoras, o exilado, pondera que a cidadania primeira é a do universo, passa a refletir sobre a psique como uma substância diferente do corpo, sujeito à degradação. Não haveria uma ordem que irmana tudo, homens, aves, plantas e peixes, animados por unidades psíquicas que em largos períodos percorrem a série inteira? Por que desprezar quem quer que seja se as psiques migrantes se deslocam pela variedade dos seres vivos? O pensador desenvolveu acentuado respeito à vida. Não era mais seguro restringir sacrifícios rituais a entes inanimados?

Pitagóricos refletem sobre música, sobre matemática, disciplinas sem fronteiras culturais nem linguísticas. Na escola pitagórica, aberta a todos, circulavam opiniões exóticas. As descobertas da instituição costumavam ser atribuídas a Pitágoras. Ele disse (*autós epha*), era voz corrente.

Matemáticos eram versados em *mathémata*: geometria, música, cosmologia, ética, política... Era-se *acusmático* por um período, o da assimilação, chegar ao esplendor do matemático (o que exerce responsavelmente o saber) era a meta do acusmático. Acusmáticos, desamparados da capacidade de acompanhar raciocínios avançados, exprimiam temores, traduzidos na decisão de não passar por cima de um jugo, de não usar anéis... Como resolver conflitos sem entender complexas conexões, campo em que se robusteciam mentes esclarecidas? O convívio dos que pensam com os que sentem caracterizava a escola. Visitantes familiarizaram Pitágoras com o estranho sistema dos mistérios órficos. Orfeu, músico e poeta, teria peregrinado ao Hades, o mundo dos mortos. A lenda despertou Pitágoras para a magia de ritmos, palavras, melodias, sons.

O filósofo buscou na matemática o fundamento teórico para entender o mistério. Supôs uma relação de dez pares opositivos à raiz da totalidade. Parta-se do um, a unidade de que procedem todos os números à maneira do ovo originário dos órficos. Rompida a unidade, desdobrem-se os elementos:

    determinado e indeterminado,
    ímpar e par,
    um e múltiplo,
    direito e esquerdo,
    masculino e feminino,
    repouso e movimento,
    reto e curvo,

luz e sombra,
bem e mal,
quadrado e oblongo.

Há coerência entre a coluna da direita e a da esquerda. Masculino é o determinado. O limite, garantido pelo *logos* (discurso e cálculo), estabiliza, diversifica, ordena, legisla. À esquerda brota a ação, à direita acontece o exercício da ação, a colaboração. O repouso marca a estabilidade masculina, oposta ao movimento indisciplinado da produtividade feminina. Se a lei ("bem") favorece a convivência ordenada do múltiplo, "mal" é dissolução no ilimitado, a saúde do todo requer a coexistência opositiva do bem e do mal. Rigidez que não se desgasta, instaura a imobilidade, resseca. O movimento rompe limites, promove a renovação, produz o imprevisto. Bem e mal se repelem e se atraem na harmonia do todo. 2 é número feminino, porque a divisão em dois não tem fim, feminino é o movimento, a produção, o abismo.

Não fosse o número, os seres não se manifestariam, não subiriam das trevas à luz, não estabeleceriam relações recíprocas, vegetariam incertos, indefinidos. O número, que opera nas ações, no raciocínio, nas artes, ao harmonizar emergências na psique, torna-as cognoscíveis. Os seres são números. A constância numérica ressoa nos ritmos musicais, expressa o permanente, território da razão esclarecida. Os acordes da lira ritmam versos, harmonizam oposições orais ou escritas. Números ascendem a estágios infensos à corrosão temporal.

Sem os números (presentes também nos acordes musicais), seria impossível compreender o feito maior de Orfeu, recuperar Eurídice do reino das trevas. Eurídice representa todos os seres imersos na sombra, a palavra – ordenada, musical, poética – instala-os na superfície iluminada. Pitágoras desce ao mundo dos mortos, como Orfeu, para devolver à luz entes aprisionados, a música move a roda em que giram morte e vida. Não é outro o trabalho da reminiscência, pensar é calcular, cantar, viver, recuperar. Olhar para trás dissolve corpos, Eurídice só reaparece no porvir, na arte.

Música? Que música? A música órfico-pitagórica não é a música das sereias, sedução de úmidos abismos, repetição da mesma letra, dos mesmos sons; o canto da Esfinge resistente à renovação, insiste no mesmo enigma. Decifrados, enigma Esfinge, Sereias perdem-se no abismo. A música de Orfeu vence o fascínio das mortíferas divindades marítimas, sem ele a empresa dos Argonautas não teria vencido o impacto das ondas. A lira órfica promove a passagem da imobilidade letal às agitações da vida, arte contra repetição obsessiva. O canto de Orfeu encanta porque ordena.

O universo não tinha nome, cosmo ele se chama desde Pitágoras. Distanciamo-nos uns dos outros como as cordas da lira. O cosmo é uma pólis imensa, uma obra de arte, harmoniosa disposição de tudo. O conjunto nos torna criativos e produtivos. Não se concebe que um artefato perfeito gire em torno de um centro instável como a terra. O centro do mundo não é o solo em que pisamos, não é a pólis em que residimos, não é o indivíduo, no centro encontra-se o fogo, fonte de vida e energia. Em torno dele orbitam as estrelas fixas, os planetas: o sol, a lua e a terra, os seres humanos: gregos e bárbaros, homens e mulheres. Descentralizado, o homem participa da *philia* universal, ruem o geocentrismo, o antropocentrismo, o etnocentrismo, o falocentrismo. O fogo central é um princípio vivo que responde à demanda do todo, a chama é Zeus. Por ser perfeita a Década e conter todos os números, dez são os corpos celestes. Considerando que nos é dado contemplar apenas nove, Pitágoras acrescentou a antiterra, escondida atrás da terra e corresponsável pelo número expressivo de eclipses lunares.

O fogo central (fonte do saber) ilumina Homero, Hesíodo, Tales Orfeu e Pitágoras. Os planetas que giram em torno do fogo central iluminam-se e se eclipsam mutuamente, Pitágoras eclipsa Homero e ilumina Orfeu, a luz de Orfeu ilumina Pitágoras. Visto que só há relação cognitiva entre semelhantes, importa que a inteligência (*nous*) individual alcance a inteligência cósmica. Em lugar do parentesco mítico para assegurar a coesão, Pitágoras instala a *philia* (amizade). Elos de amizade livremente construídos unem céus e terra, comunhão (*koinonia*) de seres e povos. Cosmicidade (*kosmiotes*) é virtude de quem inventa. O equilíbrio (*sophrosyne*) atua em quem trabalha, acomoda tensões, detém a ganância (*pleonexia*), garante a eficácia da justiça. Quem se dedica a esses princípios é sábio (*sophós*), decifra mistérios. O conjunto das virtudes edifica a igualdade geométrica (*isotes geometriké*), oposta à igualdade aritmética, niveladora. Sem o esforço persistente dos que sabem e dos que despertam o bem, o todo se perderia na *akosmia*, a falta de beleza, de ordem, a caótica existência do Hades. A oposição *kosmos–akosmia* mantém o universo móvel, vivo. Se o universo é uma unidade numérica, não caberia reverenciar o número? Por que jurar por Estige? Jure-se pela Década. Sacrifícios cruentos repugnam Pitágoras, sangue derramado não pode aproximar-nos, irmanados que somos pela conversa, pela lira, pelo pensar. As reflexões da escola pitagórica abalam o ímpeto guerreiro, inibem a violência, o estraçalhar de corpos, a fratura de unidades. Entendendo que a sociedade bem constituída se orienta por leis cósmicas, a escola pitagórica de Crotona distinguiu-se também como laboratório de sistemas políticos. Estados que se afastam das proporções perdem--se como bolhas que estouram no ar. Adversários políticos levaram Pitagóricos a novo exílio, escolheu Metapôncio, onde faleceu.

 Os pitagóricos comparam a vida a jogos públicos que congregam competidores, empresários e espectadores. Os espectadores são filósofos, no olhar deles, a totalidade lúdica se compõe; sem eles, vidas girariam silenciosas, prosaicas, desarmônicas, sem sentido.

HERÁCLITO

O aforismo notabilizou Heráclito de Éfeso (500 a.C.), o pensamento concentra-se em poucas palavras, é um raio que rasga por instantes o negro véu da ignorância. Em lugar de sistema, temos de Heráclito fulgores de saber. Consideremos o fragmento 53:

> O conflito é o pai de tudo, de tudo é rei; designou uns para deuses, outros para homens, de uns fez escravos, de outros fez livres.

Linguagem rítmica e imagética caracteriza o inventor da prosa literária. O conflito (*pólemos*) toma o lugar de divindades míticas, gera opostos que sustentam e conflagram o universo. Os opostos (deuses e homens, escravos e livres) procedem da mesma matriz, para onde, concluído o ciclo, refluem. A guerra conflagra o todo, *pólemos* é pai e rei, gera e governa.

Limitado é o universo, organizado como pólis universal. A estratificação urbana (escravos-livres) reflete a ordem cósmica (deuses-homens). Deuses e escravos ocupam extremos opostos, no centro equilibra-se perigosamente o homem, ameaçado por excessos e perdas. O isolamento, território dos que não se comunicam, é outra fronteira. O homem é olhos, ouvidos, nariz, pele, mãos e pés. Os sentidos, lugar de transição, abrem portas e janelas. Cabe ao homem que pensa abrir os sentidos ao fluir cósmico, simbolizado pela água e pelo fogo, elementos dissolventes e móveis. Não há tempo a perder, irrecuperável é o momento que passa, os minutos correm como as águas do rio. Fluido é o cosmo, fluido é o homem cósmico, atento a fluxos, a discursos. Convém que o observador se instale em lugar seco para não ser arrastado pela corrente. O conflito, presença constante, aproxima e afasta seres e palavras, conflituada organiza-se a sintaxe, corrente líquida do fluir verbal.

Ao contrário dos outros filósofos jônicos, Heráclito coloca no fundamento da totalidade não uma substância mas o *logos*, responsável pela relação entre opostos. A verdade, resistente à percepção sensorial, é objeto da observação atenta, *logos* também. Empenhada em desvendar os segredos do universo, a observação alcança resultados parciais, toda descoberta reserva regiões que resistem à desocultação. O saber (*logos*) progride da ignorância à investigação. *Logos* liga, busca, inventa, expressa; *logos* em todas as suas acepções é a vida do homem e do mundo. Água e fogo, símbolos do *logos*, mantêm vivos o universo, o pensamento e a linguagem.

Insatisfeito com a nomenclatura mítica e o falar corrente, Heráclito pensa em novo instrumento linguístico, mais rigoroso. Como cada coisa contém em si o seu contrário, dever-se-ia dizer, em lugar de dia, dia-noite, em lugar de inverno, inverno-verão, em lugar de fome, fome-saciedade, em lugar de vida, vida-morte. O pensamento não poderá desenvolver-se enquanto não se romperem os vínculos entre palavras e coisas. Movimentos transgridem limites no andar e no falar.

O comportamento não está sujeito a prescrições. Normas sujeitam ao que já foi, a ética explora o que ainda não é, o que poderá ser. O divino (*dáimon*) instalou-se no homem, lugar da insubordinação, da invenção. Inventores concorrem, discorrem. O divino, extraordinário, agita o ordinário. Hegel e Marx apontam Heráclito como pai da dialética.

PARMÊNIDES

Parmênides (470 a.C.) cria uma epopeia mítico-filosófica. O filósofo imagina-se acomodado num carro puxado por bagualas aladas, as quais, guiadas pelas filhas do Sol, o levam ao palácio da verdade, edificado acima das cidades dos homens. O carro, realidade artística e teórica, desloca-se impelido pela vontade (as bagualas). Abrem-se as portas do palácio da Deusa. Parmênides encontra em alturas sonhadas o silêncio que lhe permite vislumbrar os mistérios do Ser. A voz da Deusa e a voz das Musas não se confundem. A Deusa fala com a autoridade de quem enuncia teoremas matemáticos. Afirma é com valor de *sim*. Antes de qualquer divisão, a Deusa estabelece o Ser, só podemos pensar é. É (o Ser), base de tudo o que se diz ou pensa, não se move.

Ser é iluminado com as luzes da inteligência, qualidade de quem sonda os fundamentos do universo. A Deusa (sem nome) e Ser identificam-se no fundo insondável.

A Deusa afirma que Ser e opinião (*doxa*) se distinguem, a opinião alimenta-se daquilo que os sentidos transmitem, a multiplicidade. Os mundos de Tales, Anaximandro, Xenófanes e Heráclito entram na opinião.

O Ser de Parmênides, não-gerado, não-perecível, não-móvel, tem consistência. A *phýsis*, lugar em que os opostos se misturam, atua na *doxa* (brilho, opinião).

O Ser é, o não-ser não é: assim reza o raciocínio matemático. Parmênides precipita-se no excesso, na opinião, no caminho inviável, na poesia, no brilho. A luminosidade do Ser não basta. Prender a mente ao Ser tolhe a imaginação. Um poema é mais do que Ser. A força da poesia parmenídica vem da mistura de luz e trevas, corpo sugestivo, irrevogável, inesgotável. A linguagem poética explora obscuridades que só ela devassa. Por assentar-se em nada, infinito é o território da poesia. Não se exija que o caminho leve a algum lugar, o caminho da poesia é só caminho, caminho de vida inteira, caminho de muitas vidas, polifêmico, polifônico. Indecisos entre filosofia e poesia, entre razão e sentimentos, entre sobriedade e embriaguez, erramos, apesar das severas advertências da Deusa contra bicéfalos. Se bicéfalos não fôssemos, simultaneamente voltados ao Ser e à *doxa*, nada se alteraria. A terra giraria vazia de monumentos, de poemas, de história. Homens contemplativos não cessariam de repetir: é.

Dizer que o caminho do não-ser é inviável significa expulsar poetas e poesia. Como poderia, entretanto, a Deusa viver sem eles, se ela, ao cantar, cultiva o verso, o ritmo, a imagética, o enredo, a linguagem? O caminho inviável percorre o poema do princípio ao fim. Investigação e poesia avançam mesclados à maneira de noite e dia, saber e não-saber, razão e imaginação, ser e não-ser. A Deusa rende-se à poesia. Com Brilho e Noite, a Deusa constrói.

Pela admiração o filósofo perde o caminho, o esforço intelectual abre-lhe passagem ao sentido das coisas. No avançar e retornar o homem se enriquece, o pensamento amplia-se, aprofunda-se.

Parmênides distancia-se da experiência para compreendê-la, para reaproximar-se dela iluminado. Parmênides propôs o ser à discussão de pensadores em todos os séculos.

ZENÃO DE ELEIA

Zenão de Eleia (450 a.C.), discípulo de Parmênides, põe-se a demonstrar a correção da doutrina do mestre. Faltam a Zenão a força sedutora dos enigmas de Heráclito ou o caráter revelador dos versos de Parmênides. Argumenta fundado nos princípios matemáticos de seu tempo. Aquiles, proverbialmente veloz, não poderia jamais alcançar uma tartaruga, notoriamente lenta. Sendo o espaço entre Aquiles e a tartaruga infinitamente divisível, o guerreiro deveria percorrer pontos infinitos para vencê-lo. Atravessar unidades minúsculas e incontáveis leva a unidades e espaços incalculáveis. Matematicamente, o réptil, embora lento, é inalcançável.

Zenão serve-se de Pitágoras para argumentar contra Pitágoras. A divisão ao infinito cria pontos infinitos. Com a fragmentação, a distância aumenta. Cada fratura erige pontos a percorrer. Essa tortura é maior do que a de Sísifo. Ostenta o desespero de quem pensa. Por mais que se pense, há sempre mais a pensar. Zenão reforça o argumento da inexistência de movimento com o argumento da flecha. Arrojada, ela deveria atravessar etapas infinitas em que estaria a cada instante parada. Visto que da soma de repousos não se obtém movimento, atingir a meta é propósito inviável.

A prisão demonstrada por Zenão é pior do que a do corpo. A psique não pode migrar de um corpo a outro, porque movimento não há, nem aperfeiçoamento ético, não há saída por mais forte que seja a sedução. O raciocínio matemático condena a poesia, condena Orfeu.

E a experiência? Nunca poderá invalidar o raciocínio matemático. Se A é igual a B e a C, B e C são iguais. Não posso rejeitar o argumento alegando que a experiência jamais confirmará a igualdade de A, B e C. O *se* protege o argumento da investida empírica.

A demonstração, literalmente paradoxal de Zenão, contraria a *doxa*, opinião. Zenão prende Parmênides: pensar e ser é o mesmo. Formulado está o problema que não deixará os que pensam. Platão refletirá muito para resolvê-lo. Argumentos apagam o mundo dos sentidos, reduzem coisas sólidas a nada. O discurso matemático recusa o mundo sensível. A verdade esplende sem os sentidos, aquém dos sentidos. Contradizendo Heráclito, Zenão afirma que os olhos são testemunhas falsas. Verdadeiro, só o *logos* matemático.

Por mais surpreendentes que os argumentos de Zenão possam parecer, elucidam o empenho dos pensadores gregos. O conhecimento não se reduz à informação dos sentidos. Para conhecer, é preciso alcançar o que está além dos sentidos. Este conhecimento, uma vez alcançado, não poderá ser invalidado pela experiência.

A argumentação de Zenão confirma a ilusão da imagem cinematográfica com dois mil e quinhentos anos de antecedência: a impressão do movimento é criada pela sucessão veloz de imagens fixas. Contra Zenão, Bergson argumentará que a duração real se estende no fluir sem divisões. Para o pensador francês, divisões são criadas pela consciência. Marcel Duchamp acelera o movimento, reduz o sensível a nada.

EMPÉDOCLES

De Parmênides a Empédocles (450 a.C.), o saber desce do divino ao humano. Em lugar da voz de uma deusa, o jovem Pausânias ouve a voz de um homem, Empédocles. A autoridade permenídica cede às incertezas do investigador. Que a beleza do discurso não prejudique a busca da verdade!

> A ti, Musa de rica memória, virgem dos alvos braços,
>   suplico, concede-me entender o que é permitido a efêmeros.

Empédocles invoca a Musa. Que Musa? Não uma das nove Musas hesiódicas. Essas tinham nome, nenhuma delas amparava a filosofia. Trôpegos rolam os versos, a conversa é de mortal a mortal. Pretensioso foi o projeto de Parmênides, a conversa se humaniza. Preceptor e receptor estão no mesmo estrado, na mesma estrada. Não perturbe o encanto a busca. Empédocles é um dos fundadores da retórica. Quem o diz é Aristóteles. Empédocles não espera que Pausânias receba reverente ensinamentos seus, submete ensinamentos a exame.

> Atenta primeiro nas quatro raízes de todas as coisas:
>   Zeus luminoso, Hera vitalizadora, Edoneu
>   e Néstis, que com suas lágrimas alimenta fonte mortal.

Empédocles reduz as divindades míticas a quatro e as identifica com as raízes da terra. Zeus é a luz que nos ilumina, Hera é o ar que nos ativa os pulmões. Edoneu (Hades, a terra), alimenta e apavora. A busca começa pelas raízes.

> Do não-ser absoluto é impossível que algo surja,
> que o ser se aniquile é inexequível, inconcebível,
> sempre estará onde alguém o firmou.

Impossível (*amékhanon*) é aquilo para o qual ainda não há máquinas. Pensemos em muralhas, foram inexpugnáveis até que se inventaram aparelhos demolidores. Máquinas inutilizam fortalezas. Há volumes que não conseguimos levantar, vem a máquina, e a impossibilidade some. Tarefa do inventor, do pensador é vencer impossíveis.

> Artistas misturam cores para pintar quadros sacros,
> homens talentosos dominam a arte,
> manipulam pigmentos multicores,
> harmonizam quantidade maior ou menor,
> executam imagens semelhantes a tudo.

Pitágoras aproximou-se reverente do cosmo: sonoro, sinfonia, Empédocles o recebe colorido, um quadro. Sinfonia ou pintura, o mundo é obra de arte, composta ou decomposta. Imagens evoluem, misturam-se, aparências fascinam, seduzem, reino de misturas, o mesmo e sempre outro.

> Lá repousam os bravos braços do sol
> indistintos, o selvático vigor da terra e o mar,
> em recesso cerrado de Harmonia estático está
> Esfero arredondado, altivo em isolamento circular.

Esfero (*Sphairos*) é o todo. Nele, a Harmonia funde terras, mares, estrelas, o Sol, a Lua, ares, luz, trevas, alegria, dor – formam um corpo só, de lá vem o que foi, o que é e o que será. Esfero é a totalidade, o berço universal, destino de tudo, sem diferença entre o aqui e o acolá, sem mais nem menos. Esfero é o indeterminado, o Ser parmenídico vivo e ativo.

Já confeccionamos charruas, corcéis obedecem ao mais leve movimento do freio, barcos vencem a fúria das ondas, são estes o limite de nossas ambições? Sonhemos! Carros movidos por si mesmos? Naves que nos levem à face brilhante da lua? Por que não? Haverá drogas que prolonguem os dias? Que devolvam a vida? Bruxaria? Sem sonhos impossíveis, teríamos cavernas por abrigo.

Em lugar de princípio único, Empédocles entende que o universo se origina de quatro raízes: a água de Tales, o ar de Anaxímenes, o fogo de Heráclito e a terra de mitógrafos.

Os elementos são ativados por duas forças antagônicas, Afeto (*Philotes*) e Ódio (*Neikos*). O triunfo do Ódio determinaria a separação, a vitória do Afeto provocaria o caos, o mundo organizado existe graças à presença equilibrada de ambos.

ANAXÁGORAS

Dificuldades desafiam Atenas, uma delas é a invasão persa, o afluxo de gregos vindos da Ásia e do Sul da Itália acarreta outra. O momento é decisivo. A implantação do absolutismo oriental ou a vitória da tradição sobre o exercício da filosofia teriam modificado os rumos. A derrota dos persas e a agitação intelectual renovaram o panorama de Atenas e, posteriormente, o da Europa.

Deixando Clazomene, cidade asiática militarmente incorporada ao império persa, Anaxágoras (500 – 428) procura abrigo em Atenas, onde fundou uma escola filosófica, ponto de partida do brilhante trabalho intelectual ateniense. Anaxágoras atraiu figuras exponenciais como Eurípedes e Protágoras. Não consta que o filósofo tenha deixado sua cidade natal por motivos políticos, o florescimento de Atenas é motivo suficiente para compreender que tenha eleito a Ática para desenvolver teorias esboçadas. Atenas, potência naval, embora notória por grandes feitos, não suportou a intrepidez de seu primeiro filósofo, preceptor de Péricles, luminar de assembleias. Denunciado de ateísmo por negar divindade ao Sol e à Lua, Anaxágoras foi condenado e encarcerado. Paga a multa estipulada, Anaxágoras, como estrangeiro, não teve escrúpulos em procurar outro lugar ao esbarrar na resistência de conservadores. A obstinação de muitos não conteve, entretanto, a revisão profunda de valores tradicionais.

Num mundo em severas transformações, a fixidez do ser, desenvolvida pelo sistema parmenídico, não satisfazia inquietações. Anaxágoras, afrontando limites, expande a teoria do movimento em duas direções: o ilimitadamente pequeno e o ilimitadamente grande. Ampliando o número de elementos, entendeu como tais, além da água, do ar, da terra e do fogo, também o ouro, a prata, a carne, os ossos... Dos alimentos ingeridos, surgem cabelos, artérias, ossos e sangue, donde se conclui que os alimentos contêm os mesmos elementos das unidades geradas. Declarou os elementos indeterminadamente divisíveis, supondo partículas ínfimas de tudo em cada coisa, o que lhe permitiu assegurar que tudo está em tudo, sendo as diferenças produto de proporções desiguais.

O *nous* (intelecto), força material, simples, pura e autocrática, responsável pelo movimento que divide o indeterminado originário, demite as divindades míticas. Originário, forte, ordenador e soberano, o *nous* levanta fronteiras entre o leve e o denso, o frio e o calor, a luz e as trevas, o seco e o úmido. Antes da divisão, todos os opostos se confundem na unidade primitiva, onde até as cores se apagam. Minerais, plantas, animais e homens têm a mesma origem. Admitir o que quer que seja além do todo é inconcebível. Nascimento e morte não há, há combinação e separação.

A rotação da terra projeta pedras no espaço que, aquecidas pelo éter, geram estrelas. A distância que as separa impede que elas nos aqueçam. A lua tem planícies, montanhas e vales. O eclipse lunar é provocado por corpos celestes que temporariamente a escondem. Quando a lua encobre o sol, o astro que a ilumina, mais amplo que o Peloponeso, entra em eclipse.

Nietzsche, entendendo que a tarefa de ordenar cabe à arte, reprova o intelectualismo cósmico de Anaxágoras e condena Eurípides, discípulo de Anaxágoras, pelo mesmo motivo. Nietzsche vincula a Anaxágoras a razão socrático-platônica, presente na teoria artística que leva Platão a expulsar os poetas da república. Mesmo sem aderirmos ao esteticismo de Nietzsche, as considerações feitas em *A Origem da Tragédia* lançam luz sobre a Atenas de Anaxágoras.

DEMÓCRITO

Fugir do discurso é empreendimento inútil. Parmênides o tentou, atribuiu a verdade à Deusa sem nome, resultado: a verdade ficou além do discurso. Como refletir sobre a verdade e sobre quem a profere, se o discurso não os atinge? O saber não para nos deuses, o discurso fundamenta tudo, discurso separado da natureza não há. Considere-se, com Heráclito, o discurso como lugar em que tudo transita: a verdade e a falsidade, o sim e o não.

Demócrito de Abdera (460 –370) divide o discurso em unidades mínimas, os caracteres (*stoikhéion*). Estes são indivisíveis (átomos). O ponto a que se chega pela divisão é. Dividir ao infinito é inconcebível. Restabelecida prospera a pluralidade. Os átomos são corpos sólidos, duros, indestrutíveis e substancialmente iguais, diferindo apenas na forma, no tamanho, na posição e no movimento. Movem-se no turbilhão, juntam-se e separam-se ao acaso como as unidades de pó. Num facho de luz que atravessa uma sala escura dança número incontável de partículas. Isso vale também para a psique.

Por que predeterminar fatalisticamente o que deverá acontecer? Coisas acontecem. Verifique-se como acontecem, o vazio cerca átomos e corpos, os átomos giram e geram montes, mares, estrelas... Pela combinação e dissolução dos átomos formam-se e dissolvem-se os corpos. Átomos se distinguem pela forma, pela ordem, pela posição. Convenções são formas. A posição dos átomos determina a cor. Substâncias doces surgem de átomos lisos, substâncias amargas contêm átomos agudos. O sol e a lua são compostos de substâncias lisas e circulares bem como a psique.

Os sentidos nos instruem sobre o modo de funcionamento do mundo exterior, embora não seja possível dizer como as coisas realmente são. Com os sentidos o homem tem acesso ao imediato, que se diferencia na sensibilidade de cada um; com a mente, o homem se distancia do imediato. Há duas formas de conhecimento, a autêntica e a obscura. À forma obscura pertencem a visão, a audição, o olfato, o paladar e o tato. Quando a forma obscura já não é capaz de perceber o diminuto, aparece a forma autêntica, capaz de reconhecer o mais refinado.

Consta que os primeiros homens viviam indisciplinados, animalescos; de tempos em tempos, saíam para se alimentar, recolhendo as ervas que mais lhes convinham e os frutos que as árvores espontaneamente produziam. Perseguidos por feras, os homens aprenderam a se amparar. Congregados pelo medo, compreenderam as características de cada um. Como a linguagem se apresentava disforme e confusa, chegaram, aos poucos, a articular palavras e a estabelecer símbolos que se fizessem reconhecíveis e explicassem o percebido. Apareceram vários sistemas linguísticos, multiplicaram-se também as escritas.

Os primeiros homens não sentiam falta de nenhum dos bens que agora adquirimos com muito trabalho. Andavam sem roupa, não tinham o hábito de residir em casas, nem de servir-se do fogo, a arte culinária lhes era desconhecida. Por serem agrestes os alimentos e por lhes ser alheia a armazenagem, faltavam-lhes recursos para enfrentar dias de carência. Muitos deles morriam no inverno, vitimados pelo frio e pela fome. Mas, ensinados, com o tempo, pela experiência, passaram a abrigar-se em cavernas e a guardar colheitas. Ao chegarem a conhecer o uso do fogo, desenvolveram as artes. Os homens têm a necessidade por mestra.

Feita de átomos esféricos, a psique penetra tudo. Quando os átomos da psique estão equilibrados, o homem vive tranquilo, sem medo nem paixões. A psique é o mais sutil dos corpos. Átomos formam ideias. O comportamento dos átomos explica o mundo imaginário. As imagens que recebemos são átomos que nos entram pelos olhos. Imagens de homens misturando-se com imagens de animais formam centauros. O movimento livre dos átomos salva o mundo imaginário da tirania do percebido.

Pensadores do Estado

OS SOFISTAS

Os sofistas abandonaram não só a fé nos deuses, rejeitaram também as causas primeiras, propostas em lugar dos deuses demitidos. Ao fazê-lo, revigoraram o projeto de abordar criticamente concepções não apoiadas em argumentos.

A vitória sobre os persas em 490 (Maratona), em 480 (Plateia) e em 479 (Salamina) apressou a democratização de Atenas.

A aristocracia fundada em origens fixas cedia espaço a homens que tinham o futuro como tarefa. Que sentido tinha investigar origens e causas primeiras, se urgia construir uma sociedade não sujeita a modelos passados? Os sofistas, observadores dos novos tempos, redefiniram o papel do filósofo.

A democracia ateniense propunha questões práticas. Varridos os aristocratas do cenário, o Estado estava na mão de cidadãos livres a quem competia administrar com direitos iguais. O diálogo e o consenso tinham-se instalado no lugar da ordem autoritária. Mais do que nunca importava a força do argumento, o domínio da linguagem, a sedução do discurso. Os sofistas lançaram-se à tarefa de criar gramáticas, desenvolver recursos retóricos, orientar a sequência dos períodos. Trataram a língua como instrumento de coesão social. O homem tornara-se, como bem o compreendeu Protágoras, a medida de todas as coisas. Entenda-se homem, não como indivíduo, mas como integrante da coletividade. Que adiantaria perguntar pela essência da justiça, se Atenas, de posição singular no panorama internacional, solicitava atenção ao que se passava dentro dos muros? Já não havia lugar para teóricos desinteressados da vida cotidiana. Atentos às modificações, os sofistas fizeram da filosofia profissão e apostolado, trocaram o conforto dos círculos familiares pela incerteza das viagens. Ensinavam a quem interessassem gramática, retórica, ética e política. Os conservadores viam riscos nesse elenco de disciplinas. Os sofistas estavam aparelhados para todo tipo de magistério: conferência, improviso, debates, cursos. Convencidos de estarem exercendo profissão útil, exigiram retribuição pelos serviços prestados. O desprezo por remuneração só poderia vir de aristocratas instalados em bens de raiz.

GÓRGIAS

Górgias de Leontino (485-380) retoma e inverte os argumentos de Parmênides, seu mestre. "Se é, não-ser não é", dizia

Parmênides. Górgias responde com o mesmo rigor: "Se não-ser é, é não é". Se é e não-é se equivalem, por que procurar algo de consistente além do não-ser, por que preocupar-se com uma hipotética substância primitiva? Não-ser favorece a mobilidade, cria a possibilidade de levar de um lugar a outro, permite que cidadãos responsáveis elaborem e reelaborem permanentemente leis para a vida do Estado. O discurso assim concebido permite pensar no que ainda não é, propicia imaginar, inventar, inovar.

Ninguém penetra na cabeça de ninguém para saber o que lá se passa. Palavras criam imagens diferentes do percebido. Como poderia alguém dizer com palavras o que percebeu com os olhos? A visão não reconhece vozes, e a audição não percebe cores. O falante profere palavras. Não há como entender a cor, não há como ver o ruído. Não é concebível que o mesmo esteja presente em vários. Dois não podem sentir ou pensar a mesma coisa. Se pudessem, dois seriam um só. Palavras geram imagens, ideias, desencadeiam decisões. Das antigas virtudes homéricas, as classes em ascensão prestigiavam o uso da palavra, é ela que garante o êxito na inquieta vida pública. Rompidas as cadeias que sujeitavam os falantes ao discurso da natureza, o orador se ergue em altos voos retóricos. Coloca-se no centro do movimento. A palavra move e comove. O valor do discurso está na eficácia, provoca ações. Frases entrelaçam-se em veículos para sentimentos e ideias. A verdade é decidida pelo voto da maioria.

PROTÁGORAS

Protágoras (480-410) afirma que o homem é a medida de todas as coisas. O filósofo não empregou a palavra homem no sentido do individualismo do século XVIII. Para os gregos, homem sempre teve acepção coletiva, tanto na epopeia quanto na lírica, na tragédia e na filosofia. Protágoras, ao falar em homem, não pensou no homem em geral, referia-se a conjuntos à maneira dos formados pelas divisões políticas, como se dissesse homem ateniense, homem espartano ou homem coríntio. O conhecimento da Grécia ensinou-lhe que as leis não são absolutas, embora indispensáveis para a vida em sociedade; não estando os códigos acima do homem (como se pensava na cultura mítica), cabe ao homem estabelecê-los e modificá-los. O pensamento de Protágoras legitimou o comportamento democrático.

A natureza privou o homem dos recursos com que dotou o animal. Nenhum abrigo natural protege o homem, perde para as outras espécies na força e na destreza; em troca do que lhe falta, o homem cultiva a razão, traça com ela o seu próprio destino, recusa o que lhe é adverso, defende-se de agressões, constrói abrigos e se provê do necessário; dotado de razão, o mais desprotegido dos animais ostenta superioridade ímpar, distancia-se da natureza e se faz medida dos seus empreendimentos. Enquanto o animal vive sujeito a determinações, o homem se instala acima delas.

A mitologia supunha a idade áurea no passado, considerando o homem num processo de progressiva debilitação. Adverso aos mitos, Protágoras antepõe a fraqueza a tempos melhores, reservados ao homem que se empenha em alcançá-los. Procedida a inversão, provisório se mostra o que se aloja ao longo do caminho e legitimadas estão as reorganizações.

SÓCRATES

Na balbúrdia de sofistas, políticos, poetas e conservadores dos mais diversos matizes, aparece Sócrates (470-399); não deixou documento escrito, só o conhecemos através de discípulos e de um poeta contemporâneo, o comediógrafo Aristófanes; este o ridicularizou como investigador da natureza e sofista. Platão, aristocrata, faz de Sócrates um dialético em conflito com a democracia,

Xenofonte o apresenta como moralista, Aristóteles o quer investigador das leis do pensamento. Por trás desse panorama contraditório, somos levados a buscar um pensador singular que salvou do descrédito o exercício intelectual, indicou rumos não trilhados. Embora tenha combatido os sofistas – talvez bem menos do que Platão divulga –, deve-lhes bastante. Os sofistas convenceram-no de que é inútil insistir nas investigações ontológicas dos antecessores. Na esteira dos sofistas, Sócrates concentra no homem o peso de suas reflexões; atento aos sofistas, conduz os jovens a uma conduta responsável; com os sofistas, enfrenta criticamente a tradição. Sócrates distingue-se deles firmado na certeza de que a verdade objetiva existe e de que há mérito em procurar descobrir o método para conhecê-la.

Um dos documentos em que Sócrates esplende é a *Apologia*, o discurso que, segundo Platão, o mestre teria proferido diante do tribunal que o sentenciou à morte. Para o Sócrates da *Apologia*, os deuses existem e merecem respeito. A aceitação da tradição mítica não significa demissão da razão, mostra, porém, os limites da mente, envolvida em mistérios. Nesse particular, Sócrates se avizinha da posição do Sófocles das tragédias.

Na falta de documento confiável, continuemos a ouvir o Sócrates da *Apologia*, sempre advertidos de que se trata de reelaboração platônica. O oráculo de Delfos, consultado por um amigo, declarara que Sócrates é o mais sábio dos homens. Um espírito menos crítico teria aceito a sentença sem reservas; cauteloso, Sócrates suspeita nela indícios de verdade. Como já tinha observado Heráclito, o oráculo délfico, ao falar, oculta. Sócrates deseja saber o que "sábio" significa, para tanto submete a exame personalidades respeitadas, certo de que a investigação lhe revelaria algo de si mesmo. Interrogando políticos e poetas, Sócrates descobre que lhes falta acesso aos fundamentos do que declaram saber. Isso o leva a uma descoberta: políticos e poetas ignoram a própria ignorância, Sócrates sabe que ignora, saber do não-saber o distingue dos ignorantes interrogados. Seria esse o sentido da declaração de Apolo?

Marcado pelo não saber, Sócrates – inquieto, rebelde – ergue-se como protótipo dos que pensam. Atenienses preocupados consideraram o não saber socrático perigo para a estabilidade do Estado. Atenas condena Sócrates, o filósofo; já sentenciado à morte, Sócrates adverte: a falta de pensadores poderá aniquilar a cidade. Político era seu pensar.

Para Sócrates, devastador de hegemonias, a democracia desenvolve-se como uma comunidade de falantes que se empenha na busca da verdade em condições iguais, sem outra autoridade senão a da palavra. Não foi a democracia que matou Sócrates, mas os detratores dela. Não eram democratas porque, preocupados com vantagens pessoais, não lhes interessava o bem comum. Condoído de Sócrates mostrou-se o carrasco, entre ambos, submissos à lei, estabelecem-se laços de amizade, fundamento da convivência harmônica.

PLATÃO

Platão (429-348), defensor intransigente de Sócrates, quer uma sociedade justa, projeto que o leva a escrever a *República*. Sócrates, personagem nos diálogos platônicos, reexamina a origem do Estado, argumenta que por natureza ninguém é autossuficiente. Tome-se um grupo pequeno, alimentação, moradia, vestimenta, artefatos e defesa são necessidades básicas, os fundadores do Estado verificam que é oportuno diversificar tarefas. Por serem elementares as necessidades, a sociedade primitiva contorna conflitos. É a idade de ouro. Visto que o desenvolvimento provoca tensões, espera-se que pensantes proponham constituições.

Crítico do regime político que condenou Sócrates, Platão arquiteta um Estado divido em governantes, exército e povo (artesãos, agricultores, comerciantes). Velar pela segurança externa e interna é função dos militares. Importa que soldados, para exercerem suas funções desinteressadamente, não sejam proprietários; instrução, alimentação e moradia de guardiães é responsabilidade do Estado. Para evitar privilégios de famílias, convém que os casais e a data das conjunções sejam estabelecidas pelo Estado, cabe à pólis cuidar da educação dos cidadãos desde os primeiros estágios até aos níveis mais avançados. Tarefa dos governantes, um colégio de filósofos, é legislar.

Platão divide a psique em três seções correspondentes aos estratos públicos: a razão, a vontade e as paixões. A razão organiza as leis, a vontade as executa, as paixões sustentam e multiplicam corpos. Quando regida pelas paixões, a vontade leva a desmandos semelhantes aos que ocorrem nas unidades políticas governadas por ignaros. A instrução universal, destinada a homens e mulheres, coloca todos no mesmo nível, capacidades e desejos determinam diferenças.

O mito da caverna ilustra o pensamento platônico. Imaginem-se escravos algemados desde sempre com o rosto voltado para o fundo. O sol projeta na parede rochosa as sombras dos que passam à boca do abrigo. Os detentos, por conhecerem só imagens moventes, não admitem a existência de outros seres além desses. Ocorre que um dos escravos se liberta e busca a luminosidade exterior. No primeiro instante, os raios do sol o cegam. Habituando-se, porém, à luz, percebe o mundo verdadeiro bem diferente das sombras, tidas como reais. A alegria da descoberta o devolve à prisão para denunciar o mundo de ilusões. Os companheiros, tomando-o como insolente, matam-no ofendidos. Na alegoria platônica, a caverna sombria é o mundo cotidiano, o sol é a luz da verdade, libertar-nos das impressões para vermos as coisas como realmente são, é tarefa dos filósofos, uma comunidade governada por gente que pensa estaria livre de paixões desatinadas. Cabe a filósofos encontrar medidas adequadas a situações concretas. Platão mostrou-se sensível a exigências diferenciadas ao exercer a função de conselheiro do governo de Siracusa. A flexibilização o levou a escrever um livro, *As Leis*.

Timeu, volume de uma tetralogia projetada e não concluída, alude à *República*, Platão refaz o que fez. Crítias – baseado em antigas tradições de família – ao tomar a palavra recorda o que se passou na Atenas de outros tempos. Cataclismos teriam dizimado de tempos em tempos a população de Atenas, reduzindo o Estado ao analfabetismo e à perda da memória. Documento egípcio preservado teria registrado a grandeza do exército de uma Atenas longínqua, vitoriosa na luta contra Atlântida, ilha poderosa submersa no Oceano. As tropas atenienses, ao invadirem o território da potência inimiga, teriam desaparecido com a ilha. Leis justas poderiam restaurar a grandeza antiga.

Crítias interrompe a narrativa para passar a palavra a Timeu, apresentado como geômetra experimentado. Platão apropria-se agora de outra variante épica, a teogonia cosmogônica em que se distinguiram Hesíodo e os órficos. No lugar do colégio dos filósofos, aparece o demiurgo, com os olhos voltados ao mesmo modelo eterno dos intelectuais da *República*, para organizar a comunidade universal. O demiurgo é um *poietés*, poeta do mundo; antecessor de antigos construtores, ele tem, como continuadores, inventores sagazes.

Platão é pensador inquieto, reelabora constantemente suas próprias ideias, avançou por muitas incertezas até chegar a *O Sofista*, obra decisiva na história da filosofia. As ideias são muitas, mas todas participam do Ser, o gênero superior. Em virtude do

Idêntico e do Diverso, cada ideia é idêntica a si mesma, diversa das demais e do Ser. Ora, toda ideia é porque participa do Ser e *não é* por ser distinta do Ser, donde se conclui que o não-ser relativo existe, devendo-se, portanto, estabelecer o Não-Ser (*me on*) como gênero. Aos gêneros superiores pertencem o Movimento e o Repouso; como os anteriores, também estes se realizam no domínio do Ser. Aos gêneros deve acrescentar-se o Logos, a estrutura que constrói as relações das ideias entre si. O *Sofista* instrumenta políticos encarregados de organizarem a diversidade.

    O Banquete é o diálogo mais vulgarizado de Platão. Assemelha-se a um romance de ideias além de interessar como tratado filosófico. *O Banquete* reúne Sócrates, Agaton (teatrólogo vitorioso), Fedro e Pausânias (sofistas), Eriximaco (médico), Aristófanes (comediógrafo) e Alcibíades (político). A obra mostra um Sócrates jovial. O banquete, já exaltado pelos líricos jônicos como lugar em que se revelam excelências, é posto agora a serviço da indagação. Um dos convivas, Eriximaco, propõe que se fale sobre Eros no interesse do Estado. O diálogo avança desde as análises de Fedro e Pausânias até às observações originais de Aristófanes. Para o comediógrafo, Eros nasce da ferida que parte em dois as poderosas esferas primitivas, distribuídas em três gêneros: masculino, feminino e andrógino. O mito inventado por Aristófanes esclarece as diversas modalidades de atração sexual, as pessoas nascem seccionadas, cada indivíduo procura o que lhe falta. Sócrates parte da versão de Aristófanes, o Eros carente procura o Belo, fundamento da convivência prazerosa num Estado justo.

    A verdade não é privilégio de um grupo reduzido de eleitos, envolve todos os que estão sinceramente empenhados em buscá-la, o esforço coletivo dos que dialogam propicia avanços negados ao investigador solitário. O fato de muitos diálogos permanecerem inconclusos e de os mesmos assuntos serem reexaminados reflete busca incansável. O diálogo platônico apresenta agilidade e sutileza, a originalidade com que Platão arma o diálogo o faz poeta, poesia e saber impregnam a política. Se não estamos no Estado em que gostaríamos de estar, esforços metódicos e continuados poderão aproximar-nos dele.

ARISTÓTELES

Aristóteles (384-322), discípulo de Platão, traz a filosofia à terra. Aristóteles divide as substâncias em matéria e forma, mas não admite a existência de formas (ideias) separadas da matéria. A forma determina, por exemplo, que uma estátua de mármore seja uma estátua e não coluna de templo. Fora da matéria a forma não subsiste.

A leitura da *Política* desconcerta: assuntos interrompidos, afirmações ousadas, posições conflitantes. O diálogo já não obedece à disciplina platônica, a teatralidade se retirou, os parágrafos avançam em tom de conversa, afirmações pairam soltas. A espontaneidade aristotélica sugere o ensaio. A *Política* repousa sobre quatro bases: a natureza nada faz em vão, o homem é ser político, o homem é o ser que tem o discurso, meta do homem livre é viver bem. Uma coisa é ascender a patamares ideais e medir situações concretas pela maior ou menor distância do ideal, como fazia Platão, bem diferente é esmiuçar o observado.

Reaproximando *phýsis* (natureza) e *nomos* (lei), Aristóteles distancia-se dos sofistas, devolve à natureza a função de matriz universal. A natureza produz a casa (formada por um casal com seus filhos, escravos e animais domésticos), reúne as casas em aldeias, subordinando-as a uma cidade, lugar que proporciona o bem-estar a todos. Sendo a cidade produto da natureza, o homem, ser político, está destinado à cidade. Os que vivem fora da cidade (a exemplo dos ciclopes homéricos) são inferiores ou superiores aos homens, mas não são homens.

Casa, aldeia e cidade encadeiam-se como linhagem (*genos*). O impulso natural se diversifica, incorreto seria considerar a grande casa como uma pequena cidade, a cidade (*pólis*) distingue-se da casa pela forma de governo, pela finalidade, pela distribuição de papéis. Na casa, o chefe da família exerce poderes soberanos, a cidade é formada por homens livres, regidos por constituições. A cidade brilha como o fim (*telos*) do homem e do discurso, o que a causa eficiente previa mostra no fim o seu pleno desenvolvimento.

Ser político é atuar numa pólis, um conjunto regido por uma constituição. Aristóteles percorre um grande número delas, 156 ao todo. Em vez de propor um Estado justo, preocupa-se em saber como os Estados se organizam. Fundamento do Estado é a lei. Na falta de fundamentos materiais, na falta de vagas normas divinas, na falta da voz autoritária de poetas, atuam decisões da assembleia. Na formulação das leis, as palavras se desprendem da vontade de indivíduos e grupos, para fundamentar todos. Sem lei escrita, não há democracia. A lei escrita protege os cidadãos de misteriosas imposições do alto e da instabilidade interna: paixões, tumulto e irracionalidade da massa (*pletos*). Como resistir ao demagogo? A filosofia instrumenta cidadãos, confere a capacidade de julgar. Só filósofos estão aptos a dirigir o Estado, esta foi a tese de Platão; só quem sabe dirigir o Estado é cidadão, a essa conclusão chega Aristóteles.

Na vigência da cultura mítica, todos os discursos estavam subordinados às Musas, filhas da Memória; com o advento dos filósofos, o discurso (*logos*), submetido ao cuidado que se dedica à investigação da natureza, sai da órbita das Musas. No sistema aristotélico, o discurso, reconciliado com a natureza, desdobra-se em vários: o discurso animal exprime a dor, emotividade contamina o discurso feminino; ao atingir o homem livre, o discurso distingue o bem do mal, discurso que impera na vida pública, instrumento de mandantes, objeto de acirradas controvérsias. Ao jovem faltam qualidades indispensáveis à avaliação da exposição erudita, o que o expõe ao risco de silenciar fascinado como a Helena de Górgias. A imaturidade não o recomenda ao exercício da filosofia. Platão julgava que antes dos cinquenta anos ninguém é filósofo, Aristóteles, mais transigente, exige maturidade de candidatos à filosofia, controle das paixões, capacidade de avaliar.

No espaço entre o falante e o receptor abre-se o caminho do saber, lugar de troca entre iguais, condição incontornável para o exercício da cidadania. No diálogo medra a condição adulta. A correta distinção do salutar e do nocivo aparelha o homem bem formado contra efeitos maléficos da droga (*phármakon*) discursiva. Visto que a formação se realiza através de uma vida de eleições responsáveis, ninguém tem o direito de arrogar-se o título de mestre.

De Górgias a Aristóteles altera-se a base do poder. Górgias pensa que o poder é exercido no orador, Aristóteles deriva o poder da pólis. Na pólis, o poder (*dýnamis*) se refrata, o espectro luminoso desdobra-se em mil cores, mil linguagens, imprevisíveis como os caminhos dos logos, inventam-se palavras e se reinventam, apoiam-se e se negam. Se o homem é o ser que tem o discurso, o poder está no discurso. O discurso se degrada quando concentrado em poucos ou em um só, potencializa-se no espaço comum, lugar de cada um. Quando uma palavra se opõe a outra, o conjunto se revigora.

Aristóteles elabora a retórica e a poética para o correto funcionamento da pólis. Na *Poética*, Aristóteles repensa o que ouvira do preceptor. Já que a forma está na matéria, o artista, ao imitar a natureza, atinge a forma, não produz sombra derivada de sombra como pensava Platão. A ação teatral tem a virtude de aperar a catarse, remover os conflitos do espectador. Imitar não é copiar, um cachorro não imita o latido de um cachorro, o cachorro late, o homem imita o latido de um cachorro por não ser cachorro. A imitação criativa não reproduz o que de fato aconteceu, produz o que pode acontecer, o possível abre as portas à imaginação, à ação política, enriquece a natureza sem traí-la. A produção artística sugere a natureza em contínuo processo de transformação, movida pela passagem da potência ao ato. A criança é um adulto em potência, o desenvolvimento aumenta o ato e diminui a potência. O universo, em potência, movimenta-se em direção ao ato puro, o artista apanha os seres em movimento.

O *telos* de Aristóteles é o homem livre. No que diz respeito ao escravo e à mulher, repensemos Aristóteles nas categorias aristotélicas. O caminho à vida pública e livre está aberto a todos. Se a cidade livre é o *telos* da casa e da aldeia, o caminho à liberdade está franqueado à série inteira. O fim é determinado pela causa; se a liberdade está no fim, impossível não concebê-la instalada na causa. Nada corta o caminho à liberdade. A sujeição é acidente, não é fim. O *telos* da mulher, da criança e do escravo é o homem livre. Todos os que se situam antes do homem político estão no caminho à cidadania plena. Inseridos na cidade, mulheres e crianças participam da liberdade do todo. Se percebemos a inferioridade de quem quer que seja como injusta, damos atenção ao logos. É o logos que nos revela o justo e o injusto. Aristóteles está na base de conclusões que só floresceram no século XX, haja vista Hannah Arendt.

TEOFRASTO

Teofrasto (371–287), natural de Ereso (Lesbos), mudou-se para Atenas, sucedeu Aristóteles na condução da escola peripatética. Discípulo de Platão e Aristóteles, repensa o legado de seus mestres. Filipe da Macedônia e Alexandre Magno derrubavam muralhas, Teofrasto já não tem a pólis como objeto de reflexão, outro é o logos, outra é a lógica, outro deverá ser o modo de viver bem (*eu zen*).

Caracteres é o resultado de observações do espetáculo que a vida urbana lhe oferece. Aprendeu de Aristóteles respeitar o teatro, cena são encontros e conflitos de todos os dias, sem princípio e sem fim. O pensador agrupa em categorias as pessoas de suas relações e o faz com o cuidado consagrado a pedras, plantas e animais. Escreve com interesse pedagógico; desejando que as novas gerações elejam modelos criteriosamente, familiariza os leitores com o colorido da sociedade de seu tempo.

O homem irônico fala com seus desafetos em lugar de mostrar-lhes rancor, mostra-se apressado quando deseja ser detido, aparenta indiferença a transações comerciais quando seu interesse é vender, ostenta desdém por assuntos que o atraem. A ironia socrática abalava Atenas, a ironia de Teofrasto atinge as pessoas com as quais o irônico por acaso está.

O bajulador interesseiro, enquanto remove uma pluma das vestes do interlocutor, dirá: És admirado como ninguém, não conheço jovem de barba mais escura que a tua. O bajulador aplaude as palavras do bajulado, ri com seus gracejos, aprova seus vinhos.

O conversador elogia a sua própria mulher, conta sonhos, relata minuciosamente o que comeu, comenta o que aconteceu no mercado, demora-se em considerações sobre o tempo, enumera as agruras da vida, expõe seus contratempos, repassa os acontecimentos do dia.

O grosseiro vai à assembleia bêbado, calça sandálias maiores que os pés, veste-se mal, fala aos berros, desconfia de todos, engrandece insignificâncias, despreza temas relevantes, reclama em hora inadequada objetos que deu de empréstimo. O chato sabe sempre mais do que todos; quando alguém lhe diz uma palavra, reage, apontando erros, fala para instruir, engrandece seus próprios sucessos, impõe sua companhia, perturba espetáculos teatrais, impede o acordo de contendores.

Muitos e memoráveis são os caracteres de Teofrasto. Ignorando hipotéticos fundamentos, Teofrasto procura entender o que os sentidos oferecem. Em lugar do Homem, homens. De profundidades trabalhosamente construídas, a filosofia vem à superfície; desviando o olhar da unidade, Teofrasto propõe o espetáculo das pluralidades. Os indivíduos são átomos que se encontram e desencontram ao acaso. Ésquilo exaltava a cidade de Atenas, atenienses eram livres porque Atenas era livre, a liberdade dos atenienses de Teofrasto não se vincula ao Estado ateniense, submetido ao governo da Macedônia. Redefinida a política, caracteres constroem-se com qualidades que a natureza lhes deu em grupos que se fazem e se desfazem.

Aristóteles ensinou que tudo o que povoa a mente vem pelos sentidos, Teofrasto retoma esse campo de investigação em *A Respeito dos Sentidos*, obra de que nos resta uma síntese feita no sexto século da era cristã. Por que desconfiar da precisão de sentidos sadios? Admitir, com Demócrito, que somos invadidos por átomos dos seres que nos cercam é inadmissível, a percepção visual é o resultado de correntes ígneas efluentes que captam a imagem de corpos afluentes. Ao contrário da passividade perceptiva apregoada por Demócrito; para Teofrasto, o órgão que percebe busca o percebido. Forças vindas de dentro e de fora promovem a percepção. As cores resultam de efeitos luminosos. O sol nos cega porque o fogo emitido pelo astro é mais forte do que o brilho dos globos oculares. A audição depende de movimentos do ar. O ar que vem de dentro, encontrando-se com o ar que vem de fora, torna perceptíveis efeitos sonoros. Sons muito intensos produzem chiados. O mesmo olhar que agrupa homens, classifica fenômenos da natureza.

JUSTINIANO

De origem humilde, Justiniano (século VI) subiu ao trono em 527 e reinou até morrer em 565, aos 82 anos. Casou com Teodora, atriz e prostituta. Justiniano centralizou o poder, institui leis sólidas, executadas por um forte sistema administrativo. Com a intenção de ordenar as leis, encarregou Triboniano, ministro e jurisconsulto, de organizar comissão para compilar leis antigas. O resultado foi o *Corpus Juris Civilis*, nome dado no século XVI ao conjunto formado pelo *Codex Justinianus*: *Digesta* (Classificações), *Instituta* ou *Institutiones Justiniani* (*Instituições de Justiniano*), livro destinado às escolas de direito e *Novellae* (Leis Novas).

As *Instituições de Justiniano* começam com a invocação de Cristo. A ele submete-se o imperador, poderoso, feliz, ínclito, vitorioso em guerras travadas contra alamanos, godos, francos, germanos e vândalos. O livro I distingue justiça e jurisprudência. Justiça é a vontade permanente de conceder a quem quer que seja aquilo a que tem direito, jurisprudência é o conhecimento de assuntos divinos e humanos e a ciência do justo e do injusto. Cabe à jurisprudência interpretar corretamente as leis. Distingam-se o direito público e o direito privado. O direito público trata dos interesses do Estado, o direito privado diz respeito a cada pessoa em particular. O direito natural e o direito civil são diferentes. O direito natural determina, por exemplo, que o matrimônio seja celebrado entre um homem e uma mulher. O direito civil diz respeito a cada Estado em particular. Cada Estado tem suas próprias leis. Há leis escritas e leis não-escritas. As escritas provêm de assembleias ou de mandatários, as não-escritas são consagradas pelos costumes. Leis humanas mudam, leis divinas são permanentes. O direito dos povos (*ius gentium*) diz respeito a toda espécie humana: guerras, subordinação de uns aos outros. Por natureza todos nascem livres. Essas notas breves mostram o quanto o direito romano está presente nos códigos ocidentais.

Fundamentar as constituições em bases sólidas e distinguir o público e o privado, o certo e o errado ocupou parte significativa nas reflexões de Platão e Aristóteles. Os tempos são outros. Cidade-estado já não existem. O Imperador empenha-se em subordinar cidades da importância de Alexandria e Atenas a Constantinopla, sede do governo imperial. As conquistas militares e a legislação concorrem para unificar um mundo territorial, étnica e linguisticamente diversificado, com fortes tendências de desmembramento. O imperador vê nas disputas religiosas que inquietam o cristianismo, base ideológica do Estado, ameaças à unidade. No interesse da unidade, o imperador concentra na coroa os poderes político e eclesiástico. A unidade, teoricamente perseguida por neoplatônicos e cristãos, desemboca no absolutismo imperial. Da cidade-Estado ao Império, passamos da pluralidade à unidade. O Código de Direito Civil Justiniano, redigido na maior parte em latim, é o último esforço de manter a língua do Lácio no palácio bizantino. Daqui por diante a língua da administração romana do Oriente será a grega. A nobreza bizantina, seduzida pelo passado helênico, resistirá por muitos séculos a expressões em língua grega popular.

RIGAS FERAIOS

Rigas Feraios (1757-1798) era um revolucionário, revolucionário do pensamento. Tinha a cabeça iluminada. As ideias de Voltaire, Rousseau, Diderot e D' Alambert corriam mundo. Além de ler e pensar, Rigas voltava os olhos a seu povo. Que povo? Multidões que compravam, vendiam, navegavam, pescavam, plantavam e criavam, gente que falava uma língua não consentida em programas de ensino. A dominação turca banira das escolas o ensino da língua e da cultura gregas.

A expansão turca que em 1453 tinha esmagado Constantinopla, cabeça do mundo grego, engolira a Grécia. Livres e produtivos mantinham-se alguns pedaços insulados: Creta... Platão dizia que o saber estava na memória, autoridades turcas tratavam de apagar a memória para extinguir o povo. A Grécia tinha sumido do mapa. A rebelião de Rigas incluía a delimitação do território grego. A Grécia de Rigas incluía Constantinopla (Istambul). Pensando na liberdade de todos os oprimidos, Rigas atacava a tirania, a verdadeira nobreza está na pessoa e não em fantasiosos títulos nobiliárquicos. A difusão de conhecimentos científicos – Rigas tratou de expô-las em linguagem popular (*dimotiki*) – baniria superstições. Rigas evitava arcaísmos, privilégio de eruditos, falava ao povo na língua do povo.

Do passado helênico, a duras penas recuperado, Rigas difundia nomes como os de Alexandre Magno. Num hino inflamado mandava que o rei da Macedônia se levantasse da sepultura para comandar hordas rebeladas. Como explicar a letargia de agora num povo que pelas armas e pela força do pensamento tinha sido senhor do mundo? A revolução começava pelo conhecimento e pela estima de si mesmo. Ideias – Platão as divinizara – voltavam a aquecer o sangue. Dominante era agora a ideia da Grécia livre. Em *Thourios*, um poema, Rigas proclama que uma hora de liberdade vale mais do que quarenta anos de servidão. Como considerar indestrutível a tirania turca se na França cabeças coroadas rolavam decepadas? Rigas convocava todos para a marcha da liberdade, até turcos, visto que também eles gemiam oprimidos. Ideias românticas despertavam o orgulho nacional em toda parte. Vozes como as de Rigas atraíram poetas; Lord Byron, um deles, deixou o conforto londrino para incorporar-se às tropas rebeladas da Grécia.

As ideias de Rigas contradiziam as de Platão. Platão entendia que o homem vivia para o Estado, fundado em princípios que regiam o universo. No Estado sonhado por Rigas, centro é o homem. Difundiu os direitos humanos. Por natureza, os homens existem para serem iguais e felizes. Punições iguais para infrações iguais. Não se consinta que algo seja tomado por violência. Homens livres protejam a lei. Haja liberdade de expressão. Prisões sejam determinadas pela lei. Considerem-se inocentes todos antes de a culpa ser provada. Seja livre o exercício da profissão. Impostos estejam a serviço do bem público e não de interesses privados. Não fiquem impunes crimes de governantes. Pela constituição idealizada por Rigas, gregos são todos os que falam grego ou favorecem a Grécia, mesmo que sejam antípodas.

Traído, Rigas foi preso pelas autoridades austríacas em Trieste e entregue a seus aliados turcos. Morreu estrangulado ao ser transportado para Istambul.

KOSTAS AXELOS

Instala-se na Grécia o regime militar. A cor vermelha feria os olhos de gente fardada. Os poderosos, decididos a abafar efervescências revolucionárias, condenaram Kostas Axelos (1924-2010) à morte. Evadindo-se da prisão, Axelos asila-se na França.

Migrar lhe é andar errante, mudar, ser. Axelos nunca deixou de ser migrante, ou planetário segundo sua própria terminologia. Planetário é o errante, o itinerante, nosso planeta e os que nele se movem. O planetário, repensado, não gira em torno de nenhuma ideia, de nenhuma pessoa, de nenhuma coisa, de nenhum sol, persegue o inapreensível.

Escrevendo em francês, alemão e grego, Axelos repensa a Grécia distante e a próxima. Apoiado em Heráclito, examina a vida como jogo. No jogo, joga-se o humano e o divino, o político e o poético, o científico e o técnico. Planetários, jogamos.

Sem dentro nem fora, o logos reconcilia o dentro e o fora, sustentando unidos o homem e o mundo. Logos – pelo logos o mundo é cosmo e não caos – é linguagem aberta, polivalente, linguagem que se faz e se refaz.

Dizemos dentro da linguagem; dentro do pensamento, refletimos. Parmenidicamente, o pensamento e o pensado são um e o mesmo. Só o homem pensa, e é o pensamento que pensa o homem. O mundo pertence ao pensamento, e o pensamento pertence ao mundo. Pensar e fazer não se excluem. Destituído de pensamento, o mundo não seria mundo.

No mundo tudo se faz espetáculo, indeciso, encantador, revestido de silêncio, do indizível. Pensamento sem mundo ou mundo sem pensamento não há. A humanidade não seria quem é sem o mundo por ela mundificado. O pensamento tira o mundo da mudez. Pensar o ser do mundo é pensar o ser do homem. Considerem-se inseparáveis o ser do homem e o ser do mundo. O mundo é horizonte total e aberto de tudo o que no vir-a-ser do tempo é e se mostra.

À onitemporalidade nenhuma eternidade se opõe. O pensamento avalia no tempo, negatividade produtiva, o jogo que mantém unidos o homem e o mundo, ritmo errante que no arrastar advém. Ser é tempo, tempo é Ser. Movemo-nos entre estilhaços: pedaços de lembranças, pedaços de sistemas, pedaços de ideias.

A Totalidade não se aloja além de estilhaços, fragmentos constroem constelações, movimento de totalização nunca encerrada. Rumo a novo ecumenismo, já não suspiramos por paraísos perdidos nem anelamos jardins futuros. O pensamento global, fragmentário, pondera o todo, evanescente, fugidio, inconcluso. Corpo pleno não nos aguarda em lugar nenhum. A errância acontece em totalidade aberta. O homem – que não é medida nem centro – navega como planeta num universo descentrado. No espetáculo em ação, contemplamos e somos contemplados, a ênfase recai ora sobre a natureza, ora sobre o divino, ora sobre o homem, ora sobre a máquina. O jogo se aproxima e se distancia. O gesto de apreender percebe o inapreensível.

Sem assumir posição de mestre, o homem grego antigo mantinha-se como contemplador do universo, donde procediam produção (*póiesis*) e ação (*práxis*). Não se pense técnica como exterioridade. A técnica (*tekhne*) age sobre a natureza, ativa a linguagem, o trabalho, o amor, forja elos que unem natureza e história. Atuante nas obras que industriosamente erigimos, a técnica impulsiona de dentro. Não se pergunte pelo primeiro motor nem pelo fim último. Humanismo e técnica mutuamente se engendram.

Critérios de verdade não há. Verdades e verificações se formam e se despedaçam na errância, lugar da verdade, ela vigora no desvendamento, na interrogação. Verdade, não-verdade, falso prolongam-se abertos. Erros provocam descobertas.

Rigas Feraios, empenhado em reconstruir o mundo grego, avaliou a dimensão universal da helenidade, conferindo cidadania grega a todos os que ingressam na cultura helênica. Em Axelos a tradição se revigora, impelida pelo élan original, delineando o horizonte dentro do qual se desvela o dizer e o fazer, a repetição produtiva, a memória projetiva, conquistadora, ponte lançada do passado ao futuro através do presente. A pólis desvelada no devir ganha dimensões planetárias, cósmicas. Na busca do todo, diferenças se apagam.

Pensadores no Torvelinho das Transformações

A DÚVIDA

A dúvida acompanhou o desdobramento da filosofia desde o princípio. Os sofistas dirigiram a crítica à própria razão; se não negavam a possibilidade de conhecer, levantaram dúvidas sérias a certezas. A razão, que liberta o homem de irracionalidades, demitia-se também da função de ampará-lo. Vem Sócrates para socorrer a razão em colapso, aceita a crítica feita à filosofia naturalista e à mitologia popular, ocupa-se do próprio homem, empenha-se em fundamentar a confiança em valores absolutos capazes de fornecer critérios para distinguir o bem e o mal, a verdade e o erro na atividade pública e privada. Moderando a crítica ao irracional, Sócrates preservou a confiança no oráculo de Delfos, o saber mais alto, palavras oraculares deveriam, entretanto, ser submetidas à cuidadosa investigação. Platão e Aristóteles preservaram a certeza no sentido do Estado e do universo.

No ocaso da cidade-Estado, a filosofia, de instrumento crítico que era, acomodou-se a situações irremediáveis, os filósofos passaram a consolar as pessoas que tinham perdido a proteção dos deuses, a garantia da cidade-Estado, os objetivos de viver, as certezas, tanto nos reinos surgidos nos territórios conquistados por Alexandre como no império romano.

Espoliados de tudo, grupos de filósofos passaram a fazer da pobreza virtude. Cínicos como Diógenes fizeram crítica mordaz aos costumes e aos sistemas de pensamento, converteram a filosofia em espetáculo teatral nas ruas e praças de Atenas e Corinto. Duas escolas reagiram ao ceticismo absoluto, o epicurismo e o estoicismo.

CÉTICOS

O ceticismo, nome derivado de *sképtomai* (dirigir a atenção a, examinar), desperta moderadamente já em Homero; o exame atento inquieta poetas e pensadores, a dúvida ativa o florescimento do pensamento e das artes. Centrados em Pirro de Élis (360--270), céticos submetem a enérgico exame quaisquer afirmações. Falida a confiança na certeza de conhecer, os céticos passam a avaliar os instrumentos a que recorremos para explorar objetividades.

A toda declaração, outra se opõe, basta girar o corpo para alterar direita e esquerda. Se fôssemos dotados do olhar agudo de falcões e do olfato apurado de cães, olhos e nariz nos forneceriam informações diferentes das que possuímos. O sol nascente difere do sol duma tarde iluminada, corpos levados dum bosque a um campo aberto mudam de aspecto. A púrpura, exposta ao sol, à lua ou à lâmpada, varia tonalidades. À distância, montes parecem enevoados. Sentimo-nos como diante de imagens deformadas por espelhos. Ódio e amor, enfermidade e saúde, juventude e velhice alteram a sensibilidade. Persas consideraram normal o casamento de um homem com sua filha, união condenada por helenos. Terremotos não surpreendem pessoas habituadas a abalos sísmicos. Como apreender a maçã em todos os seus aspectos se ela é pálida à vista, doce ao paladar e perfumada ao olfato? Médicos, agricultores e comerciantes, aperfeiçoados em campos diversos, percebem diversamente as mesmas objetividades. Limitados pelas áreas de interesse, como aspirar a uma visão abrangente? Temos autoridade para declarar nocivas certas substâncias se a cicuta que nos mata nutre codornas? Como construir certezas sobre noções precárias? Por que a experiência de loucos mereceria menos atenção do que a de pessoas lúcidas? Afirmações absolutas perturbam, mais sensato será abster-se de juízo.

Arcesilau (316-241) introduz o ceticismo na Academia platônica, projetando sobre todos os setores do conhecimento dúvidas restritas em Platão à percepção sensorial. Declarando dogmática a afirmação socrática: "uma coisa eu sei, que não sei nada", Arcesilau universalizou a incerteza, limitava-se a circunscrever o provável. Enesidemo de Cnossos (80-40), ao negar legitimidade a juízos negativos, declara que não cabe à inteligência pronunciar-se a favor ou contra coisa alguma. Clitômaco de Cartago (187-110), minado o cerne do saber, adota comportamento prático. Tendo surgido como atitude crítica, o pensar esclarecido volta-se contra si mesmo. Abertas estão as portas a ideias que vêm do Oriente.

EPICURO

Numa época de mudanças profundas, Epicuro (341-270) reafirma a estabilidade do todo. Transformações não abalam o ser, do não-ser não provém nada. Se o que desaparece, rumasse ao não-ser, todos os produtos seriam destruídos. É certo que o todo sempre foi tal como agora é, e sempre será. Se além do todo, outro ser é inconcebível, como admitir que o todo sofra abalos? Que causa externa ao todo poderia movê-lo? Toda mudança acontece dentro do todo.

Se a divisão não parasse nos indivisíveis, os átomos, todos os existentes desabariam no não-ser. Como poderíamos pensar no que não é? Forçoso é admitir que toda a dissolução se detém em elementos indissolúveis, os átomos. Estes, sendo plenos por natureza, não se dissolvem.

O todo é constituído de corpos e do vazio (*kenon*). O vazio explica o movimento. Se não existisse o vazio (o espaço, o imperceptível), os corpos não teriam onde estar, impossível seria o movimento. Os sentidos provam que os corpos se movimentam do imperceptível ao percebido, o que não se apresenta aos sentidos não pode ser pensado.

A previsibilidade dos acontecimentos era determinada pela concatenação dos acontecimentos num mundo regido por leis estáveis. Assim se pensava na vigência da pólis, assim pensavam os estoicos. Os epicureus procuram explicar atos livres. A argumentação foi registrada por um luminoso epicureu latino, Lucrécio, num poema intitulado *De Rerum Natura* (*A Respeito da Natureza das Coisas*). Se todos os movimentos estão concatenados, se o novo acontecimento procede do anterior em ordem certa, se, ao declinarem, os primeiros elementos, os átomos, não provocam a ruptura da fatalidade, se não impedem que uma causa leve sem cessar a outra, donde vem a liberdade concedida aos viventes, donde vem a força arrancada da fatalidade, força regida pela vontade de cada um? Declinamos, portanto, em movimentos não determinados pelo tempo nem pelo espaço, conduzidos por nossa própria mente. A mente, não subordinada a determinismos, move-se em liberdade no universo das ideias e da arte. A liberdade fundamenta o pensamento e a poesia.

Epicuro, desenvolvendo princípios éticos derivados do atomismo, ensinou que a infelicidade é causada pelo medo dos deuses, da dor e da morte, ao passo que a felicidade não é mais do que a libertação do medo. Desde que todos os acontecimentos são determinados pelo movimento dos átomos, nada temos a temer de supostas divindades. Epicuro classificou a dor em duas categorias: dor suportável e dor insuportável. Não há motivos para inquietar-se ante a dor suportável, já que podemos suportá-la. Tampouco tem sentido alarmar-se com a dor insuportável visto que, por sua intensidade, ela nos insensibiliza e destrói. O filósofo aconselhava, por motivos práticos, que os homens buscassem entre dores conflitantes as menos dolorosas. Se a dor do trabalho se mostra menos severa que a dor da fome, a sabedoria manda que se trabalhe, não para acumular fortunas mas para afastar o desconforto da inanição. Quanto à morte, asseverava que ela, para nós, não existe, só a vemos nos outros. Enquanto estamos vivos, não estamos mortos, e, dissolvidos, já não existimos. Se a morte, para nós, não existe, por que temê-la?

O conhecimento gera tranquilidade e confiança. Irracionalidades e opiniões vãs perturbam, enquanto o conhecimento correto do funcionamento das coisas elide perturbações. A medicina remove os males do corpo, a filosofia remove paixões nocivas à psique.

ESTOICOS

O estoicismo, fundado por Zenão de Chipre (335–264), teve Atenas como centro irradiador.

A matéria, degradada a sombra por Platão, move-se agora autônoma, viva, formada por dois princípios (*arkhê*): o passivo (*to páskhon*), matéria despojada de qualidades, e o ativo (*to poioun*). O princípio ativo, responsável pela produção (*demiourgein*) de todos os seres, dissolve-se no todo à maneira de uma porção de vinho derramada no mar. Desde a pedra até ao homem, passando pelas plantas e os animais, a matéria passiva e a ativa distribuem-se em proporções desiguais. A matéria ativa apresenta-se em grau maior no homem e em proporção ínfima nos seres brutos. A matéria ativa chama-se também psique, espírito, razão, deus.

As forças da natureza, origem dos deuses mitológicos, unem-se, recolhidas no princípio ativo, logos seminal (*spermatikós*), energia vital, difundida no universo, para formar o deus único com muitos nomes. O logos universal, sendo perfeito, não se dirige a lugar nenhum; em movimento circular, une, governa e concatena o anterior ao posterior. Nexos causais tomam o lugar da genealogia mítica. Graças a eles, uns dependemos dos outros. A solidariedade já não é limitada pelos muros da pólis; o homem, unido à natureza, é cidadão do mundo. O império romano, tomado pelo pensamento estoico, não destrói culturas, conecta-as numa comunidade ampla como o universo.

A vida (fogo) aquece e move tudo. O fogo, artífice, percorre o que existe com um sopro ígneo, vitalizador. De tempos em tempos, a conflagração universal rompe conexões malfeitas, consome os seres para novo começo. Desde que o universo é governado pela razão e não está entregue ao acaso como pensavam os epicureus, todos os atos, até os mais insignificantes, estão rigorosamente determinados. A liberdade estoica consiste em submeter-se voluntariamente às imperativas leis que agem no todo, a resistência determina a execução involuntária dos atos previstos pelo determinismo imanente.

Demitido o homem universal platônico, real é o indivíduo com múltiplas e variáveis peculiaridades. A inteligência humana brilha como centelha do fogo universal. Visto que não existem ideias inatas, o conhecimento é reelaborado a cada momento. Homem algum é escravo por natureza.

A psique dispõe-se como uma página em que se inscrevem ideias derivadas da experiência. Impressões produzem imagens (*phántasma*), o animal racional transforma-as em intelecções: construções do intelecto. O processo é comparável ao dinheiro que, quando usado para pagar o aluguel de um navio, toma a forma de frete.

O significante (*semáinon*), o significado (*semainómenon*) e a coisa (*pragma*) – ela subsiste fora da palavra – estão unidos entre si. A palavra e a coisa são corpóreos, o significado, incorpóreo, produto de significantes, pode ser verdadeiro ou falso. Da boca aos ouvidos, palavras deslocam-se como carros. A dialética, reorientada, não busca a verdade além da palavra enunciada.

O objetivo (*telos*) da virtude é viver em harmonia (*homologouménos*) com a natureza (*phýsis*). A ética consiste na leitura e na correta observação da ordem universal. Os que agem em harmonia consigo mesmos movem-se na rota do logos. Convém suportar os males e a morte com resignação, já que, como todas as determinações da natureza, a morte não é má. O suicídio, se praticado em benefício do todo, não perturba a ordem universal.

Cada corpo, dotado de ação, age sobre outros corpos, donde procedem harmonias que geram bem-estar, e desarmonias, causa de sofrimentos. Ira, amor, tristeza são corpos que alteram o semblante, enrugam a fronte, dilatam o rosto, enrubescem, provocam palidez. Feliz é quem, em harmonia consigo mesmo, não é atormentado por moléstias, temor, desejos, cobiça, vivacidade.

Os sábios não se entristecem, pois a tristeza, contrária ao logos (*álogon*), contrai a psique. Os sábios são livres; por não prestarem contas a ninguém, imperam, os tolos são escravos.

O estoicismo deixou marcas no direito romano. Levou os legisladores a subordinar as leis do Estado às leis da natureza, melhorou a situação da mulher e dos escravos, visto que os estoicos criam na igualdade de todos os seres humanos.

Entre os estoicos tornou-se conhecido o imperador Marco Aurélio (121-180) cujos *Pensamentos*, de forte ênfase pessoal, permaneceram na lembrança dos pósteros.

ANTÍSTENES

Antístenes (444-370) leva a "autarquia" do indivíduo às últimas consequências. Desamparado no mundo helenístico da cidade-Estado, pensa numa organização maior. O mistério e a comunidade que ainda socorriam Sócrates já não mostram vitalidade. A religião popular, esteio da cidade-Estado, parece-lhe um amontoado de crendices. A sua tarefa de pensador restringe-se ao indivíduo em trânsito.

DIÓGENES

Diógenes (419-324) veio a Atenas de Sinope, situada às margens do mar Negro. A cidade era governada por um certo Timesileon. Péricles derrubou o tirano e mandou para lá seiscentos emigrantes atenienses. Com dois portos, o Estado prosperou, deu origem a várias colônias, Sinope chegou a ser capital do Ponto. O pai de Diógenes, Icésio, dirigiu o Banco Nacional de Sinope. A ganância dos reis asiáticos e o avanço das tropas macedônias instabilizaram Sinope. Icésio, em reposta, passou a falsificar moedas, escolheu prejudicar assim os que mandam. Foi pego e exilado. Há informações de que pai e filho estavam mancomunados. Como fabricante de moedas, sócio do pai, Diógenes tinha ourives a seu serviço, esses o teriam inclinado a atos ilícitos. Sem orientação segura, Diógenes consultou Apolo, o deus das predições teria consentido na agressão ao bem público (*to politikon nómisma*), Diógenes entendeu que o oráculo se referia a dinheiro, equívoco provocado pelo termo que o sacerdote empregou: *nómisma*, além de designar moeda, significa norma, costume. Note-se a semelhança entre *nómisma* (moeda convencional) e *nomos* (lei, convenção).

Diógenes deixou Sinope, por quê? Uns dizem que foi exilado, outros garantem que Diógenes deixou a cidade por vontade própria. Fato é que Diógenes apareceu em Atenas como mendigo, ele, o falsário, está sem vintém. Apontava o apego ao dinheiro raiz de todos os males, má é marca pessoal *kharakter*, a efígie estampada na moeda; se convenção e natureza colidem, pior para a convenção. Diógenes não sonhava com utopias, queria resultados imediatos, desacreditar o sistema monetário prejudicaria os aquinhoados para o benefício de todos. Ao chegar em Atenas, o forasteiro teria pedido ajuda para adquirir uma casa modesta. Como a pessoa a quem se dirigiu demorou a responder, decidiu morar num tonel.

Diógenes circula marcado pela imagem de Héracles, adversário de monstros. Em Olímpia, um arauto, referindo-se a um atleta, proclamou: "Dióxipo vence heróis". Diógenes observou:

"Esse vence escravos; heróis venço eu", inclua-se Platão no rol dos heróis, escravos da glória.

Ao ver um menino beber água com as mãos em concha, Diógenes jogou fora o copo que trazia na sacola. Diógenes viu uma mulher curvar-se a uma imagem divina numa posição indecorosa, aproximou-se da idólatra e lhe falou: "Admitamos, senhora, o deus poderia estar atrás". Se o divino se confunde com a natureza, como imaginá-lo encarcerado numa estátua?

Alexandre o Grande aproximou-se dele arrogante: "Não me temes?" Diógenes: "És um bem ou um mal?" Alexandre: "Um bem". Diógenes: "Por que temer o bem?" Impressionado com a miséria do homem das sábias respostas, Alexandre, o imperador, lhe ofereceu melhores condições de vida. "Não me tires o que não me podes dar", foi a resposta. Diógenes se referia-se aos raios de sol que o monarca escondia. Diógenes apaga a última imagem do que a Grécia produziu de maior; em lugar do rei-sol, um embuste, o Sol, vida de todos. Alexandre lhe teria dito: "Sou Alexandre, o grande rei", respondeu-lhe o filósofo: "Eu sou Diógenes, o cão". Alexandre dependia de exércitos; Diógenes preferia a vida livre de cachorro a ser escravo de subordinados. Com razão o apontaram como cínico, palavra derivada de *kýon*, cão. Diante de Alexandre (divino), Diógenes vai para o lado oposto. Diógenes está tão distante de Alexandre, que o monarca não pode molestá-lo, matar Diógenes seria menos do que esmagar uma mosca, não obstante, manchar as mãos para sempre.

Enigmático como Apolo, Diógenes produziu enigmas. Engenheiro de palavras, dizia que a doutrina (*diabribé*) de Platão, o inventor das ideias eternas, é perda de tempo (*katatribé*). Um Diógenes de língua portuguesa poderia dizer que a *doutrina* de Platão não passa de *tontrina*. Chamou de *bile* (*kholé*) a escola (*skholé*) de um certo Euclides, transmissor de ensinamentos platônicos. Em lugar de escola, lugar em que se transmitem conhecimentos, um cínico poderia dizer *ex-cola*, lugar em que se copiam desonestamente pensamentos de outros. As palavras lhe são falsas como as moedas; a falsificação do falso o aproximaria da verdade.

Um grupo de pessoas acompanhava atentamente uma leitura em voz alta; o leitor, ao chegar ao fim do livro, apontou a ausência de texto. Diógenes: "Coragem, senhores, consultem a terra". Isso lembra Joyce, um dos narradores de *Finnegans Wake* manda ler as runas do universo; seixos da orla marítima sugerem a Stephen Dedalus, personagem do *Ulisses*, inscrições que revelam segredos de tempos remotos.

Diógenes abalou sistemas com palavras, com gestos, com inusitadas maneiras de ser e de viver; em muitos pensadores e escritores, vislumbramos marcas de sua corajosa atuação, Nietzsche é um deles. Procurando de lanterna em punho um homem na multidão, não foi Diógenes precursor da *performance*? Diógenes apagou os últimos traços do homem, a grande invenção grega, para unir-se ao cão, à terra.

Os sofistas prenderam o homem a um artifício, o discurso. Rompidos os vínculos com a cidade-Estado, Diógenes procura a liberdade além da pólis, além do discurso, além de protetores, além de aplausos, nos movimentos livres e impensados da natureza. Em lugar da moeda, em lugar do cálice, em lugar do trono, em lugar da palavra, a vida.

MENIPO

Os escritos de Menipo de Gadara (século III a.C.) só existem na lembrança dos que sentiram o impacto de sua obra. Menipo comparece em *Diálogos dos Mortos* (prestigiada obra de Luciano), tão pobre que não possuía nem o óbolo exigido por Caronte para conduzi-lo ao Reino das Sombras, situado na outra margem do rio Letes. Que interesse por moedas poderia ter um cínico? Consta que se arruinou concedendo empréstimos. A morte voluntária não lhe apaga a lucidez. Como Brás Cubas no romance de Machado, Menipo reflete sobre a vida, quando já nada o molesta, nem mesmo o espectro da morte. Morte na morte não há. No país dos que partiram, Menipo pergunta pela beleza de Helena, apontam-lhe um punhado de ossos. E a glória de Aquiles? Virou pó. Sombra e silêncio é o destino de todos os que brilharam na superfície da terra, sorriso amargo reveste as palavras de Menipo, demolidor de glórias.

Intrigante é uma pequena narrativa, *Menipo,* atribuída a Luciano. O narrador acompanha a viagem de Menipo ainda vivo aos territórios bolorentos do Hades, à maneira de Odisseu e de Héracles antes dele. Agora é a vez de fustigar os que acumularam em vida fortunas deslumbrantes. Que lhes vale, reduzidos à sombra, a fortuna de outrora? Menipo penetra na caverna profunda, decepcionado pelas contraditórias teorias metafísicas de seu tempo, em busca do cego Tirésias para se reorientar. Em lugar de sólidos fundamentos teoricamente fundados, encontra espantosas visões. O centro é este: nada. A seriedade dos homens não passa de encenação teatral.

Finda a cidade-Estado, o aparecimento de Menipo assinala o princípio de descobertas decisivas. O gadarense produz textos corrosivos. Transgressora, derruba a fronteira que separa prosa e poesia. A sombra devastadora do criador da *sátira menipeia,* desaparecida, atravessando a literatura ocidental, fustiga no romance vigoroso de Dostoiévski. O novo não rebenta se os revolucionários não atacam monumentos. Este é o lugar que a história reservou a Menipo. A irreverência demolidora do cínico foi recriada numa tela de Velasquez.

Entre as obras de Menipo, Diógenes Laércio cita uma intitulada *Nékyia* (*Evocação dos Mortos*). *Menipo* seria uma reelaboração do texto que os séculos não preservaram? O maldoso sorriso de Menipo que contorce o rosto cínico recriado por Velasquez sustenta a hipótese na dúvida.

LUCIANO

Luciano nasceu em Samôsata (120-180), território incorporado pelos romanos à província da Síria. Abandonando a carreira de advogado, percorreu a Jônia, a Grécia, a Itália, a Gália e se fixou em Atenas. Como funcionário de Roma prestou serviços no Egito. Das 96 obras atribuídas a ele, 70 são consideradas autênticas. Escreveu ensaios, discursos, cartas narrativas e diálogos. Peças como *Diálogos dos Mortos* e *O Galo*, apimentadas pelo tom satírico que vem de Menipo, mostram habilidades no gênero que deu notoriedade a Platão.

Merecem atenção as reflexões estilísticas de Luciano em *Como Escrever História*. Luciano considera o cantar das Musas e seus exageros inadequados à prosa que encena o cotidiano, condena os excessos do aticismo e a imitação canhestra de Heródoto ou Tucídides, prefere linguagem sem adornos, fiel aos fatos. As reflexões teóricas confirmam a destreza com que Luciano produziu peças críticas, vivas que, como já tinha acontecido com *O Banquete* de Platão, mantêm-se nos arredores da ficção romanesca.

O Galo começa sem introdução e, em balde, se buscam comentários do autor ao longo da peça, procedimento que contribui para os efeitos de visualidade e teatralidade. A ação de *O Galo* se concentra em duas personagens: Micilo e o galo. Micilo, modesto sapateiro, é bruscamente arrancado de um sonho dourado pelo cantar do galo. Fulo de raiva, o sonhador se põe a amaldiçoar o animal. Maravilhado, o artesão ouve o inoportuno reagir aos insultos com sábia urbanidade. A ave dirige-

-se respeitosamente ao agressor, chamando-o "Senhor Micilo". Quem é o galo? Muitos e ninguém. Seu ciclo de reencarnações começa há muitos séculos, passando por Pitágoras, uma prostituta, um homem rico, antes de assumir a forma atual. Ora, a metempsicose contradiz as essências. Como incluir um volátil na categoria dos seres falantes de Aristóteles, como subordiná-lo ao modelo do homem ideal de Platão? O que é o galo? É um *teras*, um monstro, um fenômeno espantoso. Como prodígio, o galo se move no tempo e no espaço. Quem fala? O galo aqui presente ou Pitágoras? É indiferente. Nem Pitágoras nem o galo. Pitágoras e o galo não são mais que aparências. Tudo não passa de um espetáculo teatral. Quando o galo-Pitágoras começa a discorrer, a distância entre o momento presente e a época de Pitágoras desaparece. Visto que o tempo se espacializa, séculos podem ser percorridos como superfície que se abre em todas as direções. Micilo sai dum sonho e entra noutro. Tudo é sonho. Luciano antecipa Calderón de la Barca, *La Vida es Sueño*.

Um galo falante? Como é possível? Para defender sua condição, a personagem recorda exemplos autorizados de animais e de árvores dotadas da faculdade de falar. Xanto, o cavalo de Aquiles, não articulava palavras? Quem o afirma é o próprio Homero! Convém lembrar, ainda, que o cavalo falava em versos perfeitos, não em prosa como aqui o galo. A ave cita outro prodígio, o discurso da sombra de Argos. Até um carvalho discorria em Dodona, e não se esqueça a carne assada dos bois de Hélio sacrificados pelos soldados de Odisseu.

A defesa do galo parodia o discurso sofístico. Não há o que um homem instruído não possa defender. Somente um nada sem nenhuma instrução (*apáideutos*) como o sapateiro estranharia um fenômeno banal como um galo falante. Trata-se de uma sentença proferida contra a cultura grega? De fato, tal como o galo a cultura não é mais que sonho.

Temos o direito de perceber no galo a máscara do próprio Luciano? Não surpreende que um bárbaro como Luciano, um homem da periferia, fale grego requintado? Parece que Luciano pretende insinuar que o caráter civilizado não depende do sangue que corre nas veias. Pela instrução, até um galo pode atingir condição de falante. A comunidade dos homens instruídos já ultrapassa o mundo grego. A trajetória do galo atravessa a cultura egípcia... A pluralidade toma o lugar da unidade. O galo é uma biblioteca em que se encontram todos os textos do mundo. Anunciam-se aqui a biblioteca de Borges, os signos em rotação de Octavio Paz, a obra aberta de Umberto Eco, a disseminação de Derrida. A polifonia teorizada por Bakhtin, que já se vislumbra nos primórdios da literatura grega, alcança aqui alto grau de desenvolvimento. A ficção, que originou o romance no segundo século, esteve na tendência da retórica desde o princípio.

Lessing queria nítida distinção entre artes do tempo (música, literatura) e artes do espaço (pintura, escultura). Num século classificatório como o XVIII, compreende-se o fortalecimento dos limites entre uma arte e outra. Luciano teoriza, entretanto, no início da era cristã a confluência das artes que Lessing queria separadas. O verbo grego *grapho* que significa simultaneamente pintar e escrever contribuía para aproximar pintura e literatura. Para Luciano, Homero pinta.

Ganha corpo no fim da antiguidade um novo gênero, o sério-jocoso (*spoudogélion*), ao qual já pertence o diálogo socrático. Sério e jocoso já não se misturam na *Odisseia* e na comédia de Aristófanes? Tanto Homero quanto o comediógrafo de Atenas riam de aparências sérias. Bergson situa o riso no contraste criado entre a rigidez fictícia e a mobilidade da vida. Grandes escritores – inclua-se Machado de Assis – detectam a emergência do saber quando o riso demole atitudes austeras.

Uma narrativa de Luciano, chamada *História Verdadeira*, interessa-nos peculiarmente por anunciar sonhos europeus de atravessar o oceano para encontrar novas terras. Passando pelas Colunas de Hércules (Estreito de Gibraltar), Luciano e seus companheiros chegam a uma ilha em que, arrebatados por um turbilhão, caem na Lua. Os adventícios participam de uma guerra entre o Rei da Lua e o Rei do Sol. Os selenitas, vencidos, firmam um tratado de paz com o adversário que lhes garante luz em troca de aliança e fidelidade. Devolvidos à Terra, a nau é engolida por uma baleia gigantesca em cujo ventre os aventureiros descobrem outros sobreviventes, empenhados em reconstruir em paragem estranha a civilização perdida. A narrativa, terminando sem resolver o conflito, anuncia novos relatos.

História Verdadeira, processando a crítica a fabulosas narrativas precedentes, a começar pela *Odisseia*, ousa empresas futuras que fundamentam a descoberta de outro continente e viagens espaciais. O realismo de Luciano, teoricamente construído, não obsta ousados voos da imaginação. Embora sustente que todo o relato é mentiroso, o escritor toma distância do verificado para projetar a trajetória do que ainda não é. Opera-se uma significativa modificação do olhar. Rompidos os vínculos com modelos passados, o cínico volta os olhos para o futuro. A verdade está no que os sentidos canhestramente percebem ou vegeta escondida em penumbrosas fantasias? A queda da cidade-Estado liberta a imaginação para a exploração de amplos espaços. A antiguidade, interrompida pelo cristianismo, renasce na alvorada dos tempos modernos.

Pensadores do Mistério da Vida

PLOTINO

Nascido no Egito, Plotino (203-270) visitou a Pérsia antes de se fixar em Roma, onde fundou uma escola. Preservou a língua grega sem compromissos sérios com prescrições gramaticais, escrever *anamnemísketai* em lugar de *anamimnésketai* ("lembrar") surpreende. Longino, escritor cuidadoso, estranhava o estilo plotiniano, tortuoso, ainda que sem obscuridades deliberadas. Empenhado em expressar o inexprimível, Plotino, de prolixidade inquieta, alcança imagens vivas.

Deve-se a Porfírio o arranjo dos escritos plotinianos, pontilhados de apelos ao leitor no fluir das reflexões. Nove são as Musas, nove são os livros das *Eneadas,* há quem as considere diatribe, gênero literário de tom familiar em que dialética, interpretação e alegoria se misturam.

Familiarizado com o pensamento helênico e atento a preocupações orientais, Plotino repensa o sistema platônico, inverte a dialética de Platão, que, ao investigar, partia da multiplicidade. O Ser não está no centro das preocupações de Platão, ele se detém nas ideias, elas sugerem reelaboração metafísica dos átomos de seu contemporâneo Demócrito. Plotino parte do uno.

O uno – concebido na tradição do indeterminado de Anaximandro e do Ser parmenídico –, apoiado em si mesmo, sustenta a unidade. À semelhança do sol, o uno dá sem perder. O todo, constituído pela hierarquia de seres formados por degradação contínua, mantém unidos gerador e gerados. O uno é na solidão, a expansão ininterrupta do uno resguarda inacessível o centro, música e matemática elevam o homem à origem de todas as coisas, só o uno é absolutamente livre.

O *logos* (palavra, discurso), origem e união ordenada do múltiplo, é a primeira das emanações, lembra, além das reflexões de

Filo, as análises platônicas das categorias superiores expostas no *Sofista*. A matéria, multiplicidade pura, despojada de determinações, vizinha do acaso, aparece em último lugar. O logos é uma árvore que, enraizada no uno, propicia a distribuição ordenada da seiva pelo corpo inteiro até à multiplicidade das folhas, frágeis, passageiras. Unido ao logos – poder que congrega o que mitos espalham – aparece eros; o uno é simultaneamente erômeno e erasta, origem e objeto dos sentimentos que aproximam as partes em que o todo se divide. O uno age eroticamente centrado em si mesmo.

A contemplação (*theoria*) abre-se no silêncio, formas como as matemáticas fluem da unidade e se dissolvem nela, da visão participam todos os seres vivos, vida, totalidade indivisível, fundamento de tudo, volta-se em todos os seus desdobramentos, ao uno, viver, ver e ser coincidem, fronteiras fazem-se e se desfazem na unidade. Unindo princípio e fim, a contemplação garante o movimento circular do todo, brilhando com variada intensidade em todos os recantos da natureza sem se extinguir. Na contemplação, contemplador e contemplado se confundem. Quem alcança o todo por intuição, quem contempla sua grandeza, quem se lança nele – o que só acontece em momentos raros – retorna maravilhado.

Viver significa estar unido e distante, dentro e fora. A natureza, se interrogada sobre sua produtividade, responderia: "Não deverias perguntar, mas compreender em silêncio, percebo o gerado sem articular palavra, objetos nascidos de contemplação anelam contemplação; à maneira dos geômetras, que desenham contemplando, corpos tombam, surgem, meus genitores, ao se contemplarem, me geraram". Viver é ser, ser é viver, o ser esplende no viver.

O viver bem (*eu zen*) não está numa forma de vida (artesanato, cidadania), está no viver, substância de toda forma (*eidos*), o bem não está na obra realizada, está no realizar. Realizar é fazer, fluir, viver, ser. Virtuoso é o soldado que combate. Não faz sentido dizer que o bem de outrora foi mais intenso que o de agora, o bem existe no acontecer. O tempo, imagem da eternidade, é uma continuidade que por conveniência segmentamos.

A atenção de Aristóteles voltava-se para o Estado, não concebia a plenitude da vida fora da cidade-Estado. Na época em que as unidades políticas centralizavam o poder no mandante, Plotino eleva o poder acima de todos os poderes. A terra resiste no último estágio da ação, da reflexão. Afastado da vida pública, Plotino se concentra no uno, polo de sedução e lugar de exílio. Simultaneamente atraído e expelido, Plotino vive no paradoxo.

Quando os olhos se voltam à terra, a multiplicidade soterra a unidade, quando os olhos se voltam ao uno, as coisas se degradam a pó, a traços, a sombras, a nada.

LONGINO

Longino de Palmira (213–273) é o nome atribuído ao autor de *O Sublime* (*Peri hýpsous*), um tratado de teoria literária, enfaticamente oposto à *Poética* de Aristóteles. Longino examina a relação da natureza com a arte, preocupação que ecoa ainda nos versos inaugurais de *Os Lusíadas* de Camões. Sustenta que, sem cultivo artístico, dotes naturais não florescem. Persuadir, preocupação da retórica, não figura nos objetivos da obra literária; natureza e arte, unidos, poderão levar receptores ao êxtase. Qualidades trazidas do berço, relegadas à audácia impensada, tropeçam; aguilhão e freio lhes fazem bem. Momentos infelizes encontram-se até em autores prestigiados. Ao dizer "abutres, tumbas vivas", Górgias teria caído no inchaço. A ênfase balofa contraria o sublime, puerilidades fogem do sublime. Minúcia excessiva e pensamentos insólitos se avizinham do pueril. Até em Platão encontramos passagens rasteiras, Longino aponta esta por lhe parecer empolada: "muralhas adormecidas sobre a terra sem vontade de se levantarem". Desprezando também pendores realistas, Longino considera vil a passagem em que Hesíodo observa no *Escudo* (267) que do nariz de Áclis escorria muco.

Paixão desmedida distancia-se do sublime. Riqueza, honraria, tirania – alheias ao verdadeiro sublime – interessam a quem enfatiza aparato exterior. Sublime é o que suporta reexame frequente, o que agrada a todos e sempre. O estilo elevado requer pensamentos nobres, entusiasmo, figuras bem elaboradas, expressão distinta, composição digna. Pensamento e entusiasmo são dons da natureza, as outras qualidades são elaboradas pela arte.

O pensamento despido de requintes pode causar admiração. Na *Ilíada* (L, 563), o silêncio de Ajax é mais sublime que discursos pomposos. Sublime é Homero quando mede o espaço com o salto de corcéis divinos ou quando imagina o medo que provocaria a visão da morada dos mortos através de uma fenda aberta na terra. Sublime, por economia, foi Moisés na passagem em que Deus diz: "haja luz e houve luz".

Homero escreveu a *Ilíada* na plenitude do sopro divino; a *Odisseia*, ao contrário, cheia de histórias, é sol poente, obra de velho. Safo fascina quando, no delírio amoroso, une frio e calor, êxtase e ponderação – unidade em lugar da pluralidade. Demóstenes e Cícero diferem na grandeza; Demóstenes é uma tempestade, Cícero é um incêndio.

Imitar não é roubar, é unir o que na divisão se dispersou. Paixões acontecem quando trocamos o singular pelo plural. A natureza não fez de nós gente vil, não convém descer à sujeira, ao desprezível, o que é superior e belo vence, nada diminui tanto o sublime quanto o ritmo quebrado e agitado. Na concepção neoplatônica, elevado é o uno, o simples. A arte sublime eleva-se do terra-a-terra e busca a fonte, origem de tudo. Sublime é tendência que se dirige ao elevado, ao simples, ao uno.

No século XVII, Boileau devolve *Peri hýpsous*, com a tradução de *O Sublime*, aos debates e à criação artística, entendendo o sublime (derivado do latim *sub* e *limen* – limite) como poder que afronta limites para alcançar o ilimitado. Limitados, buscamos o ilimitado, Ítaca. A arte sublime toca o extraordinário, o maravilhoso, o surpreendente. Atento a Plotino, John Milton escreve *Paraíso Perdido*. O Satanás de Milton, que, tomado de terror, desafia o infinito, está à raiz do satanismo romântico, anima o fantástico de William Blake. Nietzsche, opondo Apolo (arte) à natureza (Dioniso), repensa Longino.

Freud, ao discorrer sobre a sublimação, inverte a teoria de Longino. O impulso artístico não vem do alto nem é no simples que a arte se realiza. Como produto de impulsos eróticos não satisfeitos, obras sublimes absorvem a energia não consumida em prazeres físicos. Freud derruba assim a diferença entre o simples e o complexo, o elevado e o vulgar, eros está à raiz de quaisquer produções, energia erótica sublima-se em obras de arte.

JAMBLICO

Jamblico (270-330), natural da Síria, afrontou, à maneira de Pitágoras, modelo seu, limites; aventura-se às regiões situadas além da fronteira dos nomes. O divino já não lhe é limite. Jamblico se abisma no mistério.

A aventura é inusitada. Deus é o Uno, pai de si mesmo, superior à essência. Atraído pelos secretos caminhos do hermetismo, Jamblico atravessa a esfera dos deuses para alcançar o Deus dos deuses. Nada o separa do completamente Outro. Confundido com o Uno, Jamblico declara vencida a prisão do corpo. Que o mundo palpável se dissolva! Jamblico estabelece morada acima das ruínas.

"Meu Deus, por que me abandonaste se sabias que eu não era Deus, se sabias que eu era fraco", disse Drummond no "Poema das

Sete Faces". Essa dificuldade não afetava Jamblico. Como poderia Deus abandonar Jamblico, se Deus e Jamblico são um só? Em lugar de dizer "uma coisa eu sei que não sei nada", Jamblico diria "agora vejo tudo".

PROCLO DIÁDOCO

Nascido em Constantinopla, Proclo (412-485) estudou filosofia em Alexandria, dirigindo-se depois a Atenas para ouvir lições de Plutarco na Academia de Platão, instituição da qual se tornou diretor, cargo que ocupou até à morte.

A matéria não é determinada por qualidades, formas materiais constituem a matéria, e estas se apresentam como inteligíveis. Formas não antecedem a matéria. A casa não se apresenta como forma a pedras; pedras, ao se unirem, formam a casa.

O gerador não cessa de gerar, o gerado não cessa de ser gerado, renova-se como a luz solar que subsiste com o sol, não sendo anterior nem posterior à fonte que a emite. À maneira de uma sombra projetada na corrente de água, a imagem, aparentemente idêntica a si mesma, persiste no corpo que a todo momento se renova, assim persiste o cosmo. O gerado recebe energia do gerador, força e paradigma universal. Ser gerado não significa entrar na existência, o gerado subsiste num perpétuo vir a ser. A parte, por integrar o todo, possui parcialmente o que pertence ao todo. O subsistente emerge num instante do tempo indeterminado.

Só o demiurgo, o arquiteto que organizou o cosmo, poderia destruir esta obra de arte em que residimos, mas nunca o fará visto que o inquestionavelmente bom não seria capaz de operar ato mau. O cosmo, por ser divino, não experimentou começo cronológico, sendo inconcebível que se corrompa.

O Uno, indivisível, presente em tudo, conhece todas as coisas com a mesma intensidade: o sol, os homens – tudo até à ultima partícula. A psique universal, sendo movimento, move-se a si mesma, percebe o universo. Cada um dos múltiplos intelectos apresenta-se como parte do intelecto universal. A psique individual (raciocínios, opiniões) faz parte da psique universal. Cada um de nós integra o cosmo, como regiões do todo somos governados. O cosmo ao qual pertencemos é um grande animal. Se alguém de nós fosse destruído, o todo seria afetado.

Cabe ao filósofo desvendar o que mitos revestem, assim o intelecto se eleva do relatado ao indizível.

damáscio

Qual é a linhagem das elucubrações heideggerianas sobre o esquecimento do Ser, o sem nome, o fundo sem fundo, o silêncio? Seriam neoplatônicas as raízes do pensamento de Heidegger? Para compreender tendências dos anos iniciais do século xx, conviria recuar passando por Hegel ao vi século da nossa era? Essas inquietações nos levam a Damáscio.

À maneira de Platão, Damáscio (458-538) não recusa texto algum, certo de que verdades podem esconder-se em lugares insuspeitos. Cosmogonias órficas estabelecem como fundamento Chronos (Tempo), o Ovo (Ser), Ericapeu (Poder), Fanes (Pai); Hesíodo propõe a Terra e o Caos como origem de todos os seres; Jerônimo supõe que a Água e a Terra constituem a raiz de tudo. Falta a todos acesso ao escondido e evanescente. Seduzido pela unidade, Damáscio ergue-se ao Um inefável, origem e mantenedor de tudo, situado acima de nomes, divisões, narrativas, reflexões. O Um – sem origem, absoluto, permanente, soberano – supera corpos e conceitos. O Um é o deus dos deuses, a unidade das unidades, o escondido no universo dos inteligíveis, indizível mais que o silêncio.

Balança que equilibra opostos, o Um cede à gradativa aproximação da contemplação. Dois métodos sustentam o ascender místico: a via afirmativa e a via negativa. A via afirmativa declara que o Um é e o que o finito não é; a via negativa subtrai do Um quaisquer atributos. Negações mostram que o Um transcende limites, que o limitado depende do ilimitado. No topo de negações sucessivas, a inteligência salta nas profundezas do inefável, silenciados os conceitos.

Nascido em Damasco, Damáscio frequentou muitos luminares, antes de se fixar em Atenas, onde ocupou o cargo de diretor da Academia de Platão até ser fechada pelo Imperador Justiniano em 529. Acompanhado de outros pensadores, Damáscio procurou na Pérsia a corte do rei Cosrau, cognominado Nushirvan (o Generoso). Ao perceber que o monarca persa estava longe dos atributos que Platão atribuía ao rei-filósofo, Damáscio retirou-se para lugar ignorado. O ano de 529 marca o fim da filosofia grega e o princípio do domínio exclusivo do pensamento cristão que imperou no Ocidente por cerca de mil anos. Acolher a pluralidade na unidade – esforço que se observa em pensadores neoplatônicos desde Plotino – foi a tônica do sistema de Damáscio.

A negação da pluralidade começa com a intransigência de Justiniano, alcançando momentos de extrema crueldade antes das luzes do século XVIII. O terror abalou a revolução francesa. Radicais de esquerda e de direita ensanguentaram o século XX. Paixões de muitos matizes continuam a destruir vidas no século XXI. Preservar a unidade sem desrespeitar a pluralidade é meta que ainda perseguimos.

Pensadores da Criação

FILO DE ALEXANDRIA

Da filosofia judaica, Filo (40 a.C. – 40 d.C.) é o representante de maior destaque. Os judeus mantiveram distância discreta do pensamento grego até às conquistas de Alexandre, época em que a alguns deles a cultura helênica se tornou familiar nos territórios em que viviam.

De numerosos núcleos judaicos que foram surgindo fora de Israel, como Antióquia, Elefantina, Atenas e, mais tarde, Roma, Alexandria ocupava lugar saliente. Algumas estimativas elevam a um milhão o número de judeus alexandrinos. A maioria trocou, em centros fortemente helenizados, o hebraico, língua de seus antepassados, pelo grego. Sob o reinado de Ptolomeu Filadelfo (285-247), um grupo de rabinos traduziu a Bíblia ao grego, tradução conhecida como a dos Setenta (*Septuaginta*).

Em 170 a.C., Antíoco Epifanes levou, por conquista, o helenismo a Jerusalém. Chefiados por Judas Macabeu, os judeus alcançaram a independência que durou até à intervenção romana em 63 a.C.; a vitória foi festejada pelas legiões comandadas por Pompeu.

Dos grupos judaicos, mostram influência helenística tanto saduceus como essênios. Preocupados com o contato descaracterizador da cultura grega, os judeus desenvolveram uma literatura apologética com o fim de demonstrar a superioridade da Bíblia. Aristóbulo (150 a.C.) procurou demonstrar no comentário sobre o *Pentateuco* que os gregos teriam buscado no Livro Sagrado o melhor de seus ensinamentos. Filo, discípulo de Aristóbulo, desenvolveu o pensamento do mestre. Em conflito com o sensorialmente perceptível, Filo recorreu à interpretação alegórica. Alegoria (falar em público – *agoreuo* – de outra coisa, *allon*) é uma narrativa em que personagens, objetos e ações escondem significados morais, religiosos, filosóficos ou políticos. Filo desvenda em relatos bíblicos, além do sentido literal – acessível a inteligências medianas – sentido alegórico, oferecido aos iluminados. Alegoricamente, Adão no paraíso representa a inteligência liberta da carne, Eva significa o mundo sensível, e a Serpente, o prazer, ruína da inteligência.

Contrariando a tradição helênica, Filo põe em circulação a ideia judaica da absoluta transcendência de Deus. Quanto à origem do mundo material, o pensador hebreu titubeia entre a criação desde o nada e a existência eterna, problema que ainda se apresenta complexo a Tomás de Aquino. Escolado na doutrina platônica, Filo associa a matéria com o negativo, equiparando-a com o vazio, a passividade, a morte e o mal. Em certas passagens, Filo é radical: "Eu sou quem criou o mundo, levando os entes que não são ao ser, sou quem destrói os entes que são agora". O *eu sou* está acima e fora de todas as transformações. Ele é o poeta do mundo sem modelo, o primeiro que cria do nada, o que provoca a passagem do não-ser ao ser. *Eu sou* (Deus) não foi nem será. Em lugar do Ser parmenídico, Deus provoca a passagem do não--ser (0) ao ser (1). O pensamento grego manteve-se no Um, sem origem e sem fim. Para explicar a passagem do Zero ao Um, os hebreus recorrem ao Deus Criador como definido por Filo. Deus não é ente. Ele está acima dos entes, acima do tempo e do espaço, acima de todos os limites. Não se pode confundi-lo com nenhum limitado, com nenhuma representação, com nenhum dogma, com nenhuma fala. Deus está fora e acima do espaço e do tempo. *O cosmo não surgiu no tempo, mas o tempo se constituiu através do cosmo, pois o movimento celeste mostrou a natureza do tempo.* O tempo surge com o cosmo, reflete o movimento no cosmo. O primeiro movimento aconteceu na passagem do não-ser ao ser. Se Deus pode criar, pode também destruir.

Para explicar o contato do Deus transcendente com a matéria sem que esta o macule, Filo assegura a organização e o governo de Deus através de uma série de intermediários de gradativa materialidade e imperfeição: o logos, as potências, os anjos e os espíritos correspondem, no seu conjunto, ao mundo inteligível de Platão. *O superior é deus, o logos de deus é o imediato, as outras coisas só existem por causa do logos.* Deus não pode ser nomeado porque está acima do *logos*. *Logos*, imagem (sombra) de Deus, movimenta a passagem do não-ser ao ser. Deus não poderia fazê-lo porque, ao movimentar, ele se movimentaria a si mesmo.

Como os órficos, Filo declara o corpo prisão e sepulcro da alma. O corpo é prisão porque limita os movimentos, conduz ao nada. Importa que negue o corpo quem, na rota do saber e dos atos, busca aquele que não conhece limites. Ética de acerbo rigor pavimenta o caminho à purificação. Percebem-se marcas de Filo no neoplatonismo, na filosofia árabe e na doutrina cristã.

PENSADORES CRISTÃOS

O grego de Atenas modifica-se na periferia do império romano entre artesãos, pescadores e mercadores. Hebraísmos sintáticos e vocabulares invadem cartas e biografias centradas em Jesus, um andarilho que não tinha onde reclinar a cabeça. Convivia com doentes, mendigos, escravos, soldados, estrangeiros, religiosos, Jesus garantia que a vida pode ser melhor. Morreu crucificado nas proximidades de Jerusalém como rebelde.

Quem fala de Cristo (Ungido) além dos seguidores? Luciano de Samósata está entre os primeiros. Numa carta, *A Morte do Peregrino*, endereçada a um certo Crômio, Luciano se refere a um viageiro ambicioso que costumava – orgulhoso dos múltiplos papéis que desempenhou ao longo da vida – comparar-se ao Proteu homérico. Querendo transformar-se em fogo, precipitou-se numa pira. Luciano observa que não recolheram dele mais do que um punhado de cinzas. Em suas andanças, o Peregrino chegou a conhecer uma comunidade cristã na Judeia. Eram devotos de um crucificado, por cujas leis se orientavam. Como o Peregrino se mostrasse familiarizado com a literatura deles, trataram-no como um dos seus. Encarcerado, os cristãos não pouparam esforços para libertá-lo. Socorrendo-o com o que tinham, chegaram a realizar banquetes na prisão. Veneravam, em lugar de uma aclamada divindade greco-romana, um homem submetido a morte vil. Por se considerarem eternos, não temiam o fim. A comunidade, de comovente solidariedade, fundamentava-se em documentos escritos.

A literatura cristã começou a formar-se duas décadas depois da morte de Cristo. As cartas de Paulo de Tarso, judeu converso, fundamentam o que se escreveu depois. Empenhado em difundir a nova esperança, mantinha contato epistolar com os núcleos que seu apostolado disseminava. Versado em autores gregos e na Torá, a Escritura hebraica, Paulo acentuou o abismo entre a cultura helênica e o nascente pensamento cristão. Contra a fixidez do Ato Puro aristotélico, Paulo anuncia o Deus vivo, ativo, promotor da visibilidade dentro de si mesmo, o Logos. O Logos, Filho de Deus, é igual a Deus, imagem do Pai, gerado na eternidade, fora do tempo. Através do seu Filho, Deus cria, regenera e preserva o mundo. Visto que o Criador excede a compreensão humana, ele ilumina as mentes através do Espírito Santo. Para reaproximar do Autor de tudo os homens desgarrados, o Filho entra na história, fazendo-se homem em Jesus Cristo, crucificado e ressurreto aos trinta e três anos. Cristo, à maneira de um animal de sacrifício, morreu para que os homens alcancem a vida eterna. Trilhando as veredas abertas por Paulo, João Evangelista identifica Filho e Logos, a Palavra que se fez carne. Esse modo de pensar e de ser – loucura para gregos, nas agudas análises de Paulo – foi difundida por arautos do cristianismo no vasto território do Império Romano.

Desde o século XIX, cultiva-se o esforço – o romancista português José Saramago inscreve-se nessa tradição – de reconstituir o Cristo histórico, um rebelde, inimigo dos romanos. Entretanto, o Cristo que sacudiu o mundo Greco-romano e converteu povos foi o das cartas e dos evangelhos reunidos no Novo Testamento, coletânea fixada no segundo século da nossa era. Aponta-se como um dos motivos do sucesso a mensagem que anunciava a esperança em outro mundo aos que amargavam o colapso deste mundo, o enfraquecido e estilhaçado Império Romano. Não tinha dito Cristo a Pilatos: "Meu reino não é deste mundo"? Entre páginas notáveis deixadas por escritores cristãos, destaca-se o hino ao amor, escrito por Paulo na Primeira Carta aos Coríntios.

Justino Mártir (martirizado por volta de 163), um dos primeiros apologetas cristãos, ao reafirmar que eram judaicas as origens da literatura grega, diminui a distância entre helenizados e cristãos. Para sustentar a tese argumenta que ensinamentos hebraicos vieram a Homero através de egípcios. A literatura antiga, tanto a grega quanto a hebraica preparam a mensagem que aponta Cristo como salvador. Por ser Cristo a encarnação do Logos, a doutrina dos apóstolos e evangelistas supera as anteriores.

A unidade Cristo-Logos fundamenta o sistema de Clemente de Alexandria (140-220). Propor a teologia sistemática em lugar da apologética foi uma de suas contribuições. O Logos que iluminou os escritores sagrados não desamparou os profetas do Antigo Testamento e deixou sinais de sua presença em textos helênicos. O Logos é um ato de Deus Pai. Sendo Deus um só, judeus e helenos aproximaram-se dele por vias diversas. Como investigador da Bíblia, Clemente recorre à interpretação alegórica, certo de que as palavras encobrem sentido profundo, oferecido só a uma leitura esclarecida e atenta. Deus é o Bem, fonte de toda ação adequada. Uno e Indivisível, Deus sobreleva tempo, nomes e inteligência. Ilimitado, ele se manifesta no Logos. O evangelho, centrado no Logos, propõe um novo canto, harmonia musical na ordem social, eclesial, cosmológica e escatológica. A encarnação tem como fim restaurar a unidade perdida.

Orígenes (185-232) funda uma escola de estudos teológicos em Alexandria. Perseguido pelas autoridades imperiais romanas, transfere-se para Cesareia (Palestina) e continua aí suas atividades como pensador, escritor e docente. Simpático a ideias neoplatônicas, não lhe parece sensato pensar que Deus, sendo todo-poderoso e eterno, tenha-se mantido ocioso até criar este universo. Muitos universos deveriam ter antecedido o nosso. Tampouco julga sustentável que Deus, misericordioso e justo, mantenha para sempre a ruptura provocada pela desobediência do primeiro casal humano. Fundado na Primeira Carta aos Coríntios, de Paulo, Orígenes sustenta a reconciliação final do criador com todas as criaturas. Posições suas respeitantes às três pessoas na Trindade alimentaram ideias defendidas por Ário (256-336), presbítero de Alexandria. Ário, contrário a divisões em Deus, afirma, com ampla adesão, que o Logos, criatura de Deus, é posterior e subordinado ao Pai. Para Ário, o Logos está na categoria dos anjos. O concílio de Niceia, o primeiro de uma série de concílios, convocado por Constantino (Imperador do Império Romano unificado, de 324 a 337) define a doutrina trinitária. O concílio de Niceia, para conciliar docetistas (cristãos que afirmavam que Jesus só era homem na aparência) e arianos (cristãos que negavam a natureza divina de Jesus) toma posição intermediária, o Símbolo Niceno, aprovado pelo concílio, afirma que Jesus é Deus e homem, sustenta ainda que Deus é um só em três pessoas: Pai, Filho e Espírito Santo. Afirmado o paradoxo, o Deus que morre abre o caminho de mortais ao infinito. Constantino, apoiado no cristianismo, difundido em todo o Império por ele unificado e centralizado em Constantinopla, tomou medidas enérgicas para evitar cisões.

O Imperador Juliano (331-363), conhecido como o Apóstata, formado no confronto do cristianismo com o helenismo, entendendo que a pluralidade da mitologia grega correspondia melhor à diversidade do Império Romano do que o culto a Cristo, empenhou-se em reavivar o mundo antigo. Entre os partidos cristãos, simpatizava com os arianos por manterem a unidade divina acima da história. A repaganização de Juliano extinguiu-se com sua morte na campanha contra os persas.

Contra Ário e os arianos, levanta-se Gregório de Nazianzo (330-390). Gregório sustenta que o Logos foi gerado pelo Pai desde a eternidade. Como tal, é da mesma substância do Pai. O Deus triuno manifesta-se diferentemente ao longo da história. O Antigo Testamento enfatizou a atuação do Pai; o Novo Testamento proclama o trabalho do Filho, o Logos que se fez homem. Esboça-se um terceiro momento, o anúncio universal da obra de Cristo, operada pelo Espírito Santo. Monárquica é a doutrina de Gregório. A monarquia subordina sem oprimir, sem diminuir, na eternidade e na história. Contra concepções helenizantes, Gregório enfatizava a distância entre Criador e criatura, o Criador é sempre o mesmo, a criatura muda.

Para Dionísio, o Areopagita (século VI), Deus Pai é a fonte, o Logos e o Espírito Santo, estabelecidos acima das essências, acima de relações familiares, brotam do Pai como flores. As energias intelectuais, que iluminam a alma, repelindo o sensível, atraem à unidade, ao inteligível, ao invisível situado além dos corpos expostos aos raios do sol, mais elevado do que tudo o que se possa desejar. O frio não é produzido pelo calor, nem o mal procede do Bem. O mal aparece como privação, falta, carência, despropósito, instabilidade, irracionalidade. O mal, por não produzir nada, limita-se a poluir. O Amor divino, extático, libertando-nos de nós mesmos, liga-nos aos amados. Presos aos sentidos, exprimimo-

-nos em sons, em sílabas, em palavras, em frases, em descrições. Deus, o sem nome, excede nomes e seres nomeados. Ele, o Belo (*kallós*) apela (*kaleo*); fonte de todos os entes, coleta, une. A mente divina empreende tudo. Deus, a unidade, o unificado em si mesmo, forma do informe, é o indivisível entre divisíveis e divididos. Deus, de sua própria natureza, ilumina todos os seres. De sua bondade procedem os raios que penetram em regiões obscuras. O fogo que aquece não é aquecido. Raios divinos, purificados de toda corrupção, sustentam inteligências e inteligíveis. Até o não existente anela o Bem sobranceiro a todos os bens, mesmo que entre Deus (causa) e o mundo (causado) não haja semelhança. Deus não se confunde com nenhum dos existentes. Ao Uno somos conduzidos pela Agnosia, força que, rumo ao indivisível, ao ignorado, foge do cerco das divisões. Agnosia conduz ao que supera matéria e mente. Não ascendemos a Deus, nem pelo raciocínio, nem pela imaginação, Deus não é apreendido pelo intelecto, alcança Deus quem se desprendeu dos sensíveis. Celebramos Deus como anterior a todas as causas. O conhecimento une conhecedor e conhecido. Nada arrebata aquele que, liberto do instável, reside na Verdade. Numa estátua, o Belo se desvenda, removidas todas as formas que o escondem.

O monge que viveu desde fins do século V a princípios do século VI e se escondeu atrás do pseudônimo Dionísio, o Areopagita, encantou pensadores e papas. Críticos, desde a renascença, interessados em situá-lo corretamente no tempo, alertam que o escritor, influenciado pelo neoplatonismo, não foi discípulo de Paulo. A incerteza não invalidou a força dos seus escritos. Pseudo-Dionísio, o Areopagita está presente no pensamento teológico recente desde Kierkegaard até à pós-modernidade. Kevin Hart refere-se a ele com respeito. O pensamento do Pseudo-Dionísio vive no Completamente Outro (*der Ganz Andere*) de Karl Barth, no Deus indizível de Paul Tillich, no grande Outro (*Autre*) de Jacques Lacan.

5. ORADORES

Duas instituições contribuíram para o desenvolvimento da oratória: o tribunal e a assembleia popular. Ésquilo, na tragédia *Eumênides,* contempla com certa vaidade o sistema jurídico de Atenas, muitas vezes preferível à vingança pessoal institucionalizada em Estados menos desenvolvidos, responsável pelo encadeamento interminável de crime e castigo. O tribunal é o instrumento da justiça que leva o litígio ao fim, satisfazendo todas as partes. Ésquilo apresenta o matricida Orestes aos juízes reunidos no areópago sob a presidência de Palas Atena, atentos aos discursos pela absolvição e pela condenação do réu, antes de lançarem o voto na urna.

A assembleia pública é tão antiga como a *Ilíada*. O canto inaugural da epopeia de Homero opõe dois oradores inflamados, Aquiles e Agamênon, diante de soldados reunidos. Vemos aí reflexo das cidades-Estado em vias de democratização. Os discursos dos dois chefes, além de revelarem caracteres distintos, desenvolvem linhas de argumentação destinadas ao triunfo sobre o adversário e o aplauso dos ouvintes.

O florescimento da democracia ateniense estimulou a oratória forense. Os oradores mais destacados escreveram centenas de discursos para clientes envolvidos em variados processos que garantiam aos logógrafos (advogados que escreviam discursos para réus) renda que estimulava a profissionalização.

Lísias

A maioria dos discursos forenses não oferece relevo literário, peças de valor documental, rico em informações sobre a época. Vez por outra, discursos destacam-se, encantam. Entre esses sobressai a defesa do assassino de Eratóstenes, escrita por Lísias (440-380). A arte do orador cria um marido crédulo, feliz no matrimônio, pai de um menino. Não estranha que a jovem esposa desapareça do quarto à noite para amamentar e acalmar o filho, voltando muitas horas depois. As primeiras suspeitas o inquietam quando ela retorna inopinadamente mais cedo das suas tarefas sem a solicitude costumeira. Alertado, atenta para os ruídos noturnos, ouve estranho ranger de portas. A perplexidade aumenta, quando, a desoras, surpreende a esposa retornar adornada, o que lhe proibia o luto pelo irmão recentemente falecido. Atento a uma denúncia, flagra o adultério da esposa com Eratóstenes, um vizinho. O marido ofendido mata o intruso. Diante do tribunal, apela ao sentimento de honra dos juízes, solicita reconhecimento de seus serviços em favor da decência.

Com aperfeiçoados ingredientes novelescos, a peça movimenta-se da credulidade à suspeita da suspeita ao crime, do crime ao pedido de reconhecimento. A veracidade vem amparada por detalhes da vida doméstica em que o conflito se esboça e explode. Reelaborando a linguagem coloquial culta, a arte de Lísias impede que efeitos retóricos perturbem a viveza do quadro.

O êxito de Lísias não é menor no único discurso por ele mesmo proferido contra um outro Eratóstenes, o político, um dos Trinta Tiranos. Denuncia os desmandos do regime de exceção, que, para reabastecer os cofres públicos, persegue atenienses e estrangeiros, prende sem ordem judicial, extorque quantias vultosas e comete assassinatos para apropriar-se dos bens. Lísias fala como estrangeiro que é, ele mesmo expropriado, golpeado pela morte criminosa do irmão. O discurso registra fragmentos de conversa entre perseguidores e perseguidos, em que as quantias exigidas pela liberdade se elevam cada vez mais. A ganância dos mandantes chega à violência de arrancar os brincos de uma senhora.

O sabor ficcional visto no discurso forense borda o tecido do discurso político. O pouco que nos resta do muito que Lísias escreveu mostra a prosa ática em privilegiada invenção de recursos.

Isócrates

Isócrates (436-338) mostra-nos o discurso amplo e comedido, palco de reflexão e urgentes decisões. O discurso esteve a serviço da reflexão desde a epopeia. Sem os discursos, a *Ilíada* não seria mais que um desfile de lances despidos de sentido. Isócrates amplia as possibilidades reflexivas. Viviam-se momentos de profundas transformações, guerras infindáveis tinham consumido as forças da cidade-Estado, os projetos imperialistas dos Estados hegemônicos não contribuíram para moderar tensões. Macedônia despontava como nova ameaça.

Isócrates põe-se a refletir sobre as conveniências da paz. Condena o imperialismo por fomentar a revolta dos Estados subjugados. Ilusórias serão todas as perspectivas de paz enquanto houver pactos impostos pela força. O convívio respeitoso interessado pelo bem-estar dos demais é condição de vida tranquila.

Contra os ideais aristocráticos, Isócrates, repelindo o belicismo de poetas, condena os que buscam na guerra imitar os antepassados, denuncia o equívoco de cultores do passado. Ao contrário dos que se distinguiram em outros tempos para defender a pátria, militaristas de agora cometem atos que lhe provocam a ruína. Despertando recordações da poesia jônica, detalha a vida de conforto que só pode ser proporcionada pela paz.

Prega uma comunidade mundial que não exclua bárbaros. A desmilitarização, para ser eficaz, terá de estender-se obrigatoriamente a todos os povos. Como se poderia pensar na desmobilização dos Estados gregos sob a ameaça persa? Frustradas as esperanças de unificação pacífica por iniciativa dos Estados do sul, Filipe aparece-lhe como opção respeitável.

Contra o jogo antitético dos sofistas, cultiva o período largo, sem solavancos, sem surpresas, próprio das ideias amadurecidas em lugares amenos.

Demóstenes

O avesso de Isócrates mostra-se num homem turbulento, convencido das responsabilidades democráticas, Demóstenes (384--322). Defensor da cidade independente, pareciam-lhe suspeitas as artimanhas de Filipe para aumentar a influência do reino macedônico na Grécia. Sentiu o risco do rejuvenescimento da monarquia, há muito banida dos outros Estados gregos. A federação de cidades, recomendável contra agressão externa, deveria formar-se com liderança de Atenas, centro de aglutinação em outros tempos. Fragmentos de efêmeros ensaios imperialistas, liderados sucessivamente por Esparta, Tebas e Corinto, estavam-se agrupando em torno de Atenas, desenvolvendo-lhe a glória passada. Esta segunda liga parecia-lhe auspiciosa para reacender o antigo vigor.

Decidiu lançar-se pessoalmente à luta como orador. O livro de Tucídides, várias vezes recopiado para exercício de estilo, serviu-lhe de modelo. Os discursos inventados do historiador sairiam das páginas escritas para o embate das assembleias. O que era reconstrução do passado na *Guerra do Peloponeso* seria instrumento para a restauração em Demóstenes.

Preocupava-o a indecisão dos atenienses ante os golpes certeiros desferidos por Filipe contra as cidades do Norte, levando o poder à zona de influência ateniense. O rei macedônio avançava com táticas mais eficazes do que Dario e Xerxes, no passado, confiados na superioridade numérica. Apresentava-se como grego, amigo e libertador. Se não lhe faltaram simpatizantes ilustres nem mesmo em Atenas, não lhe foi difícil fazer adeptos em outros Estados decepcionados com a falsa proteção oferecida pelas potências do sul. As vitórias diplomáticas de Filipe eram tão importantes como os resultados colhidos nos campos de batalha. Favorecia-o ainda a aura de mistério com que emergia das obscuras regiões do norte, livre dos ressentimentos voltados contra as hegemonias do sul, acumulados em decênios de lutas.

A vida confortável com que Isócrates buscava manter os atenienses nas trilhas da paz seduzia muito mais do que o recrudescimento de lutas sangrentas de resultados duvidosos contra um inimigo simpático. Se os atenienses tinham sido derrotados por um Estado repressivo como Esparta, o que lhes garantiria a vitória sobre um exército que prometia assegurar um futuro menos turbulento? Demóstenes tinha que despertar um Estado não recuperado de feridas passadas e não convicto da missão histórica que o orador lhe atribuía, deixou claro que não era este o momento de refletir em elevados princípios como os de Isócrates. Havia um inimigo avançando sobre o coração da Grécia e contra ele urgia defender a liberdade, os bens e a vida. Desde a primeira

Filípica o orador concentra os seus ataques em Filipe. A ameaça não era o povo macedônio, como todos, amante da paz. O risco era só Filipe, centro de todas as decisões, de quem procediam todas as ordens, pessoalmente presente em todos os lugares. A manobra do orador foi hábil, lançava um povo contra um único homem. Demóstenes explora uma ideia do teatro de Ésquilo. Na tragédia *Os Persas*, os mensageiros relatam à rainha que um povo em que ninguém era soberano tinha derrotado o Grande Rei. Demóstenes procura converter o efeito da tragédia em ação. Se a assembleia é soberana, cumpre-lhe adquirir plena consciência da soberania. Desse ideal democrático Demóstenes nunca declinou. Nem a derrota o fez suspeitar de equívoco. A vitória do inimigo deixou indene o seu ideal de soberania popular. Bem instruído por Tucídides, não atribuía o fortalecimento de Filipe a uma fatalidade. Razões históricas tinham-lhe conferido as funções que exercia. Demóstenes não tinha dúvida de que o inimigo era criação da letargia dos próprios atenienses. Tivessem feito o que o momento determinava, Filipe não teria aparecido. Ridiculariza as preocupações pela saúde do macedônio. A vida ou a morte de Filipe lhe é totalmente indiferente, desde que os atenienses têm o poder de criar tantos Filipes quantos forem necessários para tirar-lhes tudo.

Atento às lições dos sofistas, Demóstenes sabe fortalecer o argumento fraco, a letargia dos últimos tempos não devia levá-los ao desespero. Desesperados deviam estar se, tendo feito o que podiam, não tivessem contido o avanço de Filipe. Mas, se Filipe progredia com a inatividade deles, não seria certa a vitória, empenhados na luta para valer?

Contra ideias generalizantes, Demóstenes vem com discursos elaborados nos detalhes: tamanho da frota, efetivos militares, orçamentos e fontes de recurso, lugares estratégicos e planos de combate. Demóstenes não se preocupa com segredo militar. Se o povo é soberano, cumpre-lhe conhecer tudo, deliberar sobre tudo. Se o resultado for a derrota, o povo deverá assumir a plena responsabilidade dela.

Demóstenes recorre a todos os recursos para robustecer os seus discursos. Mistura períodos longos com frases incisivas. Intervém com perguntas que exigem decisão. Derruba objeções com ironia. Avança e recua deliberadamente como se o discurso calculado nascesse ali, da espontaneidade do improviso. Faz do discurso texto teatral e o declama como ator. Admirador de Tucídides, não lhe imita o estilo na elaboração dos discursos. A elocução neutra do historiador, passando pelo temperamento apaixonado de Demóstenes, reaparece flexível, combativa, ardente. O vocabulário raro cede lugar à linguagem que se ouvia nas ruas de Atenas, mas armada de forças que só Demóstenes lhe sabia conferir.

Derrotados pelos exércitos da Macedônia, os atenienses antes de se apagarem definitivamente como expressão política, conferem a Demóstenes uma coroa de ouro em reconhecimento por serviços prestados à pátria. Ésquines, inimigo implacável do defensor da liberdade, ataca Cefisofonte, autor da proposta, alegando que a medida é ilegal, que a campanha contra Filipe foi desastrosa, que o candidato à homenagem é incompetente e desonesto.

Em sua defesa, Demóstenes profere a *Oração da Coroa*, seu discurso mais célebre. Despreocupado com os aspectos puramente formais, o orador vai ao mérito da questão. Os atos valem por si mesmos ou pelos resultados? Bater-se pela liberdade foi legítimo ou não? Os antepassados tinham socorrido outros, como negar auxílio à pátria, quando ela própria está em perigo? Demóstenes pondera que não poderia ter agido de outra maneira. Se os defensores da liberdade foram derrotados, o foram com honra. A cidade, mesmo derrotada, saiu vitoriosa. Ao resistir a um rei corrupto, triunfou a dignidade. Perda irreparável teria havido se os atenienses não tivessem oferecido resistência a Filipe. Demóstenes vê insucesso como sentença implacável, como fatalidade acima da vontade dos homens. A piedade determina submeter-se ao inexplicável. O adversário de Filipe destaca-se como protagonista de uma tragédia, a última na acidentada história de Atenas.

Depois de Demóstenes a oratória entra em colapso. Sob o regime da Macedônia, não há mais causas para defender. Os monarcas do norte, por assumirem todas as decisões, sufocam a liberdade. Em lugar de oradores, professores de retórica reduzem a arte de persuadir a exercícios escolares. Manuais ensinam como falar elegantemente sem dizer nada.

João Crisóstomo

No monárquico Império Bizantino do IV século, o púlpito é o espaço reservado ao desenvolvimento da oratória. Embora religião do Estado, o cristianismo ainda se confronta com fortes instituições helênicas. Espetáculos esportivos e teatrais atraem multidões, predominantemente constituídas de espectadores resistentes à proclamação cristã. Aparece Crisóstomo (349-407). Suas alocuções, fundamentadas no Livro Sagrado, foram preservadas em anotações de ouvintes ávidos. Retumbam, livres de preceitos antigos, em corações aflitos. O orador enfatiza a interpretação literal da Bíblia contra malabarismos alegóricos de alexandrinos, delícia de eruditos.

Crisóstomo convida os ouvintes a dar ouvidos à voz divina, repleta de mistérios, mais suave do que encenações terrenas. O Evangelho de João lhe dá oportunidade para redefinir o *logos*, em discussão desde Heráclito. O logos é agora o discurso de Deus, manifestado sem máscaras em João, nome estranho a ouvidos helênicos, embora mais convincente do que figuras reluzentes do porte de Platão e Pitágoras de quem se fala cada vez menos. Deus manifestou-se em periferia ignorada para abalar o que se tinha como o ápice do saber em centros prestigiados. A voz que fala em João, sobranceira a sons produzidos por instrumentos, tem como palco o céu e como teatro o mundo. Anjos e homens que aspiram à condição angélica aglomeram-se no auditório. O que vem do trono de Deus vale mais do que o que se passa no palácio imperial. Crisóstomo apela a corações sensíveis à mensagem que sentidos corpóreos não alcançam. O orador sacro desvenda a cansados e oprimidos recompensas perenes, oferecidas no reino por vir.

A eloquência de Crisóstomo arrebatava. O intérprete da palavra divina bate-se por melhores condições de vida aos pobres contra a folgança dos ricos. Cultuar Cristo revestido de seda e esquecer maltrapilhos que lembram a passagem do Crucificado pela terra é contrassenso. Por indispor-se com a coroa imperial e com clérigos, Crisóstomo foi destituído de suas funções e expulso de Constantinopla, sendo reabilitado só depois da morte.

6. TEATRÓLOGOS

Tragédia

O herói é na epopeia aparição plena e como tal é contemplado. Apesar das forças dinâmicas que o atravessam, não o inquietam os fundamentos da existência e do mundo.

A precariedade do herói aparece na tragédia. A poesia lírica e a filosofia cavaram abismos que nos tempos homéricos não se conheciam. Os tragedistas não ousam abjurar os antigos mitos, falta-lhes a inocência homérica para aceitá-los sem refletir, conflito diversamente resolvido por cada um deles. No teatro de Eurípedes, representante de um mundo subvertido, inquietações profundas agitam a cena.

O coro é a coluna vertebral da tragédia primitiva. Originou-se dos cantos líricos nas procissões de Dioniso. No princípio, a tragédia narrava a morte e a ressurreição do deus, abarcando, no desenvolvimento, matéria variada, fornecida pelo mito e pela história em que se discutem os mais sérios problemas do homem. Um dos componentes do coro destacou-se em ator, desenvolvendo-se a ação entre este e os coreutas. No momento em que Ésquilo elevou o número de atores em cena para dois, o teatro alcançou maturidade. O terceiro ator foi invenção de Sófocles. A ação tornou-se mais ágil, mas a importância do coro começou a degenerar até desaparecer em algumas peças de Eurípedes e na comédia nova.

Costuma-se ver o trágico no confronto do homem com seus limites. O confronto, com diferenças acentuadas em cada um dos tragedistas, perde significado em Eurípedes. Vemos, em Eurípedes, ao lado de vigorosas criações, o colapso da tragédia, sem demérito de recursos por ele inventados.

Na aurora da tragédia, a epopeia e a lírica já estavam prontas; a filosofia, a historiografia e a retórica encontravam-se em franco desenvolvimento. A tragédia, sensível a transformações, torna-se ponto de convergência das artes, sem excluir a dança e a música, indispensáveis à montagem do espetáculo. Na sua hibridez, a tragédia mostra semelhanças com o cinema contemporâneo.

Ésquilo (525-456)

Em *As Suplicantes*, tragédia encenada na transição do espetáculo originário ao período áureo, primitiva é a atuação do coro, centro da ação, confrontado, com uma só personagem, Pelasgo, o rei de Argos. Secundariamente aparece outra personagem, inovação de Ésquilo, um arauto egípcio, que dialoga numa das cenas com o rei. Ésquilo ostenta recursos líricos na longa exposição do coro e destaca o efeito visual da vestimenta exótica. Reduzido a doze figurantes, o coro representa cinquenta moças, descendentes de Io, vindas para rogarem proteção ao rei, fugitivas de pretendentes egípcios que querem submetê-las ao casamento contra a inclinação delas. Na conversa das Suplicantes com o rei, recuperam-se os infortúnios de Io, desditosa ancestral. Guardiã do templo de Hera, em Argos, Io recebe a corte de Zeus. Para afastá-la do marido, Hera a transforma em vaca. Zeus a visita na aparência de um touro. Hera obstrui as intenções libidinosas do esposo, confiando a rival à guarda de um vigia, que é morto por Hermes. Em resposta, Hera suscita um inseto que persegue a jovem incansavelmente; a torturada refugia-se no Egito, onde dá à luz Epato, antepassado de linhagem real. Prolongando o destino de Io, as Suplicantes lutam pela liberdade contra atos de violência. Vemos nas Suplicantes, de exótica indumentária e sonoridade rara, um símbolo das cidades gregas que, ameaçadas pela violência do imperialismo asiático, solicitaram ajuda dos Estados-mãe, situados no continente europeu.

Ésquilo tem a habilidade de impregnar a ação com múltiplas ressonâncias, desafio a espectadores, a intérpretes e ao rei. Outras reverberações revestem o sentido político, as Suplicantes recusam estes pretendentes ou se opõem ao casamento de modo geral? É justo comprometer a segurança do Estado, dando proteção a fugitivas? A frota dos perseguidores se aproxima. A dúvida que os filósofos disseminam em Atenas ecoa no teatro de Ésquilo, a peça culmina na indecisão de Pelasgo. Cabe-lhe escolher entre o dever religioso de asilar fugitivos e a obrigação política de velar pela segurança do Estado. Como proceder sem ferir a justiça?

Estranha que, num Estado democrático como foi Atenas em meados do século V antes da nossa era, os tragedistas mantenham reis como protagonistas. O recurso permite preservar distância crítica, impregnando concomitantemente o sistema antigo de situações presentes. A decisão real de consultar a assembleia antes de resolver o impasse é norma democrática. Se a sorte de Argos está em jogo, Argos terá que pronunciar-se. A democracia infiltra-se também na busca da verdade. Se é difícil ao indivíduo encontrá-la, será possível a um grupo de homens sadios e bem-intencionados avizinhar-se dela? A ação teatral, conquistada para a subjetividade pela poesia lírica e pelo pensamento crítico triunfante, antecipa métodos desenvolvidos nos círculos socráticos.

As Suplicantes pertencem a uma trilogia de que se perderam as outras duas tragédias. Com o auxílio de fragmentos e conjeturas baseadas na *Oréstia*, a única trilogia completa, reconstrói-se o enredo. Por violência ou entendimento, as Suplicantes casam com os perseguidores, tendo firmado entre si o pacto de assassinar os noivos na noite de núpcias. Uma delas, movida pelo amor, poupa o marido, assunto da terceira tragédia. Afrodite, protetora do amor, assegura-lhe o direito de eleger o matrimônio. A trilogia acentua o triunfo da liberdade sobre a violência.

A guerra perturba em *Os Persas*. O coro formado de conselheiros e preocupado com a sorte dos invasores, comenta a imponência do exército e o valor dos generais conduzidos pelo rei Xerxes contra os gregos. O temor se adensa quando a rainha relata um sonho de maus presságios em que uma escrava de Xerxes, rebelada, quebra o jugo. Os temores se confirmam, um mensageiro traz a notícia da derrota. Às lamentações do coro seguem a invocação a Dario, glória do império, sepultado no pátio do palácio. O rei, ao se levantar do túmulo, interpreta a catástrofe: arrogância desmedida levou Xerxes ao erro de pretender dominar terras recusadas pelo destino. Com o retorno do soberano derrotado e as lamúrias dos súditos termina a peça.

A tragédia ocupa posição singular por se afastar de matéria mítica e versar assunto histórico. Se nas peças míticas, como a anterior, se infiltram conteúdos históricos, em *Os Persas* a história aparece mitificada; Dario ergue-se do túmulo sem o ódio que em vida votou aos gregos. Mítica se apresenta a esquiliana concepção da história. O efeito poético e teatral ampara a mitificação, desde o sonho premonitório de Atossa até à aparição espetacular do espírito de Dario. A historiografia de Heródoto preserva noções esquilianas.

Universalizado o acontecimento histórico na força do mito, o espetáculo adverte o perigo do orgulho ateniense criado pelo desempenho esplendente de seus exércitos e pela consequente hegemonia da cidade. O que poderia ter sido festa nacionalista provoca reflexão detida sobre a existência e os limites da grandeza. Está aí o triunfo da arte sobre a perecibilidade do panfleto. No auge do esplendor, Atenas se julga a si mesma através do espetáculo teatral, distanciando-se criticamente da beleza e das realizações. A tragédia não permite que os atenienses se acomodem na confortável posição de espectadores de dores alheias. Ultrapassando o passageiro interesse nacional, a tragédia investiga a situação humana. O teatro tem o poder de presentificar o que a epopeia transforma em matéria de memória. No colapso do esplendor persa examinam-se os frágeis fundamentos em que se apoiam as aristocracias endinheiradas. A inquieta busca da verdade, que torna Atossa resistente às palavras tranquilizadoras do coro, antecipa o Sócrates não satisfeito com o oráculo que o declara o mais sábio dos homens. O teatro se aproxima da filosofia no desejo de desvendar o que encobre a superfície luminosa. Temeroso de falsificações subjetivas, Ésquilo constrói a glória de Atenas com as palavras deslumbradas do inimigo. O recurso o poupa de afirmações absolutas, situando a glória no jogo de reflexos.

Em Atossa temos a primeira heroína do teatro grego. As aflições de mulher e de mãe não obscurecem a firmeza da rainha. Mais forte do que os anciãos presos à rememoração da grandeza passada, a soberana conduz serena e energicamente a ação. Na impossibilidade de remediar erros passados, volta os olhos ao futuro.

Os Sete Contra Tebas é a última tragédia de uma trilogia mutilada pelo tempo. Nas duas tragédias desaparecidas, sabe-se, por reconstituição hipotética, que Laio, contrariando o aviso do oráculo, tem um filho, Édipo, que o mata conforme predito. Édipo, depois de desvendar o mistério da morte do pai e identificar na esposa a mãe, amaldiçoa os filhos que nasceram da união maculada. Buscando anular o anátema paterno, os filhos resolvem governar alternadamente. Transcorrido um ano, Etéocles entregaria o governo ao irmão, devendo este cumprir mandato da mesma duração. Esse arranjo evitaria a guerra. Etéocles, seduzido pelo poder, rompe o acordo. Polinice decide apoderar-se à força do que é seu, auxiliado por outros seis generais. Cada um dos atacantes dirige-se contra uma das sete portas. A última tragédia da trilogia começa no auge do conflito.

Cultor de ambiguidades, Ésquilo sustenta Etéocles na contradição. Etéocles preocupa-se com a cidade e consigo mesmo. Ambos os cuidados se enredam. A posição de quem governa é difícil. Os insucessos são responsabilidade dele, enquanto os êxitos são atribuídos à proteção divina. Essa é uma das razões de sua indecisão. A observação é queixosa. Etéocles gostaria de receber homenagens que sobem aos deuses. Não age com a segurança de seu pai, exposta no início da tragédia *Édipo Rei*, de Sófocles. Faltam-lhe feitos passados em que se apoiar. Já não há tempo para consultar oráculos. Etéocles se sabe só. Governa a cidade por um ato de violência, não tem a quem recorrer, o barco está inteiramente em suas mãos. De decisões dele depende a vida, a sua e a dos demais. O defensor, informado das peculiaridades dos atacantes, prepara a defesa. Etéocles e o mensageiro encenam as duas faces da guerra: a cidade atacada e os atacantes. Não é a narração de uma guerra passada, como na epopeia, *Os Sete Contra Tebas* nos confronta com a guerra vivida.

Odisseu, depois da matança dos pretendentes, banha-se para encontrar-se com Penélope, sai do derramamento do sangue para entrar na suavidade da paz doméstica, os atacantes de Tebas fazem o contrário, tocam o sangue do touro sacrificado, molham simbolicamente as mãos no sangue inimigo. Sede de sangue aproxima os guerreiros do mundo animal. Próximo ao sacrifício levanta-se a metáfora do leão, o sangue desperta a adormecida natureza leonina. Bárbaro é o que ultrapassa os limites. O sacrifício antecipa a cena de uma Tebas arrasada. A cerimônia macabra configura o que poderia acontecer, forças incontroláveis como o mar, mar de sangue.

Os guerreiros se consagram à Terra, a divindades obscuras, emerge neles a rebeldia contra o Céu, contra a ordem racional. Irrompe a violência. O líquido que irriga o corpo empapa o chão. Balizam-se os extremos: a tranquilidade da paz e a ferocidade da guerra. Os próprios cavalos são contaminados pela sanha. A agressividade contamina a natureza inteira. Ésquilo pensa por imagens. O cavalo agride o freio, o da razão, o da dominação. Subjugar Tebas seria reduzir os tebanos a estado bestial.

A guerra passa pela sensibilidade feminina. Tebas identifica-se a uma jovem agredida. O alarido assalta a cidade antes dos atacantes. O medo detém os movimentos. O ritmo dos versos reproduz o ranger dos freios. Vem o motivo das bodas sanguinolentas. As lanças e os ferros com que os inimigos atacam contrastam a doçura da sedução. A fraqueza acentua o fervor religioso. As mulheres desesperam de recursos humanos. Quanto maior a distância entre a falta e o poder, maior a busca. O estar diante do abismo chama a invocação.

Estabelece-se um diálogo entre o tirano e a cidade feminina ou efeminada. O coro exprime temores, não diante de um perigo real, mas diante de conflitos interiores. Atribuindo às mulheres inquietações suas, Etéocles exprime sua própria desorientação. As mulheres têm na religião amparo. Em dificuldades, deuses removem a dor como a nuvem que obscurece a visão. A confiança nos deuses cega para recursos imediatos e desperta para soluções distantes. O que manda calar Etéocles? O mundo interior conturbado. Para Etéocles a religião tem valor só militar. Se a religiosidade abala o ímpeto guerreiro, seja removida. A perturbação pode levar o indivíduo e o grupo à derrota, o medo, o estar agarrado a estátuas, imobiliza. Em lugar da imobilidade, a ação. Etéocles torna-se ridículo pela severidade excessiva: lapidação a quem não se submeter a ordens suas. Como manter aguerrido um exército intimidado? Enquanto os atacantes fazem um pacto de guerra voluntário, Etéocles comanda uma cidade submissa ao medo. As palavras do mensageiro soam como notícias vindas do mar. Os atacantes avançam com a fúria dos ventos. O campo cobre-se de espuma equina semelhante à que dança na crista das ondas. O alarido abala como a fúria da tempestade.

Etéocles representa a ordem. Adversários: o irracional, a animalidade, a barbárie, a feminilidade. O irracional irrompe no canto. Abrem-se duas frentes: a irracionalidade feminina ataca de dentro, a irracionalidade masculina ameaça de fora. Em ambas as frentes, divindades terrestres (irracionais) se levantam contra deidades uranianas (racionais). Origem de toda tirania é Urano. A Terra tem exigências suas.

Para Etéocles até a língua é escudo. Uma cidade de língua grega não pode ser escravizada. A língua dos helenos organiza, os povos de língua bárbara estão entregues ao caos. Aconteceu o que não se podia prever, o timoneiro se rende, Etéocles é vencido por fantasmas interiores: Arás, Erínias. Temia que a comoção feminina pudesse prejudicar o ardor dos soldados. Esquecera a violência do exército que se emboscara no seu próprio peito. Ante a queda, as mulheres assumem posição maternal. Procuram chamar o chefe à sensatez. Mas os demônios interiores são mais fortes que as ofertas de socorro.

A aparência oculta qualidades que não aparecem. Os sentimentos maternos das tebanas desperta no momento em que o risco é maior. Mudam os papéis. Quando Etéocles desespera, o coro recomenda juízo. A perturbação sentimental não é qualidade só feminina, afeta homens e mulheres. No desespero do timoneiro, o barco passa a mãos suaves, o heroísmo feminino acorda na hora em que o perigo é maior.

A perturbação de Etéocles se transforma em brio guerreiro. Atribui ao destino a rigidez das decisões. Mas ao enfrentar o irmão, Etéocles traça seu próprio rumo. Circunstâncias afetam decisões. Sentenças divinas, quando entram no âmbito dos homens, sofrem os embates da vida.

Os Sete Contra Tebas estrutura-se diferentemente da primeira tragédia guerreira, *Os Persas*. O relato minucioso de uma batalha, a de Salamina, no centro da tragédia de conteúdo histórico, não se repete na que estamos examinando agora. A luta dos irmãos desloca-se para o lamento final. O tragedista retorna a enredo mítico sem esquecer o presente. O exército comandado por Polinice lembra o ataque persa à cidade de Atenas. Os espectadores voltam a confrontar-se criticamente com os seus próprios conflitos. Pela interpretação de Ésquilo, eles sabem que a vitória se deve antes de tudo à justiça que não tolera a insolência. Édipo, conhecido desde a epopeia homérica, recebe na trilogia em apreço o primeiro tratamento trágico. Se, em Homero, Édipo continua a governar mesmo depois de conhecidos os seus crimes é porque os jônios de então não entendiam o destino dos governantes tão estreitamente vinculado ao Estado como os gregos da Europa. Os jônios mostram individualismo maior também na lírica. O desastre a que conduz um sistema de governo com dois reis pode sugerir a superioridade da constituição ateniense sobre a espartana. Com muita habilidade, Ésquilo confere sentido múltiplo às tragédias.

O barco da cidade navega sobre águas turvas, inconstantes, tempestuosas. Ésquilo conheceu Atenas como imbatível potência marítima. A imagética náutica não admira, Tebas é um barco sacudido pelas águas em noite enfurecida.

Já não se pode falar da luta do bem contra o mal. Visões esclarecidas emergem do mar de cegueiras e paixões. Sobem divindades sombrias e se confrontam com deidades olímpicas, claras, diurnas, as que presidem a epopeia. A Ará age na economia do universo, atravessa o homem em benefício da ordem universal, cai no esquecimento, atua na sombra para emergir ruinosa no momento oportuno. Os *dáimones* tanto podem levar para o alto como para as profundidades do mundo obscuro.

O coro e Etéocles definem duas posições: o homem que se basta e o homem que desperta para forças excedentes. As mulheres percebem melhor a distância que nos separa do inalcançável porque têm consciência mais aguda do que nos falta. Femininas são as imagens da fraqueza: a pomba trêmula ameaçada pela serpente, o grito, expressão de quem sofre. Quem grita não mede consequências.

Resistente à incerteza e ao grito, Etéocles fala. O discurso político busca a ordem. Não lhe convém a ingerência de perturbações privadas. Porque não somos só políticos, o Etéocles viril não nos basta. Nas palavras do coro, o futuro aparece como já acontecido. Riscos passados projetam-se no que ainda não aconteceu. O que é o futuro? Uma reelaboração do já vivido. Ao construir o que virá revestimos esperanças e temores com a roupagem do que já foi.

A guerra revela o homem. O homem se organiza na ação, constrói-se para a guerra. O sexto atacante é o único que se conhece a si mesmo porque sabe que vai morrer. Como vidente, contrasta a cegueira dos demais. O homem é um enigma não decifrado. Deformada é a imagem que cada um faz de si. Nada garante que seja confiável a máscara que para nós mesmos construímos. Os braços que se movem no trabalho são remos que conduzem à morte.

Figuras prometeicas roubam, além do fogo, a glória dos deuses. O esplendor excessivo destrói, sacrifica o que é no altar do que não é. O conhecimento de si vale mais que o hábil manejo das armas. Os emblemas estão na ordem do desejo, não revelam o que o homem é, apontam o que ele gostaria de ser. A falta de emblema anula o parecer. O ser não tem representação, não tem nome.

Discute-se o número das portas de Tebas. Wilamowitz-Möllendorf afirma que foram quatro. Ésquilo teria elevado o número para sete. Nada se compara à casa de Asterión (Borges), de portas infinitas. Está aí a diferença entre um mundo trágico e um mundo não-trágico. No mundo trágico as portas são de número limitado. No mundo não-trágico, o nosso, as portas são incontáveis. O mundo grego se construiu dentro de limites. O indeterminado de Anaximandro não rompe os limites do cosmo, não abre portas para outros mundos. A pergunta se impõe: qual é a diferença entre mares infinitos e mar nenhum, entre templos infinitos e templo nenhum, entre portas infinitas e porta nenhuma? Borges falou primeiro em catorze, depois igualou catorze ao infinito. Note-se a progressão: quatro, sete, catorze, infinito. Shakespeare nos conduz ao ilimitado, haja vista a desconstrução que ameaça suas tragédias, para espanto dos geométricos clássicos franceses.

A arte de Ésquilo culmina na *Oréstia*, a única trilogia que nos veio completa. Em *Agamênon*, a primeira tragédia da trilogia, a fala do guarda corresponde à exposição que em estágios anteriores precedia o coro com a finalidade de ambientar o espectador. Ésquilo tira o caráter puramente informativo do prólogo, tornando-o expressão dos conflitos de quem fala. O guarda é a primeira personagem popular na arte grega a receber tratamento sério. A aristocracia homérica não tolerou a voz dissonante do soldado Tersites na assembleia, enquanto o democrata Ésquilo prepara o peso do golpe que desce sobre a casa real com as palavras deste homem humilde e sincero em que se misturam a dor das irregularidades e a alegria provocada pelo retorno do rei vitorioso na Troia distante.

Nas longas, truncadas e queixosas falas do coro de anciãos argivos reconstitui-se a cadeia pregressa de crimes e castigos, prestes a renovar elos funestos. Recorda-se o rapto criminoso de Helena, seduzida por Páris, e a justiça que o pune com o braço vingador de Agamênon. Agamênon não parte, entretanto, inocente para a guerra, já que sacrifica sua filha, Ifigênia, no altar de Ártemis a fim de que os ventos soprem favoráveis. Próxima anuncia-se a vingança da mãe de Ifigênia, Clitemnestra, que nunca perdoou a crueldade do esposo. A tragédia presentifica um segmento da cadeia de crimes.

Na evocação do sacrifício, Ésquilo despreza a versão corrente segundo a qual Ifigênia morre em paga de uma corça de Ártemis inadvertidamente abatida por Agamênon. Ártemis exige, aqui, o sangue jovem como punição antecipada das vidas que Agamênon há de destruir em Troia. Se deverá matar, que principie pela filha. A inovação satisfaz melhor o sentimento de justiça.

O anúncio da destruição de Troia feito por Clitemnestra aos argivos não provoca júbilo. A vida adulterina da rainha com Egisto não permite prever acolhida triunfal. Ludibriado por Clitemnestra, Agamênon entra decidido no palácio e tomba golpeado, ele e Cassandra, filha de Príamo, que lhe coube como despojo de guerra. Embora preveja o fim, Cassandra enfrenta decididamente a morte, atitude heroica desde Homero. Clitemnestra gloria-se publicamente do crime sem a aprovação dos argivos. Na versão de Homero, Egisto mata Agamênon numa festa. Conduzido pela intenção de culpar a rainha, Ésquilo atribui a Clitemnestra o papel principal.

O tragedista dramatiza o cenário. Agamênon macula sua própria casa. As palavras introdutórias do guarda exprimem o que o palácio diria, se tivesse voz. Cassandra rememora os crimes que os antepassados de Agamênon cometeram dentro destas mesmas paredes. Os heróis antigos já não são os modelares padrões de virtude da poesia lírica. Cobertos de crimes, espelham almas divididas, solicitam reflexão. Atentos aos filósofos, aos tragedistas interessa a verdade.

Coéforas, a segunda tragédia da *Oréstia,* reúne no túmulo de Agamênon, em frente ao palácio, Orestes e Electra, filhos do rei assassinado, passados quinze anos. A vontade dos deuses propicia o encontro de Orestes, reaparecido do exílio, com Electra, que sai do palácio, seguida de escravas troianas (as coéforas – portadoras de ânforas votivas) para as homenagens fúnebres ordenadas por Clitemnestra, atormentada por sonhos funestos. Orestes e Electra, unidos junto ao túmulo de Agamênon, invocam a presença do espírito paterno para consumarem a vingança. Apolo, agente externo, não exclui a decisão dos interessados. Orestes, acompanhado de um amigo, Pílades, apresenta-se como estrangeiro de Fócida, encarregado de entregar a Clitemnestra as cinzas do filho, morto numa competição de carros, esporte em que se distinguia. Clitemnestra, contente, ainda que veja na morte do filho a maldição sobre a casa real, manda chamar Egisto; a notícia da morte de Orestes deverá aliviá-lo de receios. A ama, incumbida de chamar o usurpador, lamenta a morte do jovem, confiado, em criança, a seus cuidados. O tragedista volta a sublinhar sentimentos ternos em oprimidos. Vendo Egisto ferido de morte, Clitemnestra, ameaçada, procura despertar no vingador sentimentos de filho. Orestes, recusando-lhe o nome de mãe, mesmo que ela o chame de filho, tira-lhe a vida com a mesma espada. Mostrando-se ao povo como libertador de Argos, o matricida é acometido pelas Erínias, divindades vingadoras, causa de severos tormentos.

A rapidez da ação distingue *Coéforas* das outras peças de Ésquilo, travadas pelo lirismo do coro. Ésquilo, austero no encontro de pessoas que se querem, propicia reaproximação de Orestes e Electra sem arroubos sentimentais; os irmãos concentram-se no cumprimento do dever. Nem a amizade de Orestes e Pílades abre espaço a aprofundamento subjetivo. A tragédia prolonga a objetividade épica.

Electra, constrangida a viver por mais de dez anos na casa da mãe assassina, sonha com justiça. Atormentada, aconselha-se com o coro de escravas. Electra, imobilizada e subjetivamente livre, encontra, enfim, o meio de abater os braços que a oprimem. Tanto em *As Suplicantes* como em *Coéforas*, mulheres desamparadas lutam por liberdade. Assistimos aos conflitos de um mundo em formação. Contradições não imobilizam Orestes. Não é o ódio que levanta o braço armado contra a mãe, é Apolo, o deus da justiça. O mito aplaina o caminho a nova ordem.

As Eumênides rompem a unidade de tempo e de espaço, a ação passa de Argos a Delfos, a Atenas. Atormentado pelas Erínias, Orestes busca socorro no templo de Apolo. A divindade, ao mergulhar as Erínias no sono, ouve Orestes. Indeciso entre o dever da vingança e a punição do matricídio, Apolo encaminha a querela ao tribunal de Atenas.

Palas Atena convoca o tribunal dos areopagitas, incumbido de julgar crimes de sangue. Aberta a sessão, ouvem-se as partes.

As Erínias ressaltam que a impunidade ameaça a segurança dos lares. Apolo advoga a causa de Orestes. Escolado em argumentação sofística, vezeira em tribunais, o defensor declara o assassinato do chefe de família mais grave que o matricídio, visto que a mulher não passa de depositária do gérmen masculino. O defensor de Orestes avança motivos políticos, a absolvição do réu facilitaria a aliança de Argos, vantajosa para Atenas. Ésquilo, irônico, diminui a seriedade do processo.

O intrincado da matéria e a indecisão dos jurados levam a votação a empate. Palas Atena, presidente da sessão, valendo-se do voto de Minerva (Palas Atena é chamada Minerva pelos romanos), absolve o réu. Para apaziguar as Erínias revoltadas, a juíza transforma-as em Eumênides, divindades benfazejas, concedendo-lhes um bosque para receberem culto.

Em outra versão, o próprio Apolo absolve Orestes, cumprida a purificação ritual. Essa alternativa já não satisfaz o senso de justiça esquiliano. A história impregna o mito. A justiça migra dos deuses aos homens, os atenienses aplaudem o desenvolvimento das instituições democráticas que distinguem a cidade de Atenas. Cultor de mitos, Ésquilo não se mostra irrestritamente apegado a eles. Filho de uma geração crítica, ensaia a conciliação entre a razão e a tradição. Livre de dogmatismos, altera o legado cultural quando isso lhe convém. Eloquente é a substituição do fúnebre palácio de Argos pela arejada colina do Areópago. A quebra da unidade de espaço simboliza o triunfo da justiça sobre a violência. Os tratadistas do século XVIII, apologetas da lei das três unidades, além de não compreenderem o legado ateniense, enclausuraram as possibilidades cênicas. Shakespeare – de amplitude versátil, cultor do crime e da loucura – mais próximo dos gregos, atingiu níveis superiores de teatralidade.

No triunfo da justiça esplende a esperança, sentenças ponderadas poderiam coibir confrontos irracionais no Estado e nas relações internacionais. A transformação das deusas sanguinárias sugere a regeneração do homem.

Ésquilo recua aos obscuros tempos primitivos ao reelaborar em *Prometeu Acorrentado*, um episódio da *Teogonia*. Atento às discussões do seu tempo, Ésquilo constrói contradições. Contra a imagem do Zeus justo, a quem consagrou versos fervorosos, recorda a imagem do Zeus cruel, inimigo da liberdade e dos homens.

O Poder e a Violência auxiliam Hefesto a suspender Prometeu numa rocha, punido por ter difundido entre os mortais o segredo do fogo. O titã calado na presença dos torturadores de Zeus eleva a voz de protesto quando se afastam. Vêm as Oceânidas para consolá-lo, vem o próprio Oceano para oferecer-se como intermediário, caso o rebelde moderar as críticas contra o poderoso soberano. Prometeu, implacável, inutiliza a oferta de socorro, enumera os benefícios que os homens lhe devem. O fogo é o primeiro. Vêm, depois, os instrumentos modelados na forja, a astronomia, a medicina, a arte divinatória, a matemática e a escrita. Acode Io, a desdita amante de Zeus, perseguida pelos ciúmes de Hera, que lhe deu como castigo a deplorável figura de vaca. Io e Prometeu solidarizam-se sob o peso de soberanos cruéis. Entre tormentos, Prometeu não esquece a esperança. Prevê a liberdade pela mão heroica de Héracles, futuro descendente de Io.

Inseguro no trono, Zeus manda Hermes saber do torturado qual seria o futuro de seu governo. No exercício da única liberdade que Zeus não lhe pode tomar, Prometeu lhe responde com o silêncio.

O texto artístico singulariza-se na possibilidade de proferir simultaneamente o sim e o não. Ésquilo cultiva paradoxos para espanto dos estudiosos que se empenham em nivelar incoerências, sem advertirem que o triunfo da ordem abalaria o vigor da obra de arte. No exercício da contradição, Ésquilo leva ao teatro a discussão de questões vitais como liberdade e opressão, violência e justiça, democracia e tirania, razão e tradição, crítica e religiosidade. O livre debate dessas questões permitiu-lhe construir uma obra cujo vigor juvenil os anos não enrugam.

Sófocles

Do que se preservou da farta produção de Sófocles (495-405), *Ajax* mostra-se, pela estrutura, a peça mais antiga. Ajax, um dos soldados ilustres da campanha de Troia, tem motivos sobejos de esperar que os gregos lhe ofereçam, como reconhecimento dos serviços prestados, as armas de Aquiles, morto em combate. O abalo de Ajax, ao ver o prêmio ir para as mãos de Odisseu, compreende-se no contexto da *Ilíada,* onde a honra se eleva acima de outros valores. Em defesa da honra, Ajax levanta a espada contra companheiros. Para evitar luta fratricida, Palas Atena enlouquece o herói, atirando-o contra rebanhos, confundidos com soldados. Enquanto Ajax, recolhido na tenda, se julga vingado, Odisseu investiga a misteriosa matança dos animais destinados ao suprimento do exército. Instruído pela própria deusa do ocorrido, pasmado diante do poder divino e da pequenez humana, Odisseu solidariza-se com o inimigo caído em desgraça. Nas sábias palavras de Odisseu, todos os homens andam expostos ao infortúnio. O equívoco ridiculariza o herói, Ajax afunda na desonra ao buscar a glória. Sendo-lhe vedado viver com dignidade, o que resta além da morte? Despede-se, surdo aos rogos de Tecmessa, a esposa. Menelau e Agamênon, alvos do ódio de Ajax, negam homenagem fúnebre ao suicida. Odisseu, declarando a morte limite do ódio, insiste no direito do desventurado à sepultura. Poderiam recusar homenagem ao maior dos soldados depois de Aquiles? Ajax recebe na morte a honra que lhe foi negada em vida.

Se Ajax tivesse matado os companheiros, como pretendia, desencadear-se-ia a sequência crime-castigo à maneira do teatro esquiliano. A intervenção de Palas Atena detém a corrente nefasta. A tragédia já não nasce do choque de vontades, mas da reação provocada pela consciência do limite. A morte ilumina como fronteira. A tenacidade dos heróis sofoclianos conduz à sabedoria, a grandeza constitui risco, a transgressão impune provocaria o caos.

Ajax põe em tela a violência, provocada pelo desejo excessivo. Respeitar limites deita as bases da colaboração respeitosa. Além da honra pessoal, brilha a honra dos demais, o mistério limita todos. Em lugar do sacrifício próprio ou alheio, vigore a conjunção de forças para a realização de objetivos comuns. A respeitosa atitude de Odisseu transfere para gerações futuras soluções negadas ao orgulho épico e trágico. O saber deverá orientar o fazer.

Antígona, a tragédia seguinte, coloca a mulher no centro do conflito. A filha de Édipo, que dá nome à tragédia, tem uma conversa reservada com a irmã, Ismene. Sófocles dá como conhecidos os acontecimentos pregressos sem tentar reinterpretá-los. As outras duas tragédias de tema edípico, cronologicamente anteriores, foram escritas depois, ao arrepio da sequência das trilogias. Tebas está liberta, a linha masculina da descendência de Édipo foi extinta. Dos parentes próximos, restam estas duas filhas e o irmão de Jocasta, Creonte, sucessor do soberano exilado. Ao assumir o governo, Creonte decreta que Polinice, o agressor, seja exposto, insepulto, aos cães e às aves, enquanto ao corpo de Etéocles, tombado na defesa de Tebas, reservam-se homenagens fúnebres como chefe de Estado. Retorna a discussão das honras negadas a um morto ilustre. Antígona, retomando a atitude decidida de

Odisseu, resolve dar sepultura ao irmão em aberto desrespeito aos decretos do novo governante. A coragem de Antígona contrasta com a timidez de Ismene. Esta, embora reconheça a injustiça do decreto, submete-se ao declarar a inutilidade da revolta de duas mulheres fracas. Antígona escolhe o perigoso caminho do dever, contra as palavras cautelosas da irmã; só, como todos os heróis de Sófocles, falta-lhe até a presença de Hemon, seu noivo, filho do tirano.

O coro, formado por tebanos, jubila com a vitória e desaprova timidamente o decreto. Um guarda, bem caracterizado na simplicidade e no embaraço, leva ao soberano a notícia da secreta desobediência ao decreto. Creonte, enfurecido, acusa o vigia de cumplicidade.

O coro intervém com o hino da perigosa grandeza do homem, manifesta em prodigiosas realizações. Os espectadores veem, através da exaltação, o brilho de Atenas e a instabilidade desta como de outras realizações. Sófocles alerta para o perigo de desinteligências, causa de ruína pessoal e política. O brilho da glória momentânea não cegue contendores.

Na cena seguinte, o guarda apresenta Antígona, apanhada em flagrante. Declarando-se sujeita a obrigações sagradas, a filha de Édipo afronta o arbitrário decreto de Creonte. Hemon, que tem uma audiência com o pai depois de Antígona, indeciso a princípio, solidariza-se, enfim, com a noiva. Antígona, condenada à morte, chora com o coro sua desdita. A heroína comove ao revelar destruídos os seus sonhos de irmã, de mulher.

Hegel viu na tragédia a oposição dos deveres do Estado e os da família, igualmente válidos. Mas Creonte não é o Estado. Os cidadãos de Tebas são representados pelo coro, tacitamente oposto a Creonte e partidário de Antígona. A formação democrática dos atenienses jamais declararia justos os decretos de um tirano.

Atemorizado pelas palavras de Tirésias, um vidente, Creonte procura remediar o mal. Suicidam-se Antígona, Hemon e Eurídice, esposa do tirano. Desamparado de todos, Creonte se condena à solidão.

Como entender o que se passa? Onde procurar justiça? Nada torna aceitáveis as três mortes e a impunidade do único malfeitor. Creonte não desrespeita apenas a soberania do Estado com os seus decretos desatinados como também ofende a ternura. Se Tebas acatasse os decretos de Creonte, as pessoas, perdida a afeição, corromperiam a convivência. A esperança resiste à força de quem governa, a heroína levanta muralhas que força alguma abala.

O coro, que deu origem à tragédia, desvincula-se da ação. O hino à perigosa grandeza do homem, solto do enredo, retrata a condição humana.

Em que reside a falta do protagonista, na tragédia *Édipo Rei*? A resposta foi diversa ao longo dos séculos. Iluministas atribuem a faltas morais a desgraça de Édipo. Os fatos negam-lhes razão. Édipo não insulta Tirésias, honrado sacerdote de Apolo, por maldade. As declarações de Tirésias surpreendem tanto que o monarca entende a denúncia como indício de sedição, o vidente estaria mancomunado com Creonte. Édipo, do alto de sua dignidade real, sente-se insultado. Intempestivo mostra-se Édipo desde a juventude, agride numa festa um companheiro que, sob o efeito do vinho, lhe põe em dúvida a filiação. Numa estrada deserta revida com golpes à ordem nada cortês de abrir passagem a uma carruagem. Como todos os heróis, Édipo alimenta acentuado sentimento de honra, a reação de guerreiros costuma ser violenta. Édipo não chega a culpar-se de blasfêmia, não insulta deuses nem a sabedoria divina; duvida, entretanto, que o vidente seja intérprete da verdade.

O debate de Tirésias e Édipo degenera em conflito entre dois homens que se têm por sábios. Édipo, apoiado em fatos objetivos – interpretou o enigma da esfinge – sobrepõe o seu próprio saber à arte do sacerdote, motivos fortes levam o libertador de Tebas a duvidar da arte divinatória. Embora negue energicamente as afirmações do sacerdote, Édipo duvida das suas próprias negações. Será daqui por diante um homem inquieto.

Édipo é homem de ação. Ameaçado, não é de seu temperamento aguardar que as coisas aconteçam. Age, insulta, ameaça. Agride, sem provas, Creonte, um homem inocente. Excede-se.

Nem Jocasta, a quem demonstra respeito filial consegue tranquilizá-lo. O que a esposa e mãe lhe revela acarreta novas preocupações, aumenta-lhe as dúvidas. Haverá salvação sendo verdadeiros os vaticínios? O tormento, causa de excessos, seria responsável pela ruína? Embora violento, Édipo é precavido; ao primeiro boato de não ser filho do homem que considera seu pai, ruma a Delfos. O sacerdote de Apolo, em lugar de lhe esclarecer a origem, descortina-lhe um futuro sombrio: mataria o pai e casaria com a mãe. Movido por sentimentos nobres, Édipo não volta a Corinto, prefere ao delito, a insegurança do exílio. Em Tebas respeitam-no como soberano benigno. Logo que irrompe a peste, os atos confirmam-lhe decisões ajuizadas: consulta o oráculo de Delfos, manda chamar Tirésias.

Os excessos de Édipo não são deliberados. No episódio da carruagem, comporta-se como soldado, não como criminoso, não lhe ocorreu a hipótese de ser o próprio pai o ancião que o insultava. Colheu a vitória em luta leal, casou com Jocasta sem saber que tomava como esposa a própria mãe.

Por que sofre Édipo se não é criminoso? A vida tem seus mistérios, Sófocles os respeita. O tragedista elabora o sofrimento, dá-lhe corpo e se cala. O silêncio fascina.

No fim da tragédia, o protagonista percebe os limites do saber, tinha-se por intérprete de mistérios, embora não se conhecesse nem a si mesmo. Considerava-se observador atilado e constata que os olhos o enganaram em momentos decisivos. Cega-se para se igualar a Tirésias. Filósofos argumentavam que os olhos da mente percebem mais do que os do corpo.

As Traquinianas não figuram entre as tragédias que deram renome a Sófocles. A inventividade não se eleva ao nível das anteriores. A peça parece mais concessão ao gosto de experimentar as emoções de episódios fortes do que reflexão sobre a condição humana.

Dejanira queixa-se da falta de notícias de Héracles, seu marido, ausente em campanha militar há quinze meses. O coro formado de donzelas de Tráquis, onde se desenrola a peça, empenha-se em consolá-la. Hilo, o filho mais velho, transmite-lhe o boato de que o pai teria cercado Ecália. A incerteza atormenta Dejanira. As preocupações são varridas pela notícia da volta vitoriosa de Héracles. O portador da mensagem traz um grupo de prisioneiras entre as quais está Iole, filha do rei da cidade vencida. Condoída, Dejanira recebe-as. Abala-a, no entanto, a revelação de que Iole é sua rival. Interiormente agitada, aparenta compreensão e tranquilidade. As suas amigas traquinianas, constatam, entretanto, o impacto da dor. Aflita, Dejanira recorre a um manto que lhe dera o centauro Nesso, abatido por Héracles. O centauro passara-lhe a veste, manchada de seu próprio sangue, com a promessa de que a relíquia lhe restituiria o amor do marido, caso viesse a interessar-se por outra. Lembrada da promessa, Dejanira envia o pano mágico ao marido. O guerreiro vitorioso, ao cobrir-se, é atacado por uma dor lenta e crescente, causa de maldições. A notícia do infortúnio leva Dejanira ao suicídio. Física e mentalmente ferido,

Héracles reconhece a veracidade de um antigo oráculo, segundo o qual um morto o mataria. Nos últimos instantes de vida, Héracles instrui o filho sobre os funerais, recomendando-lhe casar com Iole. Sofocliano, em *Traquinianas*, é o mistério da dor.

Em *Electra*, Sófocles retoma a vingança dos filhos de Agamênon, assunto das *Coéforas* de Ésquilo, do qual Eurípedes nos apresenta terceira versão, enredos consagrados atraíam os tragedistas preocupados em reinterpretar para novas plateias o legado de outras gerações. As alterações não causavam surpresa, visto que até a tradição oral abrigava versões contraditórias. Amparados por assunto conhecido, os tragedistas podiam atrair o espectador para o essencial, sem preocupação com informações banais.

Observe-se uma das alterações introduzidas por Sófocles com repercussões na peça inteira, o tragedista separa o desespero de Electra e o retorno de Orestes, justapostos na versão de Ésquilo. Duas cenas novas são introduzidas entre o desespero e o retorno: Electra e Crisótemis, Electra e Clitemnestra. Todas as cenas organizam-se em torno de Electra, o que justifica a eleição do novo título.

A Electra de Sófocles, no início apenas uma mulher desesperada, toma lentamente consciência do seu dever. Confrontando-a com a fragilidade feminina de Crisótemis, Sófocles a caracteriza inflexível. Decisões heroicas, semelhantes às de Antígona, desdobram-se a partir daí. Electra não vacila ao discutir com a irmã. Para a Electra, punir a mãe é justo. Ao enfrentar a mãe, nada mais resta da Electra lamurienta do princípio. Rebate com lucidez os argumentos que Clitemnestra apresenta para justificar o assassinato de Agamênon, lançando-lhe em rosto o adultério como verdadeiro motivo.

A ardilosa notícia da morte de Orestes leva Electra, heroína em formação, a inesperado desespero. Vem a decisão de agir, desamparada de tudo e de todos, sem medir consequências. Electra adquire clara visão do seu dever, mesmo sem o amparo de deuses nem de homens. A imagem da heroína se define. O inesperado retorno de Orestes fortalece o projeto, elaborado na solidão. Electra vale-se da presença do irmão como instrumento da vingança.

Na *Oréstia* de Ésquilo opera o destino, a *Electra* de Sófocles mostra a atuação da filha de Agamênon em circunstâncias precisas. Através do coro de Ésquilo fala a voz dos deuses, enfática na punição do crime; o coro de Sófocles, humanizado, chama a executora da vingança à moderação. Em meados do V século a.C. acentua-se a responsabilidade do homem no teatro e na filosofia. De Ésquilo a Sófocles passamos do lirismo à reflexão.

Édipo em Colona é a última tragédia de assunto edípico, escrita em data posterior a *Electra*. Sófocles localiza a ação entre o fim de *Édipo Rei* e antes dos *Sete Contra Tebas,* o que se percebe na tentativa dos filhos de restituí-lo à guerra e nas palavras de Antígona ao rogar o auxílio de Teseu, rei de Atenas, a fim de evitar confronto fratricida. Ismene é do princípio ao fim uma presença silenciosa. Cabem a Antígona todas as iniciativas na condução do pai cego, o que lembra a destemida Antígona da tragédia com o mesmo nome. Ao contrário dos irmãos, Antígona cuida do bem estar dos seus. Seria de esperar que a adolescente sonhasse com o lar, a ação de Antígona esplende por tratar-se de uma jovem que se constrói contra o modelo. Em lugar de cuidar de si, Antígona se dedica a alguém de que não poderá esperar retribuição. Proverbial é a dedicação da mãe ao filho, Sófocles nos apresenta a jovem dedicada ao pai abandonado por todos. Antígona enfrenta intempéries, vida incerta para aliviar a dor do pai. Onde traçar o limite entre sentimentos incestuosos e afeto filial? Antígona não ostenta o que é, ela aparece gradativamente, parecia no início um instrumento passivo a serviço do pai, cabem-lhe, enfim, decisões vitais. Os papéis do homem e da mulher estão em discussão. O heroísmo da mulher, ao escolher uma vida de trabalhos penosos, é maior do que o do homem, destinado por nascimento a uma existência de riscos. Antígona ajuda primeiro o pai a achar um lugar em que possa morrer tranquilo. Cumprido esse dever, retorna para impedir a luta entre os irmãos.

Preocupados com os interesses individuais, os irmãos provocam a destruição. Rompem os elos com a cidade ao colocarem os seus interesses acima da felicidade de todos. Justificam assim a maldição que Édipo lançou contra eles.

Quando Édipo chega ao Santuário das Eumênides, em território ateniense, lembra-se de antigas palavras de Apolo, que lhe indicavam esse lugar como derradeiro repouso e resolve ficar. Tendo lutado a vida inteira contra a verdade dos oráculos, trata agora de cumpri-los, submete-se à vontade insondável sem questioná-la, age como iluminado. Em lugar do homem que buscava desesperadamente a verdade, temos o sábio. A cegueira abriu-lhe os olhos.

Édipo temia ser filho de uma escrava. Sua situação é pior, Édipo é um desterrado. De rei que era, caiu na situação de mendigo. Finda a aparência, resta o quê? Nada, a morte. Onde está a verdade? Na percepção da morte aniquiladora ou na glória aparente? Do nada nasce outra realidade, diferente da vista e aplaudida, surge o que olhos abominam. Para conviver com este Édipo é preciso cegar-se para a glória.

A primeira visita que pretende arrancá-lo do repouso eleito é Creonte, ligado ao partido de Etéocles, defensor da cidade contra as tropas do irmão. Creonte mostra-se autoritário como em *Antígona*. Não conseguindo a adesão voluntária de Édipo, recorre à violência, tentando o sequestro das filhas. Detido por Teseu, rei de Atenas, Creonte ameaça com guerra o defensor de Édipo. Tirania e liberdade se confrontam.

Vencida a relutância inicial, Teseu oferece asilo e segurança ao exilado sem roubar-lhe a liberdade. Mesmo que saiba os benefícios que a sepultura do herói em solo ático poderá trazer a Atenas, não o constrange a ficar. Permite que os partidos tebanos em conflito levem a ele as solicitações de retorno. Identificado com a democracia ateniense, Sófocles colhe o ensejo para glorificá-la. No autoritarismo do tebano Creonte espelha-se a agressividade antidemocrática de Esparta. A infiltração do presente atualiza o mito.

De herói Édipo passa a cego, assumindo comportamento sacerdotal. O segundo pai de Tebas recusa terceira paternidade quando os filhos pretendem constrangê-lo a retornar. O tempo é irreversível. Mudanças de rumo levam a decisões novas. A identidade está comprometida. Édipo, o nome, não é mais que máscara de qualidades conflitantes.

Nos derradeiros passos, Édipo não necessita de guia; ao último destino, mistério dos mistérios, todos andam sós. O exilado foi destinado à morte, ao abismo sombrio. Este é seu saber, oculto aos filhos e a Creonte, enredados em conflitos passageiros. A força vem do abismo porque esta verdade não permitirá que o iluminado se comporte como se o passageiro fosse definitivo, origem de todos os conflitos. A morte iguala, anula a opressão.

O espanto abre um abismo entre o homem e a natureza. O abismo se aprofunda, devora o homem espantado. Em lugar da outra vida, reflexo desta, o abismo. Em lugar da fala sobre o mundo dos mortos, o silêncio. O acesso à morte se tornou inviável. Em lugar da fala, o segredo. O que não se pode dizer, não é a negação da vida em sentido dogmático, é antes o silêncio, o mistério. A morte trágica não é o oposto da sobrevivência épica, é posição intermediária, nem de afirmação, nem de negação – mistério. A verdade, negada a vivos, revela-se na morte.

Filoctetes – última tragédia de Sófocles, das que restaram – apresenta três caracteres inflexíveis: Odisseu, ludibriador inescrupuloso desde o prólogo, reproduz a personagem criada por Homero. Neoptólemo, filho de Aquiles, mantém a integridade e a fidelidade herdadas do pai. Filoctetes, abandonado por motivos estratégicos pelos Átridas na desabitada ilha de Lemnos ao se dirigirem à Troia, nutre ódio aos chefes inclementes.

Filoctetes, picado por uma cobra, padece de uma chaga dolorosa e incurável. Setas de Héracles, que nunca erravam o alvo, deixaram-lhe isso e nada mais. Elas lhe asseguram-lhe a sofrida sobrevivência.

Pelo fim da guerra de Troia, um vidente declarou que a cidade inimiga não seria capturada sem a arma de Filoctetes. Os gregos enviam Odisseu, acompanhado de Neoptólemo, para trazerem o instrumento indispensável à vitória.

Esse episódio veio a Sófocles de fonte não-homérica. Como se vê, o cavalo de madeira não foi a única arma inventada para explicar a queda da cidade de Páris, raptor de Helena.

Como o ódio de Filoctetes aos príncipes inclementes inclui Odisseu; o notório enganador ordena a Neoptólemo apropriar-se da arma ardilosamente. Neoptólemo deveria conquistar a confiança de Filoctetes, dizendo que se afastara do exército por ter sido humilhado pelos Átridas e por Odisseu. Encolerizado com os ofensores, estaria retornando à pátria antes do fim da guerra.

Contrariando sua própria natureza, Neoptólemo submete-se às ordens de Odisseu, chefe da expedição. Em conflito consigo mesmo, Neoptólemo revela a Filoctetes a verdade e tenta, sem resultado, persuadi-lo a acompanhá-los voluntariamente. As dores do abandonado detiveram Neoptólemo. Quem recriminaria Filoctetes por não ceder a outros interesses o único instrumento que o mantém vivo?

Criado está o impasse teatral. Como fazer com que a ação progrida, se ninguém cede? Preso à dificuldade por ele mesmo criada, Sófocles recorre a um recurso novo. Chama ao palco um deus (no caso, Héracles deificado), que decreta soberanamente o que cada um deve fazer. Héracles determina que Filoctetes acompanhe os emissários prometendo-lhe saúde e glória.

Solucionar dificuldades cênicas com recursos não determinados pelo desenvolvimento interno da ação foi recurso usado e abusado na história do teatro das formas mais variadas. O expediente mostra em Sófocles a emergência de uma crise. O mundo reduzido a agentes só humanos sofre abalos. Para pôr ordem nas coisas, seria desejável a intervenção de entes divinos. Existem? A dúvida inquieta filósofos, historiadores e poetas. Nos últimos anos de vida, Sófocles já não é o homem piedoso da época de *Édipo Rei*. Abalaram-no ideias desenvolvidas por Protágoras, Tucídides e Eurípedes. Deste adota técnicas teatrais. Recorrer ao sobre-humano na inquiridora Atenas soa irônico. A ironia devasta sentimentos piedosos.

Eurípides

O enredo de *Alceste*, a mais antiga peça que nos resta de Eurípides (480-406), é quase anedótico. Por castigo de Zeus, encontramos Apolo como criado na casa de Admeto. Agradecida ao tratamento recebido, a divindade concede ao patrão o privilégio de adiar a morte, caso encontre alguém disposto a substituí-lo na viagem ao reino obscuro. Chegado o dia fatal, Apolo, como se lê no prólogo, se retira para evitar que sombras lhe empanem o brilho. Admeto põe-se a procurar substituto. Nem o pai nem a mãe dispõem-se a acompanhar Tânatos (a Morte) em lugar do filho. Condoída do marido aflito, Alceste aceita a morte substitutiva em troca da promessa do esposo aflito de não contrair outras núpcias. Desaparecida a esposa, vem o remorso. O ato covarde priva o viúvo do gosto de viver. Héracles, comovido com a fidelidade de Admeto, devolve-lhe a esposa e a felicidade.

Isso ainda é tragédia? Convenhamos, Admeto é caricatura de herói. Alceste, disposta ao sacrifício, ingressa no rol das heroínas, mas a tragédia converte-se em comédia quando Héracles lhe devolve a vida. Em Ésquilo e Sófocles, planos divinos progridem severos. Negociar o que foi divinamente determinado é inusitado. Os deuses, frequentemente cômicos desde os tempos de Homero, compareçem burlescos, sem excetuar Apolo. A tragédia, formada num mundo organizado, governado pelo sentido, começa a vacilar. A ordem cósmica, abalada já há tempo, não resiste à crítica que lhe fazem líricos, filósofos e historiadores. Conflitos interiores se agravam. O colapso da ordem abala o homem.

Vejam-se as aflições de *Medeia*, a desdita esposa de Jasão. Argos, a nau, leva a Cólcida Jasão e os argonautas, para a conquista do Velocino de Ouro. Auxiliado por Medeia, filha do rei, Jasão cumpre a missão e foge. Visto que rivalidade política impede o regresso de Jasão a Iolco, sua pátria, o herói asila-se em Corinto com Medeia, união que lhe dá dois filhos. Passados dez anos, o argonauta resolve trocar Medeia por Creusa, jovem filha de Creonte, rei de Corinto, cidade que o abrigou. A tragédia começa com o desespero de Medeia. O prólogo, distribuído entre a ama, um escravo, Medeia e o coro, depõe a frequente rigidez informativa em favor da reação afetiva das personagens envolvidas. A história pregressa, patrimônio cultural dos espectadores, recupera-se fragmentariamente em ligeiras alusões. O conflito interior preocupa acima da informação. Medeia revela duas qualidades conflitantes: fúria irracional e cálculo. Nas cenas subsequentes, predomina ora esta, ora aquela. O coro, inicialmente vinculado à cidade, perde a primitiva objetividade. Formado por mulheres coríntias, recebe apaixonadamente condoído as confidências de Medeia. O prólogo antecipa o caráter de Jasão. Ruem as decantadas virtudes heroicas. Vilão que é – Jasão usa Medeia enquanto ela lhe é útil – quebra o juramento de fidelidade e consente no exílio dos próprios filhos. Creonte apresenta-se para comunicar pessoalmente a ordem de banimento. As palavras do mandante revelam um homem franco e honesto amedrontado com os malefícios que Medeia, exacerbada pelo desprezo, poderá causar. Demasiadamente humano, comovem-no as súplicas de Medeia. A princesa abandonada conquista assim o prazo necessário à vingança. Eurípides opõe a sabedoria maliciosa da heroína à inocência preocupada do soberano. Medeia arquiteta com deliberada ferocidade a destruição dos que a prejudicaram. Dominado o desespero inicial, Medeia recebe com pleno domínio da situação o esposo que sofisticamente pretende convencê-la de que a decisão de casar com Creusa será benéfica para ela e os filhos, já que assim terão vantagens que nunca tiveram como estrangeiros. Quebrando a linha causal, construída até aqui, entra Egeu, e oferece à condenada providencial asilo, uma vez banida de Corinto. O lendário rei de Atenas intervém como recurso externo para solucionar problemas cênicos complexos, expediente acionado em outras ocasiões com a repentina aparição de deuses.

Amparada nas promessas de Egeu, Medeia movimenta criminosas maquinações. Aparentemente persuadida pelas palavras do homem que a traiu, envia um manto à noiva, sendo portadores os seus próprios filhos, com o pretexto de, em troca de benefícios, mostrar-se reconciliada e compreensiva. No monólogo em que expõe o plano de matança invoca a justiça de Zeus com palavras que já não sugerem piedade. A vingança, resposta violenta à humilhação sofrida, não tem por objetivo restaurar a ordem, como o requeriam sentimentos equânimes em época menos conturbada. Jasão, persuadido das boas intenções de Medeia e julgando-se triunfador com a sábia argumentação, consente que as crianças levem o presente à casa de Creusa. Esta, demasiadamente inexperiente para compreender o ódio de uma mulher ultrajada, veste o manto e morre em chamas juntamente com o pai que a socorre. Os corpos ardentes incendeiam a casa.

O coro, ao constatar que Medeia tornou as crianças cúmplices do crime, sabe que já não lhes resta salvação. A senhora, ao receber os filhos do preceptor, entra num conflito sem paralelo em Ésquilo e Sófocles. Combatem nela os sentimentos de assassina e de mãe. A presença física dos pequenos acorda-lhe sonhos de vê-los crescidos e casados, um dia, essas esperanças confundem-se com os planos de morte. O cálculo, severamente mantido até aqui, luta com a fúria de paixões desenfreadas. Serenada, a mãe diz aos filhos palavras dúbias, sinistras e esperançosas. Vencida pela paixão, o monólogo não se dirige mais a ninguém, senão ao seu próprio espírito conturbado. Ao choque do amor e do ódio, Medeia já não pode deter o projeto nefasto, a vingança a domina com imperiosa autoridade. Duramente golpeado, Jasão volta a Medeia para castigá-la e reaver os filhos. Esta, apresentando-lhe os corpos imobilizados pela morte, ruma para Atenas num carro puxado por dragões. O fim é espetacular e afrontoso a todos os princípios de justiça. O mundo retomba no caos do qual Ésquilo o supunha redimido pelo claro entendimento das instituições democráticas. Eurípides nos reconduz ao clima dos estágios remotos da *Teogonia*.

Embora uma das maiores obras escritas por Eurípides, a estrutura de *Medeia* é notoriamente simples. Nunca aparecem mais de duas personagens no palco, a terceira será originalmente introduzida mais tarde. A unidade de lugar prende a ação. O que se passa longe (a morte de Creusa) vem em relatos de caráter épico. Até o rei é trazido para junto da heroína, quando mais plausível seria o contrário.

Hipólito é outra peça consagrada à paixão. O prólogo de Afrodite antecipa o enredo como acontece frequentemente no teatro de Eurípides. A deusa do amor, ofendida pela irreverência obstinada do castíssimo Hipólito, anuncia que há de puni-lo naquele mesmo dia.

Fedra, madrasta de Hipólito, apaixona-se pelo enteado. Convincentes são as cenas em que luta contra a paixão. Quando a ama descobre o segredo, Fedra busca salvar a honra na morte. A ama impede o suicídio, prometendo-lhe a satisfação do desejo. Para tanto, revela o segredo a Hipólito. Recusada pelo enteado, Fedra volta a pensar na morte, mas não sem vingar-se do homem que a tornou infeliz. Teseu encontra junto ao cadáver da esposa um bilhete que atribui a Hipólito propostas indecorosas. Enfurecido, o pai o amaldiçoa. Atingido pela maldição, Hipólito é trazido ao palco, mortalmente ferido. Ártemis, deusa da castidade, revela o que realmente aconteceu.

A situação do homem – sujeito a Afrodite e a Ártemis, de poder igual e contrário – faz-se complexa por não existir instância que as harmonize. Surge daí um mundo inexplicavelmente dividido, a fenda lembra Tucídides. Padecem inocentes: Hipólito, que não cometeu crime digno de punição, Fedra, vítima das artimanhas de Afrodite, Teseu, transtornado por denúncia falsa. As divindades em conflito, desvairadas, impossibilitam a harmonia.

Os deuses, destruídos pela dúvida, comparecem como símbolos de atributos humanos: os contrários imperativos do sexo e da castidade. Sem amparo externo, o homem fica entregue a si mesmo. Com erros, impulsos e receios, projeta funesto destino.

Andrômaca distancia-se dos padrões das tragédias construídas por Ésquilo e Sófocles, cai nas malhas do acaso a cena em que o destino se esvai. Andrômaca, viúva de Heitor, acompanha, como despojo de guerra, o filho de Aquiles, Neoptólemo, de quem tem um menino. Hermione, filha de Menelau, recentemente casada com Neoptólemo, arde em ciúmes à princesa troiana. A jovem esposa, por não procriar, teme que o sucessor do marido venha a ser o filho da escrava. Inquieta, envolve o pai no projeto de eliminar a rival com seu filho. Andrômaca, descoberto o plano, esconde o menino e refugia-se no santuário de Tétis. Recorda, no prólogo, a vida anterior à atual condição de escrava. Menelau, tendo encontrado o filho de Andrômaca, penetra no recinto sagrado junto com Hermione para arrancá-la do asilo e matá-la. Como a troiana não se entrega, Menelau serve-se de um ardil. Garante-lhe que poupará a vida do filho, caso ela se dispuser a morrer em lugar dele. Na discussão Eurípides destaca a grandeza da escrava, que compra com a própria vida a do filho. Avilta-se Menelau, assassino de mulheres e crianças. O tragedista esfacela a imagem dos legendários conquistadores de Troia. Menelau não se peja de mentir descaradamente. Quebra a palavra logo que Andrômaca se entrega, arrastando para a morte mãe e filho. Artimanhas políticas invadem o palco. Andrômaca profere apaixonado discurso contra Esparta, o ódio do ateniense Eurípides se mistura com os sentimentos da humilhada viúva de Heitor.

A oportuna intervenção de Heitor salva a vida de Andrômaca e de seu filho. Como Menelau se retira, Hermione se aflige com a possível indignação de seu marido ao saber do plano de morte. Num monólogo alucinado, em que se mesclam desespero e sedução, desnuda o peito. Vem Orestes a quem Menelau prometera Hermione antes de a dar em casamento a Neoptólemo. O rei quebra a palavra por lhe repugnar a aliança com um matricida. A paixão pela mulher eleita, nova na literatura grega, mantém Orestes solteiro, sujeito a sacrifícios e ousadias. Tendo preparado uma emboscada contra o marido da mulher amada, um mensageiro anuncia a morte de Neoptólemo em Delfos. Peleu lamenta a destruição gradativa de seus descendentes. Tendo perdido o filho na guerra e o neto em luta passional, quem lhe perpetuará a memória?

O que se prolongaria numa corrente de crimes e castigos em Ésquilo é solucionado com a facilidade das teofanias. Intervém Tétis e coloca as coisas no devido lugar. Neoptólemo terá sepultura em Delfos, Andrômaca será esposa de Heleno, o filho de Neoptólemo perpetuará o nome de Peleu e este partirá deificado para a eterna companhia de Tétis no reino das águas. A peça fragmenta-se em três unidades. Na primeira destaca-se Andrômaca, Hermione sobressai na segunda, Peleu domina a terceira. A unidade de ação já não se mantém nem mesmo na breve duração da mesma tragédia.

A força de Eurípides está na criação de caracteres. Temos em Andrômaca a mulher que não se deixa degradar. Ao dispor-se a morrer pelo filho, eleva o ideal feminino, em contraste com a vilania dos orgulhosos dominadores. Com Hermione aparece a mulher apaixonada, que não suporta a ideia de morrer. Contra toda tendência idealizante, mostra o apego à vida no corpo sedutor. Não se pode apontar uma peça assim como lugar de decadência. Está a surgir coisa nova, mais próxima das novelas de rádio e televisão do que da tragédia, sem faltar o final feliz.

Hécuba, outra peça de conteúdo passional, desenrola-se no acampamento grego, logo depois da queda de Troia. Os ventos não devolverão os gregos aos seus lares sem que o espírito de Aquiles seja pacificado com o sacrifício de uma jovem. Os gregos escolhem Polixena, filha de Hécuba, esposa do rei de Troia, para o sacrifício e incumbem Odisseu da tarefa de buscá-la. Hécuba tenta salvar a filha, argumentando que a vida de Odisseu foi poupada por ela numa ocasião em que ele penetrou secretamente na cidade, durante a guerra. Odisseu responde que os gregos não podem desprezar um pedido do Aquiles morto, em gratidão ao serviço que lhes prestou em vida e que não seria justo comover-se com o pranto de uma mãe inimiga, quando inúmeras mulheres gregas pranteiam pessoas queridas mortas em combate. Como é frequente, Polixena se entrega voluntariamente à morte enquanto a mãe tenta salvá-la dispondo-se a morrer em lugar da filha.

Hécuba não sofre apenas este golpe. Uma escrava descobre na praia o corpo do seu filho Polidoro. A fúria transtorna Hécuba porque Polidoro fora assassinado por Polimestor, a quem Príamo o confiara com muito ouro para garantir-lhe o futuro na eventualidade da vitória grega. Finda a guerra, Polimestor mata Polidoro, atira o corpo ao mar e se apossa do dinheiro. Hécuba, ávida de vingança, pede o auxílio de Agamênon, que tem Cassandra, filha da rainha, por companheira. Agamênon, não podendo agir diretamente contra um aliado, consente num plano que não o comprometa pessoalmente. Hécuba atrai Polimestor à barraca e o mata auxiliada por companheiras troianas capturadas como ela.

Quebra-se aqui a unidade de ação como na peça anterior. Lançando-se contra mulheres indefesas, tanto Agamênon como Odisseu e até Aquiles, embora morto, maculam a alta imagem de heróis. As escravas troianas agem com mais dignidade do que os soldados vitoriosos.

As Suplicantes, outra peça de caráter predominantemente político, supera a anterior. Eurípides, retomando o tema edípico, explora o que se passou depois da guerra fratricida que Polinice moveu contra Etéocles, assunto dos *Sete Contra Tebas* de Ésquilo. Adrasto, rei de Argos, acompanhado de mães enlutadas pela guerra, pede a Teseu que os ajude a recuperar os corpos dos filhos aos quais o novo tirano, Creonte, nega sepultura. Um mensageiro tebano adverte que todo auxílio prestado a Argos será considerado beligerante contra Tebas. No debate com o mensageiro, Teseu defende a democracia ateniense contra a tirania e, no dever de proteger as suplicantes, aceita o estado de guerra.

O resultado do combate travado entre atenienses e tebanos sabe-se pelas palavras de uma testemunha. Teseu recuperou os corpos sem atacar a cidade. Destruí-la não era seu dever; Adrasto, no elogio feito aos sete atacantes de Tebas, modifica a perspectiva desfavorável que deles nos veio de Ésquilo. Evadne, esposa de Capaneu, um dos sete, lança-se na pira em que arde o corpo do esposo para unir-se a ele, um dos maiores sacrifícios no teatro de Eurípides, pródigo em mulheres que se sacrificam.

Entre as peças políticas de Eurípides, destaca-se *As Troianas*, uma das melhores de quantas escreveu. Fechar a *Ilíada* e ler, em seguida, uma tragédia de tema épico, como *As Troianas*, é uma experiência curiosa. O impacto é violento. Os semideuses baixam dos pedestais e se mostram pequenos. Sabe-se que o grande Ajax violentou Cassandra, uma virgem, sacerdotisa de Atena e filha do rei vencido. Os gregos determinam que essa mesma Cassandra acompanhe Agamênon, o chefe do exército vitorioso, como escrava. Hécuba, a rainha é destinada a Odisseu. Sorte cruel. Quando Troia ainda resistia ao cerco, Odisseu penetrara na cidade e no palácio do rei para comunicar-se com Helena. O solerte guerreiro fora apanhado por Hécuba. E Hécuba, a bárbara, cheia de sentimentos humanos, permitiu que o inimigo voltasse incólume. Como agradece o soldado grego a uma dama de tão elevados sentimentos? Recebe-a como escrava e persuade os gregos de que é preciso matar uma criança, neto de Hécuba, filho de Heitor, Astianax, para evitar que os inimigos derrotados se reorganizem um dia sob a chefia de um descendente de Príamo e reconstruam a cidade destruída.

Esses são os vencedores: defloradores, infanticidas, maltratam tirânica e covardemente pessoas indefesas. Os verdadeiros heróis estão mortos, tombaram defendendo a pátria e os lares, triunfou a barbárie civilizada dos gregos.

Na segunda metade da peça, quando o espectador já teve oportunidade de constatar o infortúnio inominável em que a guerra precipitou os troianos, entra Menelau para receber Helena. Os gregos incumbiram-se de puni-la. A Helena de *As Troianas* não tem a dignidade que lhe conferiu Homero na *Ilíada*, é uma mulher calculista, não se comove com a sorte do povo que a abrigou por mais de dez anos, nada lhe significam as lágrimas da mãe, da irmã, da cunhada de Páris, o homem com quem viveu por muitos anos, preocupa-se consigo mesma exclusivamente. Já que não lhe resta outra escolha senão voltar ao seu primeiro marido, ela procura atraí-lo. Aparece com a força da sedução e sofisticamente tenta convencer Menelau de sua inocência. Os argumentos de Helena são frágeis, Hécuba os refuta. Hécuba, não Menelau! O marido traído fraqueja ante a esposa adúltera, incumbe a Grécia de punir Helena. A indecisão de Menelau deixa entrever que ficará impune a mulher responsável pelo sacrifício de vidas por dez anos, agravado pelo luto de esposas e mães, pelas casas que ardem em chamas.

Inocentes são escravizados e mortos, grandes criminosos permanecem incólumes. Assim evoca Eurípides a idade dos heróis.

Agamênon, Odisseu, Ajax, Menelau e Helena são vilões. Não há grandeza na guerra. A vitória avilta os vencedores, a nobreza e a inocência caem. Onde está a justiça? Que é feito dos deuses? Eurípides procura justiça universal sem garantia de encontrá-la.

Desde o prólogo anuncia-se a punição dos gregos. Por que e por quem? Palas Atena é o instrumento da vingança, há de castigar os atacantes, não por terem tratado os vencidos cruelmente, mas por terem ofendido Cassandra, sacerdotisa sua. Palas Atena não é diferente dos gregos, seus atos são comandados pelo ódio, não pela justiça; Atena destruiu a cidade de Troia enraivecida por não ter sido escolhida pelo filho de Príamo como a mais bela, promete disciplinar energicamente os gregos, enfurecida pelo que aconteceu a uma sacerdotisa sua. Palas Atena não representa a justiça, representa a vingança, ruínas, gemidos e sangue marcam a presença da deusa. Onde está a justiça? Eis uma pergunta para a qual Eurípides não encontra resposta, a idade dos heróis já não o encanta. Onde outras gerações viram grandeza, Eurípides descobre vilania. O autor de *As Troianas* vê o mundo às avessas, gregos comportam-se como bárbaros, e bárbaros ostentam comportamento civilizado, heróis festejados envergonham a Grécia, atos vis deslustram guerreiros. Eurípides, irreverente e crítico, afronta a retórica da tradição.

Na liberdade inventiva peculiar ao teatrólogo, Eurípides, em *Electra*, dá à irmã de Orestes um esposo humilde, medida autoritária de Egisto e Clitemnestra, temerosos da vingança de eventuais descendentes ilustres. Por respeito à nobreza, o esposo imposto abstém-se de consumar o casamento, enquanto Electra, casada e virgem, aguarda o dia da punição dos criminosos. A peça critica asperamente os aristocratas. Há muito mais nobreza no pobre camponês do que na criminosa arrogância dos nobres.

Em peças como *Ifigênia em Táurida,* Eurípides, em libérrima reelaboração do mito, alvoroça a intriga; parte das Erínias, inconformada com a sentença do tribunal do Areópago, persiste na perseguição a Orestes. Desesperado, o matricida volta a implorar o auxílio de Apolo. Este lhe revela que a presença da estátua de Ártemis, erguida em Táurida, poderá apaziguar as deusas da vingança. O inusitado da empresa deixa o espectador em permanente sobressalto desde o momento em que o herói, acompanhado de seu amigo Pílades, descobre que a irmã Ifigênia, maravilhosamente salva do sacrifício, presta serviços como sacerdotisa num templo em que se imolam estrangeiros. Patético é o inesperado reencontro dos irmãos, Ifigênia arquiteta um plano de fuga. Declarando as vítimas impuras, maculadas de matricídio, convence o rei de que os argivos e a estátua de Ártemis requerem purificação nas ondas do mar. O plano fracassa. As ondas devolvem a nau. Orestes, salvo pela intervenção de Atena, é incumbindo de organizar o culto a Ártemis na Ática, deuses dessacralizados frequentam o palco para, com lances inesperados, divertir espectadores.

Espetacular desenrola-se a trama de *Helena,* peça em que a heroína é inesperadamente encontrada no Egito. A esposa de Menelau alega nunca ter estado com Páris em Troia. Hera teria ludibriado o filho de Príamo com um simulacro da beldade grega, a cena recebe uma Helena amedrontada, a honra da heroína, resguardada até aqui por Proteu, rei íntegro, é ameaçada por Teoclímeno, o inescrupuloso sucessor. Helena lamenta que a beleza lhe cause tantos dissabores. O acaso traz Menelau. Faminto e coberto de trapos, Helena o reconhece ao retornar do túmulo de seu protetor. Restaura-se a fidelidade de Helena, desfaz o equívoco que provocou a longa e penosa guerra, o plano de fuga arquitetado pela prisioneira assemelha-se ao de Ifigênia, Helena comunica a Teoclímeno que Menelau morreu e que este estrangeiro (o próprio Menelau) veio trazer-lhe a notícia, devendo ela, segundo os costumes de sua terra, partir para uma homenagem fúnebre no mar. Teoclímeno, vítima do engodo, oferece um navio para a execução dos ritos. Vendo-se ludibriado, Teoclímeno determina a morte da irmã por cumplicidade, a intervenção dos Dióscuros evita a execução. Além de encontros inesperados e revelações estarrecedoras, a peça tem pouco a oferecer. O sem-sentido da ação humana, visto agora na luta de anos por uma falsa Helena, reitera um motivo caro a Eurípides.

Íon prima pela concentração de elementos cômicos. No tratamento da intriga e dos reconhecimentos já se anuncia a comédia nova, cor local fica a cargo do coro. Complicações do enredo prevalecem sobre a construção de caracteres. Um rapaz simples como Íon chega a proferir um discurso requintado ao gosto dos sofistas.

Com *Héracles*, Eurípides ascende aos melhores momentos de seu teatro; o herói, ostensivamente reelaborado, pouco deve à tradição. Héracles realiza seus trabalhos como homem livre e não escravizado a Euristeu por decreto divino. Enfrenta monstros para livrar os seus do exílio. Além dos serviços prestados à civilização, Eurípides o apresenta como pai afetuoso e marido dedicado. Héracles está bem próximo, ao cabo de muitos sacrifícios, da existência tranquila com que todos sonham. Na sua ausência, ocorre o golpe inesperado. Lico, numa ação bem-sucedida, mata o primeiro mandatário de Tebas, Creonte, e se apossa do governo. O terror espalha-se pela cidade. Lico persegue e executa todos os adversários. Da perseguição não escapa a família de Héracles. A esposa do herói era filha de Creonte. Lico não podia deixar de ver nos netos do soberano morto ameaça ao seu governo. Eurípides mostra a crueldade do Estado tirânico. Transtornado pela violência, Lico ameaça com incêndio o altar em que se refugiaram Anfitrião, pai de Héracles, Mégara, a esposa e seus filhos. Num gesto de grandeza, a exemplo de tantas mulheres indefesas no teatro de Eurípides, Mégara resolve enfrentar a morte com dignidade, entregando-se a Lico, o qual consente que Mégara retorne ao lar a fim de ornamentar os filhos para o sacrifício.

Eurípides, habituado a tirar efeitos teatrais do imprevisto, provoca a coincidência do retorno de Héracles com os preparativos para a morte. Sanguinário como sempre, Lico vem à residência do herói para matar pai, mulher e filhos. Os gritos que vêm do interior revelam que o tirano paga com a vida a sequência de seus crimes. Não há mais obstáculos para a vida venturosa de Héracles.

Aí vem a ação dos deuses, desastrosa para os planos do herói. Íris anuncia a vinda de Lissa (a Loucura), filha da noite, encarregada de atacar Héracles. Na execução dos trabalhos, o herói contava com a proteção de Zeus e Hera. Concluídas façanhas sobre-humanas, a presença de Héracles incomoda os deuses por atrair a si a glória que eles não querem dividir. Enlouquecido, numa das cenas mais patéticas do teatro grego, Héracles mata a mulher e os filhos, resgatados da morte momentos antes. Ao contrário de tantas outras ocasiões, os deuses são aqui teatralmente reais – reais na destruição e não no benefício. Concebidos outrora como agentes da razão e da ordem, Eurípides os vê promotores da desgraça. Rachado o fundamento, já nada salva o mundo e o homem da ruína. A loucura, que desde Medeia fascina o teatrólogo, elimina a razão, explica o abandono dos nexos causais na sequência das cenas, os golpes da sorte, o acaso, o imprevisível. No teatro de Eurípides o mundo avança em persistente processo de desestruturação.

Bacantes é uma tragédia que se alinha entre as melhores produzidas por Eurípides. Dioniso, símbolo da natureza, da beleza e das forças irracionais, conduz suas sacerdotisas, as Mênades, da Ásia para a Grécia. O canto das mulheres e o relato das façanhas de Dioniso fora de cena, feito por mensageiros, são monumentos do culto dionisíaco. Tirésias, vidente legendário e Cadmo, avô materno de Penteu, rei de Tebas, aceitam o novo culto – o primeiro, por dever de ofício, o segundo, por prudência política. Penteu, impetuoso e autoritário, resiste em nome da ordem e dos bons costumes à demência que se alastra na cidade com a acolhida da divindade adventícia. Surdo a advertências, Penteu prende Dioniso, sem que o deus resista, encerra-o nos estábulos do palácio. Nem avisado do comportamento pacífico das Mênades, em paragens bucólicas, estando a própria mãe, Agave, entre elas, Penteu se abranda. Persistente na hostilidade, ataca mulheres com o exército.

Dioniso, maravilhosamente liberto, pune o rei obstinado. Costumava transtornar os inimigos do seu culto com o frenesi das Mênades, levando-os a cometer atos reprovados. O deus convence Penteu a ver as bacantes com os seus próprios olhos, vestido de mulher, para não ser agredido por elas. Tendo-o instalado no alto de um pinheiro, incita as Mênades. Estas derrubam com força sobre-humana a árvore e estraçalham o infeliz. A mãe, sem reconhecer o filho, arranca-lhe um dos membros. Imitada pelas demais, Penteu voa aos pedaços pelos ares. É o que pateticamente relata o mensageiro.

A mãe, com a cabeça do filho espetada no tirso, entra triunfalmente em Tebas, acompanhada pelas bacantes, certa de conduzir a cabeça de um leão. Persuadida por Cadmo, Agave levanta o rosto e reconhece o rosto do filho. Em Tebas, o triunfo de Dioniso é sanguinário.

Em *As Fenícias*, Eurípides reúne numa só peça o que de Édipo se conhece parceladamente. O coro de fenícias coloca a cidade de Tebas em atmosfera primitiva, bárbara, feminina. A Atenas crítica devolve a um passado bravio a sanguinária história da casa de Édipo.

As jovens fenícias, enviadas para reverenciarem Apolo, exprimem, na iminência da guerra, solidariedade com os que sofrem, desejo de paz. Essa é a resposta fenícia ao sacrifício de jovens atenienses à sanha cruel do Minotauro. Os sentimentos das jovens esbarram na cega ambição dos filhos de Édipo.

Os inimigos são vistos por Antígona, com afeto, paixão; a jovem extasia-se ante a beleza, a força. Vê soldados como homens; não como inimigos. O olhar de quem vê configura o visto.

Jocasta invoca o Sol. Transtornados o marido e os filhos, Jocasta é a única inteligência luminosa, razão porque não morre como no *Édipo Rei* de Sófocles. Recapitulando com serenidade a sorte dos descendentes de Cadmo, busca no Sol a origem dos desatinos. Cegueira solar atravessa a descendência de Cadmo até extingui-la. Como entender o que aflige a casa de Cadmo? Se todos vivem aflitos pelo infortúnio, haverá motivos acima dos implicados? Jocasta recapitula a história de sua gente, a razão pode esconder-se em detalhes. Relembrado, o familiar se torna estranho, ameaçador. Contra toda a probabilidade, Jocasta tenta reconciliar os filhos em conflito. Essa é sua função de mãe. Quem poderá dizer que a solução está no luminoso, no provável? A resposta pode estar no que não se sabe.

Palavras e movimentos traduzem a agitação interior de Polinice, temos a visão viva de um guerreiro intimidado, confia desconfiando. E com razão. O pacto de alternância no poder foi rompido. Quem lhe garante que a trégua será respeitada? Polinice pisa território inimigo em sua própria cidade, luzem momentos de ternura quando Polinice reconhece os lugares que frequentava como criança e como jovem. O regresso à infância prepara o retorno à mãe. A ternura com que Jocasta abraça o filho desfaz-se em recriminações ao lembrar o casamento de Polinice com uma estrangeira, privando-a do privilégio de participar da cerimônia nupcial.

Ao pedido de justiça do irmão, Etéocles reage com uma tese sofística: justiça é a vontade do mais forte, argumento usado por atenienses durante a guerra do Peloponeso e discutido por Platão na *República*. Decisões políticas e teses filosóficas sobem ao palco. Etéocles acusa o adversário de conduzir contra a pátria um exército de estrangeiros. Mundo dividido e inconciliável. Polinice e Etéocles negam um ao outro o que cultivam como próprio, ambição e poder. Visto no outro, o próprio torna-se impróprio, ameaçador. O que se desdobrou e objetivou no outro é irreconciliável.

O diálogo de Etéocles e Creonte desmonta o Etéocles fanfarrão. Creonte adverte já no início que o sobrinho é imaturo. Chega a ser infantil. Como pode dirigir uma cidade em estado de guerra sem nenhum plano militar? Que outro assunto poderá ser mais relevante do que nomear os generais encarregados de defender as sete portas, o seu estado maior? Providências urgentes, que já deveriam ter sido tomadas, abandona-as ao movimento das circunstâncias.

O coro opõe o vinho ao sangue, Baco (Brômio) a Ares, a alegria à violência. Duas tendências se hostilizam, alegria de viver e a extinção da vida. São inconciliáveis. Tebas está contaminada pela violência e pela morte desde as origens. Juventude, alegria, vida são estrangeiras.

As palavras de Tirésias são duras. Exige o sacrifício do filho de Creonte para libertar a cidade. Nas palavras de Tirésias a guerra deverá ser travada a favor de Tebas. O sacrifício de Meneceu deverá demonstrar que o interesse dos dirigentes é por Tebas e não por vantagens pessoais. A posição diante da morte afeta a vida. O que é a vida? Qual é o significado da vida? Meneceu muda o sentido da guerra. A luta não é por Etéocles, é por Tebas; Meneceu conquista uma pátria que é maior que Tebas, pátria de que nunca será excluído, pátria definitiva, pátria que se iguala à vida a ser lembrada. Meneceu estará em cada um dos que lutam. O enigma da Esfinge muda de direção. Em *As Fenícias*, personagens refletem demoradamente sobre a morte.

A guerra, horrenda, relatada por um mensageiro, culmina no ataque de Capaneu. Os filhos estão vivos. Tebas está livre. Livre? Nenhum relato relata o fim. O fim não é dizível. Cada etapa é unidade de uma sequência. Do todo não há relato. O aniquilamento não vem de fora. A família de Édipo está voltada contra si mesma e se destrói. O mensageiro anuncia a decisão dos filhos de resolverem o futuro de Tebas com um duelo. Como poderá Etéocles governar, valendo-se da morte de outro, de Meneceu? Momento épico. Épico? Paródia de epopeia. Homero costuma detalhar ferimentos. Ser ferido no momento de remover uma pedra com o pé é cômico. Cômico é espiar o inimigo pelo orifício da armadura. Ésquilo escancara o artifício. Etéocles vê o ombro do adversário e lhe atravessa o peito. Ambos, gravemente feridos, continuam a lutar. Polinice, aberto o ventre a golpe de espada ainda consegue reagir, atravessa o fígado do adversário, alojar a ponta da espada nas costelas, denúncia irônica de procedimentos literários.

No canto de Antígona, alegria e dor se misturam. Festiva, ela tira o véu, solta o cabelo, agita o vestido com o movimento do corpo. Como tebana, ela triunfa. Como filha de Édipo e de Jocasta, como irmã dos combatentes mortos, ela chora, é uma bacante de mortos. A vida é complexa.

Creonte bane Édipo fundado num vaticínio de Tirésias: Tebas não prosperará com a presença de Édipo. Os poetas reelaboram os vaticínios conforme suas conveniências. Ao cegar-se, a missão de Édipo estava cumprida. Que vale prolongar inutilmente a vida? Não é desaparecendo que sobrevivemos? O Édipo dos renomados enigmas já não existe. A morte de Meneceu teve sentido. Qual é o sentido da vida de Édipo? O Édipo inútil não é um malefício para si próprio e para os demais? Onde está a justiça?

Eurípides não acompanhou os filósofos no projeto de erguer bases racionais no lugar que os deuses deixaram vazio. As personagens que pensam e argumentam nas peças de Eurípides não deixam imagem favorável. Eurípides não se entusiasma com sofistas especializados em truques para desarmar adversários.

Falidos os deuses e os recursos da razão, irrompem forças irracionais. Estas exigem espaço cada vez maior. Como o irracional nunca favoreceu os aristocratas, apoiados na religião ou na razão, estes viam com a mudança a antiga posição ameaçada. Penteu representa bem o aristocrata de cabeça oca interessado na preservação da ordem. Em nome dos valores consagrados atira-se contra inovações sem examinar-lhes o mérito.

Não se peça ao poeta a construção de um sistema coerente. Sistemático Eurípides nunca foi. Sentiu os conflitos da sua época e os pôs em cena sem rejeitar incoerências. Livre de imposições da tradição, exercitou-se na experimentação, que o levou até à gratuidade. Sua geração e as posteriores não o pagaram mal. Preservou-se dele número maior de peças do que as dos dois outros tragedistas renomados juntos.

Aristófanes

Entre as forças dissolventes ativas em Atenas no tempo de Aristófanes (445-385) estão a guerra do Peloponeso e a revisão crítica dos sofistas. Aristófanes, saudoso da época áurea de Atenas, ataca ambas, convertendo a comédia em instrumento de luta. Desde as reformas de Pisístrato, a força de Atenas residia no comércio internacional. Sendo a guerra desastrosa para operações comerciais, Aristófanes declara-se adepto da paz.

Pacifista é a primeira peça que dele nos resta, *Os Acarnianos*. O título deriva dos habitantes de Acarneus (povoado da Ática), esses formam o coro. Personagem central é Diceópolis, nome simbólico como tantos, significa Cidadão Honesto. A comédia critica já no prólogo os conterrâneos sem excluir Cléon, supremo mandatário, por não favorecerem a paz. Diceópolis vai à assembleia a fim de perturbar os oradores favoráveis à guerra. Anfítheos apresenta-se como enviado dos deuses para restabelecer a paz.

A presença de um imortal na assembleia lembra as insistentes teofanias do teatro de Eurípedes para solucionar conflitos. Em tom parodístico, Aristófanes narra o malogro de Anfítheos, removido da assembleia ao declarar seus objetivos. Anfítheos (um nome cômico: Deus de ambos os lados) mostra a ineficácia, em conflitos de verdade, das fantásticas soluções do tragedista. Em lugar do malogrado arquiteto da paz, é introduzido um emissário persa com promessas de ajuda do grande rei.

Vendo-se isolado na campanha pela paz, Diceópolis concebe o plano originalíssimo de conseguir um tratado de paz entre ele só e os espartanos, valendo-se dos serviços de Anfítheos. Os acarnianos, combatentes dos gloriosos tempos de Atenas, perseguem o pacifista. Diceópolis argumenta que Esparta não é a única culpada da guerra e consegue convencer metade dos perseguidores. Os outros dirigem-se a Lâmaco, um guerreiro fanfarrão, severo contra os covardes, que promete continuar a guerra.

Em cenas de variada comicidade, Aristófanes mostra o próspero comércio de Diceópolis com cidades vizinhas e o estado deplorável de Lâmaco ao voltar ferido e esfarrapado da luta, enquanto o pacifista se diverte. Aristófanes, fazendo do teatro tribuna, dirige-se diretamente aos espectadores para obter adesão.

O espetáculo se mantém no contraste entre os benefícios da paz e os prejuízos da guerra, desastrosa não só para os soldados, mas também para a população civil. Entre os fregueses de Diceópolis está um megarense arruinado que chega a trocar as filhas por um pouco de alho e sal, produtos que em tempos de paz Mégara produzia em abundância.

Na representação de *Os Acarnianos* vê-se a liberdade que se desfrutava em Atenas. Poucos Estados democráticos permitiriam hoje espetáculos públicos pela paz em tempos de guerra.

O pacifismo de Aristófanes retorna em *A Paz*, comédia representada depois da morte de Cléon, incentivador da guerra contra Esparta. Os entendimentos com o Estado inimigo progrediam satisfatoriamente. Poucos dias depois de encenada a comédia, foi assinada a paz de Nícias, em 421.

Em *A Paz*, Trigeu, camponês ateniense, sobe ao trono de Zeus para conhecer a causa das aflições da Grécia. Hermes, ao recebê-lo, informa que os deuses, molestados pela belicosidade dos homens, retiraram-se para as regiões elevadas do céu, entregando o governo ao deus Combate (Pólemos). Este, tendo aprisionado a Paz numa caverna, provocou a destruição das cidades gregas. Trigeu, com o auxílio de camponeses, após dois insucessos por falta de união, desfazendo-se dos irresolutos, liberta a Paz. Em tom bucólico, Trigeu recorda as árvores e as flores que tanta alegria lhe deram ao reinar a paz.

O comediógrafo não entende que a paz seja uma dádiva dos deuses. Ela não virá, se os homens não se unirem para buscá-la. O coro, formado por cidadãos da Grécia, simboliza bem o esforço coletivo, indispensável para a restauração da paz. Tanto em *Os Acarnianos* como em *A Paz*, Aristófanes, recorre aos camponeses para a restauração da prosperidade.

Em *Lisístrata*, ocorre-lhe convocar outra força marginalizada das decisões políticas, as mulheres. Lisístrata, uma senhora ateniense, convoca as mulheres de vários Estados beligerantes com o fim de constrangerem os homens a firmarem a paz, negando-lhes os prazeres do leito. As mulheres comprometem-se sob juramento no pacto de abstinência. As atenienses refugiam-se na Acrópole, protegidas por uma barricada. Os homens ameaçam-nas, sem resultado, com fogo. Repelidos são também os que avançam armados. Lisístrata argumenta que as mulheres cansaram de gerar filhos para perdê-los na guerra, aflitas também com a longa ausência dos maridos. Não é fácil à Lisístrata manter as mulheres na reclusão. Inventam mil pretextos para se encontrarem com os homens, continuamente assediadas por eles.

Mirrina, identificada com os propósitos de Lisístrata, nega-se heroicamente ao marido. Para afligi-lo, alimenta falsas esperanças, exigindo para uma eventual aproximação o conforto de um leito, colcha e travesseiros. Tendo ele providenciado diligentemente tudo, ela o abandona no auge da excitação. Os homens, desesperados, enviam um plenipotenciário a Esparta com o fim de pôr fim às hostilidades. Os espartanos, aflitos pela mesma privação, aceitam a proposta de paz. Numa festa em que todos os gregos se reconciliam, Lisístrata promove o reencontro dos casais.

Lisístrata dá ensejo a Platão para atribuir a Aristófanes o discurso principal sobre a força de Eros no *Banquete*. A peça recorda a origem dionisíaca da comédia em que a licenciosidade celebrava a fecundidade dos homens e dos campos. A vitória das mulheres comemora a vitória do afeto sobre a violência. Se o exercício da razão, pensa Aristófanes, provocou a guerra, não se poderia restaurar a paz com o apego irrefletido à vida? Afrodite, responsável por tantas desgraças registradas na tragédia, não poderia conduzir os homens à reconciliação? Para tanto seria necessário que mulheres femininamente poderosas como Lisístrata e Mirrina se multiplicassem. A feminilidade, tantas vezes aviltada, alcança aqui um dos momentos de glória.

Desiludido com a política ateniense que levou a cidade à ruína, derrotada por Esparta, Aristófanes prossegue na elaboração da utopia feminista, criando uma intriga em que as mulheres substituem os homens no governo em *A Assembleia das Mulheres*.

Em madrugada previamente combinada, as mulheres cobrem-se com as vestes dos maridos e se dirigem à assembleia. Os maridos, privados da roupa, não podem intervir. Assenhoreando-se do poder, a assembleia feminina decreta reformas drásticas: a comunidade dos bens e das mulheres. Daqui por diante até o fim assiste-se ao jocoso exercício das novas leis. Embora não tomadas a sério, as reformas aqui votadas reaparecem na *República* de Platão.

Mais antiga que *A Assembleia das Mulheres* é a comédia *Os Cavaleiros,* dirigida contra o governo de Cléon, em plena Guerra do Peloponeso. O povo de Atenas aparece personificado em Demos, senhor de dois escravos: Demóstenes e Nícias. Estes dois queixam-se dos maus tratos de um terceiro escravo, Paflagão, recentemente adquirido e instalado na função de administrador, caricatura de Cléon.

Os subordinados apropriam-se de um oráculo, segundo o qual Paflagão terá um linguiceiro por sucessor. Como que enviado pelo destino, passa o linguiceiro a quem declaram salvador da pátria por misteriosa vontade. Incrédulo, o linguiceiro se declara semianalfabeto. Os escravos consideram essa qualidade indispensável para conquistar a simpatia de Demos e para desalojar Paflagão.

Apoiado pelo coro dos cavaleiros, o linguiceiro, temeroso a princípio, ataca Paflagão. No debate que trava com o rival, o linguiceiro se mostra superior em corrupção. Demos, sensível às bajulações do linguiceiro, acolhe-o com simpatia. Vendo Paflagão inconformado, Demos declara que entregará o governo a quem o tratar melhor. Repreendido pelos cavaleiros por sua vulnerabilidade à bajulação, Demos retruca que explora a lucratividade de sua própria tolice. O linguiceiro, tendo conquistado Demos com dádivas mais generosas, arrebata o cargo. O novo governante se regenera e com ele regenera-se Demos, que promete no futuro trilhar os caminhos da decência.

Paflagão é um herói trágico às avessas. Pressente a queda e, quanto mais luta contra a ruína inevitável, mais clara ela se impõe. Ante os atos desatinados da assembleia conduzida por demagogos corruptos, Aristófanes recorre ao milagre – tão frequente no teatro de Eurípedes – como único remédio para a restauração da saúde política. Decepcionado com os atos da democracia, que favorece o triunfo dos medíocres, Aristófanes saudosisticamente lembra a aristocracia demitida como expediente para o retorno da ordem.

Cléon recebe novo ataque em *As Vespas*. Os tribunais tinham-se tornado fonte de renda para os pobres, que fazem da modesta gratificação paga aos juízes, escolhidos por sorteio entre os cidadãos inscritos, uma fonte de renda. Para se tornar popular, Cléon triplicou a gratificação, o que atraiu os desocupados em prejuízo do correto exercício da justiça.

Aristófanes põe em cena um administrador de Cléon, Filocléon, acometido da doença de julgar. O filho deste, adversário de Cléon, Bdelicléon, prende o pai em casa como medida terapêutica. Atraídos pelos gritos do prisioneiro, os outros juízes (as vespas) acodem para libertá-lo. Bdelicléon frustra a libertação. Hostilizado pelos juízes, o filho tenta provar que o seu ato é benéfico ao pai, transtornado pela ilusão de ocupar posição soberana no tribunal, quando, na realidade, os juízes estão sujeitos aos interesses escusos de políticos como Cléon. O pai, parcialmente persuadido pelos argumentos do filho, deixa de frequentar o tribunal, mas não se cura, de vez, da mania de julgar. Introduz-se, então, um cachorro acusado de ter roubado um queijo para que Filocléon exerça nele o incurável desejo. A comédia *As Vespas* ataca os políticos e todo o sistema jurídico por eles aviltado.

Na última peça que nos deixou, *Plutos,* Aristófanes constrói outra utopia social. Um velho camponês, Cremilo, consulta o oráculo sobre o futuro de seus dias. Recebe como resposta a orientação de seguir o primeiro homem que encontrar ao sair do templo. Aparece-lhe um cego em quem descobre Plutos, o deus da riqueza. Plutos consente em acompanhar o camponês à casa deste. A Pobreza, preocupada com a presença de Plutos, aponta os males que afligirão a Grécia caso Plutos a expulse. Os homens, entregues à ociosidade, perderiam a energia, esquecidos do trabalho honesto. A advertência não prejudica o poder sedutor de Plutos. Conduzem-no ao templo de Esculápio a fim de que a visão lhe seja restituída. Curado da cegueira, Plutos não enriquece apenas Cremilo como também a todos os que o procuram.

Aristófanes, frustrado o esforço de salvar Atenas da ruína, se põe a sonhar. Há outro recurso para fazer a riqueza chegar a seus caros camponeses arruinados pela guerra, nos quais viu energia para construir um mundo melhor?

Utopias encontram-se ao longo de toda a sua carreira. Anos antes, os atenienses tinham visto *Os Pássaros*. Desesperado de melhoria política, Aristófanes imaginou uma república nos ares. Dois atenienses, cansados da insegurança na terra, pedem asilo ao mundo volátil das aves. O pedido evoca-lhes o poder divino que elas tinham antes de Zeus reinar na região celeste. Decidida em assembleia a reorganização do reino antigo, as aves impedem que o fumo dos sacrifícios alimente os deuses. Estes, famintos, querem estabelecer um acordo com elas. Conciliados os litigantes, a peça acaba em alegria. Aristófanes mistura o sonho com o combate a males concretos. Vencido, é ainda o sonho que o salva do desespero.

Não compreendida pelos contemporâneos, *As Nuvens* permanece como um dos pontos elevados do teatro de Aristófanes, apesar dos equívocos. Nessa comédia, Aristófanes dramatiza as mudanças que os novos tempos introduziram em Atenas. Strepsíades, um camponês que em virtude da guerra se transferiu para a cidade, está em sérias dificuldades econômicas por causa dos gastos excessivos do filho, entregue a divertimentos dispendiosos. Aproximando-se a data em que os credores hão de exigir pagamento de dívidas, Strepsíades concebe a ideia de enviar o filho à escola de Sócrates a fim de aprender artimanhas retóricas para livrar-se dos credores.

O plano desagrada Fidípides, o filho. A obstinação desaponta o pai. Sem outro meio, resolve ele mesmo matricular-se na escola, embora velho e resistente à instrução. O ingresso do camponês simplório, cheio de incidentes cômicos, ridiculariza a atividade de Sócrates. As Nuvens, jocosas divindades tutelares do filósofo, são repetidamente invocadas.

Rejeitado por Sócrates como incapaz, Strepsíades retoma o plano original de matricular o filho, o que, enfim, consegue, apesar da relutância de Fidípides. Confrontado com o debate sofístico entre o Argumento justo e o Argumento injusto, o novo discípulo, obediente a suas inclinações, decide-se pelo último. Chegado o dia da cobrança, os credores exigem o pagamento. Fidípides, de volta ao lar, afasta os credores temporariamente com um argumento sofístico, provando-lhes que nada têm a receber.

O sucesso deslumbra Strepsíades. O coro, num tom jocosamente trágico, prevê a desgraça do pai envaidecido. Confirmam-se as previsões. Fidípides, escudado na instrução, desrespeita e maltrata o pai e ameaça a mãe. Fidípides chega a espancar o pai, alegando que não fazia mais do que devolver-lhe os golpes que Strepsíades lhe aplicara em criança. Strepsíades, vítima das próprias artimanhas, reconhece o erro e como vingança queima a escola de Sócrates.

O Sócrates de Aristófanes não se assemelha em nada ao Sócrates histórico. Não se exija do comediógrafo veracidade fatual. A arte assegura-lhe o direito de recriar personagens. Aristófanes põe em cena o sistema educacional ateniense, de consequências funestas para a vida pública e privada. Como os heróis trágicos, Strepsíades tenta fugir da fatalidade por todos os meios, cometendo desatinos que lhe provocam a queda. A dívida, tomando o lugar da fatalidade trágica, estabelece a unidade do enredo. O dia a dia, desativando determinantes míticos, comanda a ação. Se na tragédia a história impregna o mito, a discussão do que ocorre na vida diária ocupa na comédia o espaço inteiro.

A crítica teatral, exercida peregrinamente em outras peças, torna-se preocupação dominante em *As Rãs*. Depois da morte de Eurípedes, em 407, não apareceu tragedista da mesma envergadura. Eis o motivo da viagem de Dioniso, padroeiro da tragédia, ao Hades para resgatar o último dos grandes tragedistas. Ao aproximar-se do destino, Dioniso ouve a voz de Ésquilo e Eurípedes, que disputam o trono da tragédia, reservado para o mais ilustre tragedista no reino dos mortos. Entrando no recinto, Dioniso é escolhido como juiz. Os contendores examinam o conteúdo, os ensinamentos, o vocabulário, o estilo, o lirismo, a variedade dos temas de cada um, abordando aspectos que permanecem no campo da reflexão.

Concluído o exame, Dioniso muda de opinião. Declara Ésquilo o melhor e reserva o segundo lugar para Sófocles, frustrando as aspirações de Eurípedes.

Eurípedes é trazido ao palco em outra peça de crítica literária, *As Celebrantes das Tesmofórias*. Eurípedes entra com o seu parente Mnesíloco e lhe expõe as aflições. As atenienses indignadas com Eurípedes por verem expostos em suas peças artimanhas e sentimentos femininos, pretendem, durante a festa das Tesmofórias, elaborar um plano para assassiná-lo. As celebrações prestam-se a isso porque delas os homens estão excluídos. Eurípedes precisa introduzir na assembleia um homem com disfarce de mulher para defendê-lo. Tendo o efeminado tragedista Agaton rejeitado esse papel, Mnesíloco, por solidariedade, o aceita, embora seus caracteres masculinos bem acentuados não o recomendem. Mnesíloco, atento aos argumentos contra Eurípedes, diz que as mulheres deveriam ser gratas por aquilo que o tragedista poderia ter revelado e que, para o bem delas, calou. Descoberto como impostor, Mnesíloco é feito prisioneiro e entregue aos guardas. Eurípedes liberta o parente com a promessa de nunca mais revelar segredos femininos.

Esta como outras comédias mostram a popularidade de Eurípedes e a atenção que Aristófanes lhe dá. O que muitos veem como crítica pode ser interpretado como homenagem. Aristófanes conhece o teatro de Eurípedes, quando põe peculiaridades euripidianas em debate o faz com categoria. Os atenienses, que não entenderam *As Nuvens,* aplaudiram as comédias literárias de Aristófanes, a filosofia, embora praticada em público, atraía poucos. Os juízes que condenaram Sócrates não sabiam quem estavam julgando.

Aristófanes fez da comédia lugar de reflexão sobre as grandes questões do momento: políticas, filosóficas e literárias. Viveu num mundo em colapso e o discutiu apaixonadamente.

Menandro

Apesar da importância da Comédia Nova, nada se conhecia diretamente dela além de sentenças morais preservadas em citações. Achados arqueológicos acrescentaram parcos fragmentos. Faziam-se conjeturas a respeito do trabalho dos sucessores de Aristófanes a partir da comédia latina. As areias do Egito devolveram, enfim, no século xx, *O Intratável (Dýskolos)*, de Menandro (340-292).

Cnemon, o intratável, vive solitário no campo com uma filha. A mãe da moça era uma mulher que tivera um filho, Górgias, antes de casar com Cnemon. Intratável e abandonado pela mulher, Cnemon não tolera ninguém nas proximidades de sua casa.

Sóstrato, rapaz de posses, apaixona-se pela moça, mas Cnemon o repele asperamente. Nas imediações da casa de Cnemon há um santuário no qual a família de Sóstrato faz sacrifícios. A misantropia de Cnemon se revela na recusa de uma panela que os escravos dos celebrantes necessitavam para o preparo da carne. Cnemon entra no poço para retirar um balde que caíra nele. Não conseguindo sair, grita por socorro. Vem Górgias, auxiliado por Sóstrato, para auxiliar o aflito.

Salvo da morte, Cnemon reconhece as desvantagens da reclusão. Reconcilia-se com a mulher e recebe Górgias como filho, permitindo-lhe cuidar do casamento da filha. Górgias aproveita o ensejo para introduzir Sóstrato, lembrando a participação dele no salvamento. Sóstrato, ao receber como esposa a mulher de seus sonhos, oferece ao amigo, em retribuição, sua própria irmã em casamento. O duplo enlace favorece Górgias e sua meia irmã; o pai de Sóstrato é bem mais rico. A noiva de Górgias traz um dote duas vezes maior.

Um olhar retrospectivo à evolução do teatro, situados em *O Intratável*, mostra notáveis modificações. O coro, núcleo do teatro primitivo, desapareceu. Os flautistas que atuam entre os atos são uma sombra do coro de outros tempos. O coro perdeu muito da importância primitiva já em Sófocles, chega a desprender-se da ação em algumas peças. De significado variável em Eurípedes, tornou-se plenamente dispensável em *Pluto*. O empobrecimento dos atenienses contribuiu para a eliminação do coro, já que absorvia a maior parte dos recursos investidos na montagem. Outros fatores contribuíram. Os conflitos, vinculados à coletividade no princípio, foram-se retraindo até se converterem em problemas puramente individuais em *O Intratável*. Cnemon não tem vínculo algum com a cidade. A vida reclusa que escolheu teria significado morte em outros tempos. Seria estranha nessas circunstâncias a presença de qualquer setor da coletividade. A regeneração final do herói devolve-o aos limites estreitos da família constituída pela mulher, filhos e parentes mais próximos, por motivos tão individuais como a segurança pessoal.

Estamos não só num teatro novo mas também numa sociedade nova. A cidade-Estado não existe mais. Menandro escreve sob regime macedônico. As grandes questões sociais tratadas por Aristófanes foram retiradas da pauta de discussão pelo regime militar. As preocupações reduziam-se a rendas, produtividade do solo, trabalho, sentimentos. Nem as grandes questões em torno do sentido da existência e do mundo atraíam interesse. O fervor religioso morreu com a desativação da política das cidades. A força do exército tomou o lugar dos deuses, protetores das pequenas cidades-Estado. O culto rendido ao supremo mandatário da nação, imperador ou rei, era o que restava da antiga devoção religiosa. Como não explicava coisa nenhuma, degenerou em ritual sem compromisso subjetivo.

Os limites entre tragédia e comédia foram se cobrindo de neblina no teatro de Eurípedes até desaparecerem por completo em peças como *Pluto*. A impregnação do cotidiano, a dúvida metafísica e o enfraquecimento do Estado fortalecem o interesse pelo indivíduo. Este atrai toda a atenção agora. Toda mudança provoca novos fenômenos. A emergência do indivíduo é a contribuição da Comédia Nova. Não havia espaço para caracteres como Cnemon num teatro preocupado com o entrechoque de princípios gerais. As caracterizações mais nítidas apareciam em personagens secundárias. Desaparecidas as outras, estas tomaram o centro. Para assegurar a ilusão da universalidade, proliferam as máximas, que circulam como entidades autônomas, voz sem locutor, deuses sem corpo e sem história, fragmentos de textos que se perderam.

Em lugar do sentido, que outrora comandava o universo e os atos humanos, aparece o golpe da sorte, despido de transcendência. Se Cnemon não tivesse caído no poço, quando Sóstrato se encontrava nas imediações, ninguém teria casado com ninguém. Sem outra explicação, a existência converte-se em jogo de roleta. E há a linguagem do dia a dia. *O Intratável* é peça exemplar de conversa variada, viva, distante de elaboração erudita.

7. ÍTACA

A Ilha Sonhada

No século XVI, época em que se dissolviam certezas, Dom Quixote desperta para insuflar novo alento. Occham tinha estabelecido a observação como fundamento da ciência, Dom Quixote ostenta semblantes que escapam à observação. O ócio permite-lhe dedicar-se a atividades não subordinadas a interesses alheios, nos anos de ociosidade ocupa-se consigo mesmo. Afirma triunfante que o homem é filho de seus feitos, corta os vínculos com o passado, vende seus bens para construir um nome que supere façanhas de gerações anteriores. Assumindo nome desconhecido, Dom Quixote eleva-se acima do cotidiano. Fazer de sua insignificância algo de valor depende só dele. Em lugar do passado, o futuro.

No seu recolhimento, Dom Quixote lia. Livros não existem para preservar a memória de coisas antigas, livros revelam o poder da palavra. Palavras mágicas transformam. Um nome sonoro faz de um matungo reduzido a pele e ossos a melhor cavalgadura de todos os tempos, Rocinante. O corcel de Dom Quixote deita sombras sobre o Bucéfalo de Alexandre da Macedônia. Um nome,

Dulcineia, ergue uma camponesa à categoria de princesa. Não se diminua a importância do feito. Cabe a poetas descobrir nobreza na jovem de nossa convivência. Uma camponesa não é só camponesa, em toda camponesa vive uma mulher de estirpe. Ainda que não exista, Dulcineia dá sentido aos arroubos do herói. Dom Quixote transforma Sancho Pança, um homem modesto, em escudeiro. A epopeia antiga deprecia as pessoas que trabalham no campo, Dom Quixote as enobrece.

Sancho Pança, um homem prático, sonha com uma ilha, recompensa oferecida por Quixote. Sancho anda, observa, padece, luta. Como viver sem sonhos? Cavaleiro e escudeiro locomovem-se em territórios imaginados. Os sonhos de Sancho e os de Quixote convergem, o que ainda não é em lugar do que já foi. Quixote e Sancho buscam o que outrora procuravam os cavaleiros do Rei Artur, a utopia: ilha, Santo Graal, vida tranquila, invenção literária, Ítaca.

Sancho aprendeu que o prazer está na andança. Quando Quixote travou combates para transformar o mundo, padeceu dolorosos dissabores. Mostrou que a recompensa não está no fim, floresce na própria ação. Vitorioso era Quixote quando se erguia do chão.

Sancho assume lugar saliente ao cabo de uma vida de aventuras. Em vez de repetir provérbios, como costumava fazer, Sancho ensaia a reflexão. A função da poesia é despertar realidades que a aparência oculta. Aparências (condição social, segurança econômica, prosperidade industrial) ocultam valores que a poesia desvenda. A ignorância não é inata, instrua-se o homem humilde, e ele brilhará entre instruídos.

Que seria da vida de Quixote sem aventuras? – reflete Sancho na presença de um Quixote desalentado. A tristeza é molesta quando precipita na imobilidade. Ao cabo de muitos insucessos,

Sancho emerge como inventor de Quixote. De escudeiro a inventor. Sancho, iletrado, sem imaginação, preso ao cotidiano, revela-se ficcionista. Sancho tomou o destino em suas próprias mãos. Viajar com Dom Quixote foi para Sancho contínuo aprendizado. Dom Quixote recebe de Sancho: bondade, compreensão, resignação. Que sentido tem a exclusão? O convívio instrui.

Observe-se a diferença entre prosa e poesia. O barbeiro e o pároco, gente prática, guardiões do cotidiano, alarmados, passaram a queimar livros. O cura não queima a esmo. Há livros úteis e livros perversos. Os úteis subordinam à ordem, ao sistema, os perversos propõem outros versos. Critério é a instituição que o cura representa. Para a sobrinha do fidalgo, uma mulher decente, doença pior do que a poesia não há. Extinga-se a ilusão literária, e a vida segura, sem ilusões, imperará.

A loucura de Dom Quixote ilumina como a de Hamlet. Faltam à prosa cotidiana delírios, esperança, solidariedade, bens de loucos. Descartes supõe um gênio maligno capaz de ocultar a face verdadeira das coisas. O gênio maligno que persegue Dom Quixote faz o contrário, despe as coisas das fantasias, dom de livros. Resultado: um mundo prático, de quem os bons, os inocentes, os solidários, os sonhadores, os justos são banidos. Ferido pelas engrenagens da lucidez cartesiana, o Ocidente volta aos livros recusados. Dom Quixote e seu escudeiro saem do livro para percorrer lugares inóspitos. No ímpeto de construir um mundo melhor, Dom Quixote recorre a meios sabidamente inadequados: o desejo de favorecer os despossuídos, o desejo de recompensar trabalhadores humildes, o desejo de viver com a mulher amada. Heidegger, dizendo que a técnica prolonga a metafísica cartesiana, procura a verdade nos loucos. Nos moinhos de vento de Dom Quixote, ciência e poesia convivem.

Quem é na verdade Quixote? Obra de um poeta, poeta que não é Cervantes, poeta que escreveu em outra língua, árabe. O que Cervantes conhece e reelabora é uma tradução. Quixote chega a ler as suas próprias façanhas.

Quixote saltou do livro e cavalga entre multidões que sonham com um mundo em que impere a justiça, em que a fome não castigue desfavorecidos, em que governantes não assaltem riquezas, em que oradores não iludam com palavras retumbantes, em que sorrisos não encubram abismos. Que Dom Quixote inflame a mente de todos!

O Futuro Antecede o Presente

Conhecíamos estátuas equestres, pedestres e sedestres, a que se vê à entrada da Akademie der Kunste am Pariser Platz, sede da 9ª Bienal de Arte Contemporânea de Berlim, afronta a tradição. Uma "it girl" instalada num pufe exibe as nádegas erguidas, os cabelos escondem a cabeça inclinada, descendo ao chão em cascata ondulada. A garota, adequadamente aparelhada, fotografa arredondamentos anatômicos expostos, negados aos olhos dela. Visitantes seduzidos por superfícies pudendas desfilam como "pudendoscópio", evoco a sábia substantivação de Joyce. O "it", destinado a cibernéticas redes sociais, reside aí? A estátua é de Anna Uddenberg, uma sueca de trinta e poucos anos, estabelecida em Berlim. A escultora expõe em outro ambiente torsos femininos que escapam de valises rodadas. O cotidiano voa travestido em redes eletrônicas e aeronaves para onde? O Globo é a residência do homem globalizado, queremos conhecer a casa em que moramos.

A escada leva os visitantes a *Como Desaparecer na América?*, uma *performance* do japonês Ei Arakawa – ele reside em Nova York. O espetáculo musical, baseado num texto de Seth Price (2008), dramatiza a fuga de um casal de artistas insatisfeitos com o ambiente de trabalho. Perseguidos, caem enredados numa elaborada malha eletrônica. As demais personagens, outros fugitivos, movem-se dançantes. Registros ubíquos e infalíveis condenam todos à presença permanente. O contraste (exibicionismo de uns e invisibilidade almejada de outros) conflagra o século XXI. Aparelhos fotográficos, cinematográficos, escutas telefônicas, redes sociais anulam o desejo de privacidade. A mais recente versão do panóptico, arquitetado por Jeremy Bentham no século XVIII e teorizado por Foucault, observa-nos onde quer que estejamos. O conflito de Arakawa é global. Como desaparecer do mundo? O império da cabeça oprimiu, humilhou, ensanguentou, invadiu intimidades, concentrou a riqueza de todos na posse de poucos, a afrontosa posição da jovem fustiga austeros cálculos masculinos. Escolheremos essa via para desaparecer e ressurgir renovados em ambiente de convivência prazerosa?

Suahil Malik, professor de artes londrino, em conversa com Armen Avanessian, filósofo vienense, pondera que o presente já não procede do passado. Moldados pelo futuro, o que acontece não vem de resoluções ditadas pelo passado nem nasce do momento. Distanciados de circunstâncias (território do contemporâneo), podemos considerar-nos pós-contemporâneos? Avanessian salienta que nesta época produtos industriais satisfazem nossa vontade antes de a expressarmos, o futuro antecede o presente, confirmamos devaneios de ficção científica, medidas preventivas impedem que malefícios antevistos aconteçam. Essa bienal de arte contemporânea, a de Berlim, será a última? A dúvida é de teóricos e artistas. Acabou o contemporâneo, movimento que nos prende ao presente desde 1970? Observa-se que, em razão do distanciamento, a visão fenomenológica recua. Jonathan Meese vocifera contra ideologias, venham da esquerda ou da direita, de cima ou debaixo, de dentro ou de fora. Personalidades, escolas, sistemas levantam barricadas contra o advento da arte. Na eloquência do pintor berlinense, a solução está na arte, só na arte. Meese funde e confunde posições definidas. A arte, diluída no tempo, vem.

Centauro pós-contemporâneo, sou meio homem, meio valise. Agentes de turismo arrastam-me entre multidões como dólar, como euro, moedas que me avaliam, abrem-me as portas a paisagens de contos de fada, levam-me a salas de tesouros antigos. Em falas profissionalmente recitadas por guias solícitos, desfilam reis, princesas, castelos, condes... Datas ouvidas e imediatamente esquecidas saltam precisas. Locais cuidadosamente escolhidos encantam meus apelos. Na minha cabeça, presente, passado e futuro se misturam, meu agora é o já acontecido de milhares e o esperado de milhões. Rolo sem ideologias, sem ódios. Vivo anônimo a confraternização universal, longe da fome, do frio, das epidemias que dizimam migrantes. Como centauro-valise sou empurrado a mesas, a apartamentos, a passeios ao alcance dos meus recursos. Como desaparecer na América? Como desaparecer? Ninguém me vê, não vejo ninguém, definham imagens na memória, sem muralhas, mundo imenso, variado, acolhedor, fugaz. Sorrisos espertos limpam meus olhos de preocupações e consomem minhas parcas economias. Gasto numa semana o que juntei num ano de trabalho suado. Retorno à realidade crua para conquistar o privilégio de voltar a sentir no anonimato o prazer de viver. Sou pós, pós--contemporâneo, pós-tudo. Pré-futuro eu seria, se futuro houvesse.

Ondas encobriram Atlântida. Ondas engoliram Ítaca?

Descida ao Hades

Em busca de Ítaca, resolvi descer ao Hades como Odisseu, como Ezra Pound, aconteceu num dia explosivo, terremotos tremiam na minha cabeça. Seria eu o resultado duma explosão? Hesíodo garantiu-me que não, que eu era filho do Caos e de Eros, razão de erros, de errâncias em bosques, em banquetes.

Vozes me entravam pelos ouvidos, vozes de sombras:
– Sujeito, *subjectum*, lançado, chamado para despertar... Por numes, por nomes, por velas, por velos, por desvelos... Além de ventos e de velas, além Éolo, de falhas, de batalhas, Ítaca... Um contemplado, sonhado, Ítaca... No ventre de Saturno: frios, calafrios, naves e neves. Apelos de Apolo... O saber das Sereias serena... Em Ítaca, veredas convergem e divergem...

Mundo louco, sombras de todos os lados, instantâneas como as nuvens, iam e vinham ao sabor do vento, paciência para conversa demorada não havia.

Invoquei Aristóteles. Ele não acordou, estava cansado. Gente para falar com ele a cada minuto. Teofrasto eu agarrei pela capa:
– Qual é o assunto?
– Discutem por séculos. O que significa: *to ti ên einai?*
– Somos fidalgos, filhos de algo (*ti*). Algo acontecia (*ên*), de acontecimentos descendemos. Isso não aconteceu de vez, acontecia o ser (*einai*), acontecia e deverá acontecer, o ser é na variedade. Como filhos de algo, somos algo, o (*to*) ser acontece em nós. Como ser sem que algo aconteça? Do lugar em que estamos, refletimos sobre algo que já foi, projetamos algo que será: *to ti ên einai* – o algo era ser. Algas e algos se desfazem, o ser que era em algo será em outro algo, em algos, em algas.

Com a sombra de Guimarães Rosa bati de frente:
– Metempsicose, meu caro. Joyce ronda, no *Ulisses*, metempsicose o tempo todo, psiques rondam Bloom. Você já pensou nisso?
– A psique de Odisseu, reflui em Leopold Bloom, reflui em Riobaldo. O ser é um rio que era, que é, que será, fecunda runas (*riverrun*), revém em *veredas*; do que se escreveu, do que se escreve, do que se escreverá, Ítaca é a meta.

Revi Paulo Medeiros com alegria. Insisti numa conversa interrompida.

— *Wo es war soll ich werden...*
— Na variedade d'isso, ver a verdade. Na variedade, a verdade. A verdade vem na variedade. Verdade derramada: variedade. *Onde isso variava, eu deverei verdejar.*

Vi meu sábio professor de grego, Jorge Paleikat, de relance.
— Ítaca, professor...
— Ítaca é a meta dos que navegam, dos que contam, dos que cantam, dos que esmiúçam conflitos, dos que pensam, dos que examinam, dos que discursam, dos que atuam. Mesmo que Ítaca não seja localizável em mapa, sem ela, como viver, como reviver, como ver, como ser? Viajamos escrevendo, pensando, lendo, sendo. A sedução de Ítaca, escondida em algum lugar do mar ignoto, é mais forte do que o canto das Sereias.

A Sombra de Odisseu

Na minha primeira viagem à Grécia, surpreendeu-me o afeto das pessoas por cachorros de rua. Não falta quem, ao sair de casa, carregue sacola para alimentá-los. Ocorreu-me Diógenes, um pensador que despontou no ocaso da cidade-Estado. Por terem tomado o cachorro como modelo de comportamento, Diógenes e seus discípulos ficaram conhecidos como cínicos (*caninos*), palavra derivada de *kýon* (cão). Diógenes e os atenienses de agora contribuem para compreender os vínculos afetivos que ligavam Odisseu e Argos, cachorro que, velho e alquebrado, só se rendeu à morte depois de rever Odisseu, ausente por quase vinte anos. Homero, econômico no relato de empresas desastradas, dedica dezenas de versos a Argos. O nome enobrece o cachorro.

Ao perambular, ébrio de antiguidades, entre colunas, erguidas por Pisístrato, de um templo consagrado a Zeus, e de olhos voltados ao Partenon, aparece-me Odisseu em pessoa.

– Que faz você por aqui?
– Senti frio no Hades, vim abastecer-me de calor.
– Você sai à hora que quer?
– Tenho regalias. Argos fez amizade com Cérbero, cachorro de três cabeças, encarregado de guardar a entrada no Reino dos Mortos. Enquanto os cachorros brincam de caçar, saio para espairecer.
– Por que você deu o nome de Argos a seu cachorro?
– Aventuras povoavam-me a cabeça. Argos, filho de Frixo, construiu a nau que levou a Cólcida Jasão, aventureiro que embarcou com o propósito de capturar o Velocino de Ouro. Eu vivia sonhando. Não podia imaginar que o destino me conduzisse a Troia, a uma guerra que me distinguiu com feitos memoráveis, superiores aos dos aguerridos argonautas. A sorte me reteve longe de Ítaca por quase vinte anos. Na minha ausência quem cuidou da minha mulher e de Telêmaco, meu filho, foi Argos. Ele me identificou, embora revestido de trapos, expediente a que recorri para não ser atacado pelos pretendentes de Penélope. De olhos cansados, Argos reconheceu-me pelo faro.

Se você quer um ser que se move entre o mais baixo e o mais alto, como sugere Joyce, pense em Argos. Gestos dizem mais do que palavras. Mares, sucessos e insucessos não tinham rompido os laços da amizade. Odisseu reviu nos olhos de Argos o mundo anterior a Troia. Argos, indiferente a passado e futuro, vivia no presente. Em combate, o cachorro não pensava em vantagens, ele era todo pernas, dentes, pescoço, músculos. Argos era exemplo de guerreiro e de vida. Platão, ao arquitetar, mais tarde, a constituição de uma república justa, propôs cachorros, dignos à maneira de Argos, como modelos dos guardiões do Estado. Argos sorvia deliciado cada instante. Enquanto levantava os olhos apagados a Odisseu, escorriam anos de ausência. Argos experimentou visceralmente a presença de Odisseu. Fechou os olhos como quem pede licença para dormir.

Odisseu vê no Argos agonizante mais do que a morte de um amigo, o monarca se despedia de um guerreiro. Aprendera de Argos a arte de combater. Argos não lutava por si, arriscava a vida para proteger agredidos. Do sub-humano ao divino, Argos era exemplo de luta acontecendo, nunca concluída. Com o retorno de Odisseu, cumprida a tarefa, Argos sentia-se no direito de descansar. Um dia Odisseu seguiria os passos de Argos ao reino escuro, Argos e Odisseu se fizeram literatura para o encanto de muitos.

A visão da morte nos dá projetos de vida. Odisseu viu na fraqueza do seu cachorro uma Ítaca envelhecida. A morte de Argos ativa a sanha de Odisseu. O rei de Ítaca viu na insolência dos pretendentes o ímpeto de interesses pessoais. Encetou a luta por uma Ítaca renovada. Ítaca só poderia tornar-se uma terra justa a partir de si mesma. Odisseu rebelou-se em Ítaca contra os males de Ítaca. Sonhava com um país em que o bem-estar de todos estivesse acima dos privilégios de alguns, uma unidade política em que se reuniriam cidadãos para estabelecer em liberdade normas de convivência, lugar em que emergiriam inventores de seu próprio futuro. Como ser livre, se aqueles que deveriam cuidar de nós minam a liberdade de viver, de sonhar, de dormir? Odisseu desejava enterrar a Ítaca de magnatas gananciosos para legar a seu filho um território em que se elaborassem projetos promissores.

Depois de limpar o palácio, Odisseu parte sabiamente para aventuras longe de Ítaca. Novas energias deverão construir convivência renovada.

Kaváfis recanta a *Odisseia*:

Quando empreenderes viagem a Ítaca,
roga que seja longo o percurso,
cheio de aventuras, cheio de saberes.
Lestrigões e Ciclopes,
o irado Posidon, não os temas –
nada disso acharás jamais em teu caminho
se elevado mantiveres teu pensamento, se emoção
sublime tocar teu espírito, tocar teu corpo.
Lestrigões e Ciclopes
o feroz Posidon, não os encontrarás
se não os levares em teu espírito,
se teu espírito não os erguer diante de ti.
Roga que se espiche o trajeto,
que se multipliquem as manhãs de estio.
Hás de penetrar – imagina o prazer, o júbilo! –
em portos nunca dantes visitados.
Detém-te em empórios fenícios,
adquire mercância fina:
corais e madrepérolas, âmbares e ébanos,
voluptuosos perfumes aos magotes.
A volúpia perfumada bata nos limites do que podes fruir!
Visita cidades egípcias, muitíssimas.
Aprende! Aprende de quem sabe!
Ventos enfunem sempre as velas de tua mente.
Ítaca seja teu escopo.
Mas não te apresses nunca em lá chegar.
Que a viagem demore anos e anos,
assim te é melhor.
Que já velho alcances tua ilha,
rico dos ganhos no percurso.
Não esperes de Ítaca régia recompensa.
Ítaca te proporcionou rota fulgurante.

Não te terias posto a caminho sem ela.
Ítaca já te deu o que tinha para te dar.
Mesmo que te saibas pobre, Ítaca não zombou de ti.
Opulento de saber e experiência,
terás compreendido o que Ítacas representam.

REFERÊNCIAS BIBLIOGRÁFICAS

Geral

BEATON, R. *An Introduction to Modern Greek Literature*. Oxford, Oxford University Press, 1999.
BOWRA, C. M. *Historia de la Literatura Griega*. México, Fondo de Cultura Económica, 1950.
BRUNS, Ivo. *Das Literarische Porträt der Griechen*. Hildeshein, Georg Olms, 1961.
DEFRADAS, Jean. *Breve História da Literatura Grega*. Lisboa, Editorial Verbo, 1965.
FRÄNKEL, Herman. *Wege und Formen Fruhgriechischen Denkens*. Munchen, Beck, 1960.
JAEGER, Werner. *Paideia*. México, Fondo de Cultura Económica, 1967.
JARDÉ, A. *A Grécia Antiga e a Vida Grega*. São Paulo, Edusp, 1977.
KITTO, H. D. F. *Os Gregos*. Coimbra, Arménio Armado, 1960.
MANCINI, Augusto. *História da Literatura Grega*. Lisboa, Estúdios Cor, 1973.
MONTANELLI, Indro. *História dos Gregos*. São Paulo, Ibrasa, 1968.
OTTO, Walter R. *Das Wort der Antike*. Darmstadt, Wissenschaftliche Buchgesel lschaft, 1962.

_____. *Die Gestalt und das Sein.* Darmstadt, Wissenschaftliche Buchgesellschaft, 1959.

PEREIRA, Maria Helena da Rocha. *Estudos de História da Cultura Clássica.* Lisboa, Gulbenkian, 1967.

RAHN, Helmut. *Morphologie der Antiken Literatur.* Darmstadt, Wissenschaftl iche Buchgesellschaft, 1969.

REINHARDT, Karl. *Vermaechtnis der Antike.* Goettingen, Vanderhoeck & Ruprecht, 1966.

ROHDE, Erwin. *Psyche.* Darmstadt, Wissenschaftliche Buchgesellschaft, 1961.

ROMILLY, Jacqueline. *Fundamentos de Literatura Grega.* Rio de Janeiro, Zahar, 1984.

ROSE, H. J. *A Handbook of Greek Literature.* London, Mathuen, 1950.

SNELL, Bruno. *Gesammelte Schriften.* Göttingen, Vanderhoeck & Ruprecht, 1966.

SCHUHL, Pierre-Maxime, *Essai sur la formation de la pensée grecque*, Paris, P.U.F., 1949.

TOYNBEE, Arnold J. *Greek Civilization and Character.* New York, Mentor Books, 1953.

VITTI, M. *Istoria tis Neoellenikís Logotekhnias.* Athena, Odysséas, 2003

Narrativa

AUBRETON, Robert. *Introdução a Homero.* São Paulo, Difel, 1968.

BECHTEL, Friedrich von. *Lexilogus zu Homer.* Darmstadt, Wissenschattliche Buchgesellschaft, 1966.

BEYE, Charles Rowan. *The Iliad, the Odyssey and the Epic Tradition.* London, Macmillan, 1968.

BRANDÃO, Junito de Souza. *De Homero a Jean Cocteau.* Rio de Janeiro, Bruno Buccini, 1968.

REFERÊNCIAS BIBLIOGRÁFICAS

BRANDÃO, Jacyntho Lins. *A Poética do Hipocentauro*. Belo Horizonte, UFMG, 2001.

———. *A Invenção do Romance*. Brasília, UNB, 2006.

BUNSE, Heinrich. *As Biografias de Homero*. Porto Alegre, Edurgs, 1974.

BOWRA, C. M. *Heroic Poetry*. London, Macmillan, 1964.

CARPENTER, Rhys. *Folktale, Fiction and Saga in the Homeric Epics*. Berkeley, University of California, 1962.

DELEBECQUE, Édouard. *Télémaque et la Structure de l'Odysée*. Aix-en-Provence, Annales de la Faculté de Lettres, 1958.

FINLEY, M. *The World of Odysseus*. London, Chatto and Windus, 1966.

GRAZ, Louis. *Le Feu dans L'Iliade*. Paris, Klincksieck, 1965.

HELLWIG, Brigitte. *Raum und zeit im Homerischen Epos*. Hildesheim, Georg Olms, 1964.

HEUBECK, Alfred. *Der Odysse-Dichter und die Ilias*. Erlangen, Palm und Enke, 1954.

HOMERO, *Ilíada*. Trad. Haroldo de Campos. São Paulo, Arx, 2002.

———. *Odisseia*. Trad. Donaldo Schuler. Porto Alegre, L&PM, 2007.

KAZANTZÁKIS, Nikos. *The Odyssey*. Trad. Kimon Friar. New York, Clarion, 1969.

———. *The Last Temptation*. Trad. P. A. Bien. Oxford, Bruno Cassirer, 1961.

KIRK, G. S. *Language and Background of Homer*. Cambridge, Heffer, 1954.

KULLMANN, Wolfgang. *Die Quellen der Ilias*. Wiesbaden, Franz Steiner, 1960.

MAZON, Paul. *Hésiode*. Paris, Les Belles Lettres, 1960.

———. *Introduction a L'Illiade*. Paris, Les Belles Lettres, 1948.

MEISTER, Karl. *Die Homerische Kunstsprache*. Darmstadt, Wissenschaftliche Buchgesellschaft, 1966.

MONRO. D. & ALLEN, T. *Homeri Opera*. Oxford, Clavendon, 1969.

PHILIPSON, Paula. *Untersuchungen uber den Griechischen Mythos*. Zurich, Rhein-Verlag, 1944.

Rattenbury, R. M. & Lumb, T. W. *Héliodore – Les Ethiopiques.* Paris, Les Belles Lettres, 1943.

Reinhardt, Karl. *Die Ilias und ihr Dichter.* Göttingen, Vanclerhoeck & Ruprecht, 1961.

Rohde, Erwin. *Der Griechische Roman.* Darmstadt, Wissenschaftliche Buchgesellschatt, 1960.

Schadewaldt, Wolfgang. *Von Homers Wort und Werk.* Stuttgart, Kochler, 1965.

_____. *Iliasstudien.* Darmstadt, Wissenschaftliche Buchgesellschaft, 1966.

Scheliha, Renata von. *Patroklos-Gedanken uber Homers Dichtung und Gestalten.* Basel, Benno Schwabe, 1943.

Seaton. R. C. *Apolonii Rhodii Argonautica.* Oxford, Clarendon, 1946.

Schüler, Donaldo. *A Construção da Ilíada.* Porto Alegre, L&PM, 2004.

Sellschopp, Inez. *Stilistische Untersuchungen zu Hesiod* Darmstadt, Wissenschaftliche Buchgesellschaft, 1967.

Stanford, W. B. *The Ulysses Theme.* Oxford, Basil Backwell, 1963.

Thornton, Harry & Thornton, Agathe. *Time and Style.* London, Mathuen, 1962.

Torrano, Jaa. *Teogonia – A Origem dos Deuses.* São Paulo, Massao Ohno, 1981.

Wolf, Frid. Aug. *Prolegomena ad Homerum.* Hildesheim, Georg Olms, 1963.

Kerenyi, Karl. *Die Griechisch-Orientalische Romanliteratur.* Darmstadt, Wissenschaftliche Buchgesellschaft, 1962.

Lírica

Adrados, Francisco. *Líricos Griegos.* Barcelona, Alma Mater, 1956.

Arquíloco. *Archilochos.* Munchen, Ernst Heimeran, 1959.

Brasil Fontes, Joaquim. *Eros, Tecelão de Mitos.* São Paulo, Estação Liberdade, 1991.

BOWRA, Rudolf. *Formproblem-Untersuchungen zu den Reden in der fruhgriechischen Lyrik*. Munchen, Beck, 1967.
HOWALD, Ernst & STAIGER, Emil. *Kallimachos Dichtung*. Zurich, Artemis, 1955.
KAVÁFIS, Konstantinos. *Poemas*. Trad. Ísis Borges da Fonseca. São Paulo, Odisseus, 2006.
MAEHLER, Herwig. *Die Auffassung des Dichterberufs im Fruhen Griechentum bis zur Zeit Pindars*. Göttingen, Vanderhoeck & Ruprecht, 1963.
MARG, Walter. *Der Charakter in der Sprache der Frugriechischen Dichtung*. Darmstadt, Wissenschaftliche Buchgesellschaft, 1967.
MURRAY, Gilbert. *Greek Poetry and Life*. Oxford, Clarendon, 1936.
MURRAY, Gilbert et al. *The Oxford Book of Greek Verse*. Oxford, Clarendon, 1942.
PEEK, Werner. *Griechische Grabgedichte*. Berlin, Akademie, 1960.
RAMOS, Péricles Eugênio da Silva. *Poesia Grega e Latina*. São Paulo, Cultrix, 1964.
SEFÉRIS, Giórgos. *Poiémata*. Athena, Íkaros, 1964.
SNELL, Bruno. *Poetry & Society*. Bloomington, Indiana University Press, 1961.
_____. *Grieschische Metrik*. Göttingen, Vandenhoeck & Ruprecht, 1962.
SCHADEWALDT, Wolfgang. *Der Aufbau des Pindarischen Epinikion*. Darmstadt Wissenschaftliche Buchgesellschaft, 1966.
WEIHER, Anton. *Homerischie Hymnen*. Munchen, Ernst Heimeran, 1961.

Filosofia

AGAMBEN, Giogiro. *La Potenza del Pensiero*. Vicenza, Neri Pozza, 2005.
AXELOS, Kostas. *Vers la Pensée Planétaire*. Paris, Minuit, 1964.
BACCA, Juan D. G. *Introducción General a las Eneadas*. Buenos Aires, Losada, 1948.

BEKKER, Immanuel. *Aristotelis Opera*. Darmstadt, Wissenschaftliche Buchgesellschaft, 1960.

BOAS, George. *Rationalism in Greek Philosophy*. Baltimore, John Hopkins, 1961.

BORNHEIM, Gerd. *Os Filósofos Pré-Socráticos*. São Paulo, Cultrix, 1967.

BURNET, John. *Early Greek Philosophy*. London, Adam & Black, 1963.

_____. *Platonis Opera*. Oxford, Clarendon, 1946.

COLLINGWOOD, R. G. *A Ideia da Natureza*. Lisboa, Presença, s.d.

COMPERZ, Theodor. *Pensadores Griegos*. Asunción del Paraguay, Editorial Gurania, 1951.

COULOUBARITSIS, Lambros. *Histoire de da Philosophie Ancienne et Médiévale*. Paris, Bernard Grasset, 1998.

DIELS, Herman. *Kleine Schriften zur Geschichte der Antiken Philosophie*. Hildesheim, Georg Olms, 1969.

DIELS, Herman & KRANZ, Walther. *Die Fragmente der Vorsokratiker*. Dublin/Zurich, Weidmann, 1966.

DIELS, Hermann. *Doxographi Graeci*. Berlim, Gruyter, 1958.

FARRINGTON, Benjamin. *A Ciência Grega*. São Paulo, Ibrasa, 1961.

FERREIRA DOS SANTOS, Mário. *Pitágoras e o Tema dos Números*. São Paulo, Matese, 1960.

FRAILE, Guillermo. *Historia de la Filosofía – Grécia y Roma*. Madrid, Editorial Católica, 1965.

FRITZ, Kurt von. *Philosophie und Sprachlicher Ausdruck bei Democrit, Plato und Aristoteles*. Darmstadt, Wissenchaftliche Buchgesellschaft, 1966.

GIGON, O. *Les Grands Problèmes de la Philosophie Antique*. Paris, Payot, 1961.

GUTHRIE, W. K. C. *The Greek Philosophers*. London, Mathuen, 1962.

HILDEBRANDT, Kurt. *Fruhe Griechische Denker*. Bonn, Bouvier, 1968.

HÖLSCHER. *Anfängliches Fragen*. Göttingen, Vanderhoeck & Ruprecht 1968.

JAEGER, Werner. *Die Theologie der fruhen Griechischen Denker.* Darmstadt, Wissenschattliche Buchgesellschaft, 1964.

MONDOLFO, Rodolfo. *Momentos del Pensamiento Griego y Cristiano.* Buenos Aires, Paidós, 1964.

NESTLE, Wilhelm. *Griechische Geistesgeschichte.* Stuttgart, Alfred Kröner, 1944.

SOUZA, José Cavalcante de (org.). *Os Pré-Socráticos.* São Paulo, Abril Cultural, 1973.

SCHÜLER, Donaldo. *Heráclito e Seu (Dis)curso.* Porto Alegre, L&PM, 2000.

TATON, René. *A Ciência Antiga e Medieval.* São Paulo, Difel, 1959.

VOGEL, C. Y. *Greek Philosophy.* Leiden, E. Y. Brul, 1953.

Historiografia

GRUNDY, G. B. *Thucydides and the History of His Age.* Oxford, Blackwell, 1948.

JONES, Henricus Stuart. *Thucydidis Historiae.* Oxford, Clarendon, 1942.

LEGRAND, E. *Hérodote.* Paris, Les Belles Lettres, 1955.

MARCHANT, E. C. *Xenophontis Opera Omnia.* Oxford, Clarendon, 1946.

MARG, Walter (org.). *Herodot.* Darmstadt, Wissenschaftliche Buchgesellschaft, 1965.

ROMILLOS, Antonio Ranz. *Las Vidas Paralelas de Plutarco.* Madrid, Peraldo Paez, 1907.

Oratória

BARILLI, Renato. *Retórica.* Lisboa, Presença, 1979.

BUTCHER, S. H. *Demosthenis Orationes.* Oxford, Clarendon, 1938.

HUDE, Carolus. *Lysiae Orationes.* Oxford, Clarendon, 1946.

KNAUSS, Bernhard. *Staat und Mensch in Hellas.* Darmstadt, Wissenschaftliche Buchgesellschaft, 1964.

LAUSBERG, Heinrich. *Elementos de Retórica Literária*. Lisboa, Gulbenkian, 1972.
MARTIN, Victor & BUDÉ, Guyde. *Eschine*. Paris, Les Belles Lettres, 1952.
NORDEN, Eduard. *Die Antike Kunstprosa*. Darmstadt, Wissenschaftliche Buchgesellschaft, 1958.

Tragédia

ARNOTT, Peter. *Greek Scenic Conventions*. Oxford, Clarendon, 1962.
_____. *An Introduction to the Greek Theatre*. London, Macmillan, 1965.
DILLER, Hanz *et al*. *Gottheit und Mensch in der Tragödie des Sophokles*. Darmstadt, Wissenschaftliche Buchgesellschaft, 1963.
DILLER, Hans. *Sophokles*. Darmstadt, Wissenschaftliche Buchgesellschaft, 1967.
KITTO, H. D. F. *et al*. *Classical Drama and Its Influence*. London, Mathuen, 1965.
_____. *A Tragédia Grega*. Coimbra, Arménio Amado, 1972.
LATTIMORE, Richmond. *Story Patterns in Greek Tragedy*. London, Athlone, 1964.
_____. *The Poetry of Greek Tragedy*. London, Oxford University Press, 1958.
LESKY, Albin. *Die Griechische Trag*ödie. Stuttgart, Alfred Kröner, 1958.
MARSHALL, Francisco. *Édipo Tirano, a Tragédia do Saber*. Brasília/Porto Alegre, UNB/UFRGS, 2000.
MURRAY, Gilbert. *Aeschyli Septem Quae Supersunt Tragoediae*. Oxford, Clarendon, 1937.
_____. *Euripidis Fabulae*. Oxford, Clarendon, 1947.
PATZER, Harald. *Die Anfänge der Griechischen Tragödie*. Wiesbaden, Franz Steiner, 1962.
PEARSON, A. C. *Sophoklis Fabulae*. Oxford, Clarendon, 1946.

PULQUÉRIO, Manuel de Oliveira. *Problemática da Tragédia Sofocliana.* Coimbra, Instituto de Alta Cultura, 1968.

ROMILLY, Jacqueline. *La Crainte et L'Angoisse das le Theatre d'Eschyle.* Paris, Les Belles Lettres, 1958.

SCHADEWALDT, Wolfgang. *Monolog und Selbstgespräch.* Berlin, Weidman, 1966.

SNELL, Bruno. *Scenes from Greek Drama.* London, Cambridge University Press, 1964.

VERNANT, Jean-Pierre & VIDAL-NAQUET, Pierre. *Mito e Tragédia na Grécia Antiga.* São Paulo, Duas Cidades, 1977.

Comédia

COULON, Victor & VAN DAELE, Hilaire. *Aristophane.* Paris, Les Belles Lettres, 1960.

DENIS, Jacques. *La Comédie Grècque.* Paris, Hachette, 1886

HALL and GELDART. *Aristophanis Comediae.* Oxford, Clarendon, 1945.

MENANDER. *Dyskolos.* Munchen, Ernst Heimeran, 1960.

MURRAY, Gilberi. *Aristophanes.* Oxford, Clarendon, 1933.

Título	Literatura Grega: Irradiações
Autor	Donaldo Schüler
Editor	Plinio Martins Filho
Produção editorial	Carlos Gustavo Araújo do Carmo
Capa	Gustavo Piqueira / Casa Rex
Editoração eletrônica	Camyle Cosentino
Revisão	Ateliê Editorial
Formato	14 x 21 cm
Tipologia	Adobe Caslon Pro
Papel	Cartão Supremo 250 g/m² (capa)
	Chambril Avena 80 g/m² (miolo)
Número de páginas	304
Impressão e acabamento	Bartira Gráfica